尤内斯库戏剧全集

秃头歌女 1

[法] 欧仁·尤内斯库 著　黄晋凯 宫宝荣 桂裕芳 李玉民 译

上海译文出版社

目　　录

秃头歌女 / 1

上课 / 47

问候 / 85

雅克或顺从 / 95

未来在蛋中 / 131

头儿 / 159

车展 / 171

职责的牺牲品 / 179

待嫁姑娘 / 235

梦呓性感冒或药店小姐 / 245

您认识他们吗？/ 255

大热天 / 263

侄女-妻子 / 271

子爵 / 293

人物表

史密斯先生　　　　克劳德·芒萨尔
史密斯太太　　　　波莱特·弗朗茨
马丁先生　　　　　尼古拉·巴塔耶
马丁太太　　　　　西蒙娜·莫泽
玛丽，女佣　　　　奥黛特·巴鲁瓦
消防队长　　　　　亨利-雅克·于埃

　　该剧于一九五〇年五月十一日由尼古拉·巴塔耶剧团在梦游人剧院首演。
　　尼古拉·巴塔耶担任导演。

秃头歌女

反戏剧

黄晋凯 译

第一场

〔一个英国资产者家庭，室内，几张英国扶手椅。英国之夜。史密斯先生，英国人，坐在一张英国扶手椅上，穿着英国拖鞋，靠在英国的炉火旁，抽着英国烟斗，读着一份英国报纸。他戴着英国眼镜，留着一抹英国的灰色小胡子。在他旁边，史密斯太太，英国女人，坐在另一张英国扶手椅上，修补着英国袜子。长时间的英国静默。英国挂钟，敲了英国的十七响。①

史密斯太太 哟，九点了。我们喝了汤，吃了鱼，猪油炸土豆，英国沙拉。孩子们喝了英国水。今晚我们吃得很好。因为我们住在伦敦郊外，我们姓史密斯。

〔史密斯先生继续看报，打了一个响舌。

史密斯太太 猪油炸土豆可真好吃。沙拉油原先并没有哈喇味。街角小铺油的质量比对面小铺的好得多，和坡下那家小铺的油一样好。可我不想说他们的油是坏的。

〔史密斯先生继续看报，打了一个响舌。

史密斯太太 说来说去，还是街角那家小铺的油是最好的……

〔史密斯先生继续看报，打了一个响舌。

史密斯太太 这回玛丽做的土豆挺好，上回做的可不好。只有做得好的土豆我才爱吃。

〔史密斯先生继续看报，打了一个响舌。

史密斯太太　鱼可是新鲜的，我吃得津津有味。我要了两回，不，三回。害得我直跑厕所。你也要了三回，不过第三回要的比前两回少，我可吃得多多了。今晚我比你吃得来劲。怎么回事？往常你是吃得最多的。你不是没胃口吧？

〔史密斯先生打了一个响舌。

史密斯太太　不过，汤好像太咸了点。盐放得比你多。唉唉唉，大葱多了，洋葱少了。我忘了让玛丽加一点大料了。下回我自己做吧。

〔史密斯先生继续看报，打了一个响舌。

史密斯太太　咱们那小家伙好像也迷上啤酒了，像你一样，酒囊饭袋。你看见他在桌上盯着酒瓶的样子了吗？不过我往他杯子里倒的是水。他渴了，他也喝了。海伦像我：是个好管家，勤俭节约，会弹钢琴。她从不要喝英国啤酒。咱们小女儿只喝奶吃粥。因为她才两岁。她叫佩姬。

木瓜杏肉馅饼真绝了。吃饭后甜点的时候，最好能来上一杯澳大利亚勃艮第葡萄酒，可我从来不往桌上放酒，不能给孩子们提供贪嘴的坏榜样。一定要教会他们少喝酒，节俭过日子。

〔史密斯先生继续看报，打了一个响舌。

史密斯太太　帕克太太认识一个保加利亚的杂货商，叫波波舍夫·罗桑费尔德，他刚从伊斯坦布尔来，是制酸奶的大专家。

---

① 全剧以滑稽模仿的形式营造英国背景，人名、地名多为英国人名、地名，人物台词夹杂英语。——原编者注

［编者按］本书脚注分三类，所标"原编者注"是摘自法文原版尤内斯库戏剧全集七星文库版的编者尾注；所标"原注"是法文原版尤内斯库戏剧全集七星文库版的剧作内文脚注；其余未特别标明的脚注则为中文译者和编者所作。

他毕业于安德列堡酸奶技校。明天我去买他一口保加利亚民间制酸奶的大锅来。在伦敦郊区可不是老能遇上这类事的。

〔史密斯先生继续看报，打了一个响舌。

史密斯太太 酸奶可是好东西，对胃、对肾、对盲肠炎和偶像崇拜症都大有神益。这是麦康兹-金大夫对我说的。就是给我们的邻居约翰一家看孩子的那个大夫。他可是个好大夫，是大家信得过的。他从不推荐他自己没用过的药。尽管他什么病都没有，在给帕克动手术前，他还是先给自己的肝脏动了手术。

史密斯先生 那怎么大夫自己全身而退，帕克却死了呢？

史密斯太太 因为大夫身上的手术成功了，帕克的手术没成功。

史密斯先生 那麦康兹就不是好大夫。手术要么就两个人都成功，要么就两个人都完蛋。

史密斯太太 为什么？

史密斯先生 一个有良知的大夫，要是不能和病人一起痊愈，就应当和病人一起去死。在惊涛骇浪中，船长就得和船只同归于尽。他不能独自逃生。

史密斯太太 我们不能拿病人和船只相比。

史密斯先生 为什么不能？船也有船的病，而你的那位大夫健壮得像艘军舰，所以他就该和病人同归于尽，就像和船只一样。

史密斯太太 啊！我还真没这么想过……也许你是对的……那么，你由此得出什么结论呢？

史密斯先生 结论就是，所有的大夫都是江湖骗子，所有的病人也一样。在英国，只有海军老实巴交。

史密斯太太 水手可不老实。

史密斯先生 那当然。

〔停顿。

史密斯先生 （依然报不离手）有一件事我弄不明白。报上的民事专栏，为什么总要登出死者的年龄，而从来不登新生儿的年龄呢？真荒唐。

史密斯太太 我还真从来没想过！

〔再一次静默。挂钟敲七下。静默。挂钟敲三下。静默。挂钟没再敲。

史密斯先生 （依然埋头读报）嘿，这儿写着勃比·华特森死了。

史密斯太太 我的天啊，可怜的，他什么时候死的？

史密斯先生 你干吗这么惊讶的样子？你知道得很清楚。他死了有两年了。你记得，一年半前我们去参加了他的葬礼。

史密斯太太 我当然记得。我马上想起来了，可我不明白，为什么你在报上看到这条消息会这么惊讶？

史密斯先生 不是登在报上的。谈论他的去世已经有三年了。乱七八糟的想法一凑，我就想起来了。

史密斯太太 真可惜！他保养得那么好。

史密斯先生 是大不列颠最漂亮的尸体！他和他的年龄不相称。可怜的勃比，死了四年了，当时还是热乎乎的。一具真正的活尸。他那时候真快活啊！

史密斯太太 可怜的女人勃比。

史密斯先生 你想说的是可怜的男人勃比。

史密斯太太 不，我想到的是他的妻子。她和他一样，都叫勃比，勃比·华特森。因为名字一样，当他们在一起的时候，大家就无法区别他们。只是在他死了之后，大家才搞清了谁是这个，谁是那个。不过，直到今天还有人把她和死者混为一谈，向她表示哀悼呢。你认识她？

史密斯先生 只见过她一次，很偶然的，在勃比的葬礼上。

史密斯太太　我从没见过她。她漂亮吗？

史密斯先生　她五官端正，但说不上漂亮，膀大腰圆。她五官不正，可也算漂亮，就是过于瘦小。她是教唱歌的。

〔挂钟敲了五下。长时间停顿。〕

史密斯太太　他们俩打算什么时候结婚？

史密斯先生　最迟明年春天。

史密斯太太　咱们得去参加他们的婚礼。

史密斯先生　得送份结婚礼物。我正在想送什么好呢？

史密斯太太　能不能把人家送给咱们的结婚礼物七个银盘拿出一个来给他们送去，反正这玩意压根儿就没用。

〔短暂沉默。钟敲两下。〕

史密斯太太　真可怜，她这么年轻就成了寡妇。

史密斯先生　幸亏他们没孩子。

史密斯太太　他们缺的就是这个！孩子！可怜的女人，她能怎么办呢！

史密斯先生　她还年轻，她很可能再嫁。丈夫死了对她正合适！

史密斯太太　可谁来照顾孩子呢？你很清楚他们有一儿一女。他们叫什么来着？

史密斯先生　勃比和勃比，像他们爹妈一样。勃比·华特森的舅舅老勃比·华特森很有钱，他喜欢男孩儿。他完全可以负担勃比的教育。

史密斯太太　那当然。勃比·华特森的姑妈老勃比·华特森完全可以负担女孩儿勃比·华特森的教育。这样，勃比·华特森的妈妈就可以再婚了。她是不是有主儿啦？

史密斯先生　是，勃比·华特森的一个表哥。

史密斯太太　谁？勃比·华特森？

史密斯先生　你说的是哪个勃比·华特森?

史密斯太太　说的就是勃比·华特森啊,死者勃比·华特森的另外一个舅舅老勃比·华特森的儿子。

史密斯先生　不,不是这个,是另外一个。这个勃比·华特森,是死者勃比·华特森的姑妈老勃比·华特森的儿子。

史密斯太太　你说的勃比·华特森是推销员?

史密斯先生　所有的勃比·华特森都是推销员。

史密斯太太　多苦的差事啊!不过,能发大财。

史密斯先生　那是在没有竞争的日子。

史密斯太太　什么日子没有竞争?

史密斯先生　星期二、星期四和星期二。

史密斯太太　噢,一周三天?那在这三天里勃比·华特森干吗呢?

史密斯先生　休息,睡觉。

史密斯太太　为什么没有竞争这三天他就不干活了呢?

史密斯先生　我哪能什么都知道。我不能回答你所有这些愚蠢的问题。

史密斯太太　(自尊受损)你这么说话是要侮辱我?

史密斯先生　(满脸堆笑)你知道不是那么回事。

史密斯太太　男人都这个德性!你们整天就那么闲呆着,嘴上叼着烟,不是没完没了地喝酒,就是一天五十次地涂脂抹粉擦口红!

史密斯先生　要是你看见男人和女人一样,整天抽烟,涂脂抹粉擦口红,喝威士忌,你会怎么说?

史密斯太太　我啊,我才无所谓呢。不过,要是你老那么烦我,那……你很清楚,我不喜欢这种玩笑!

〔她把袜子扔得远远的,龇牙咧嘴,站了起来。

史密斯先生 （跟着站了起来，向妻子走去，温柔地）噢，我的小烤鸡，干吗发那么大火啊！你明明知道，我说这话是逗你玩呢！（他搂着她的腰，吻她）咱们是一对多可笑的老情人啊！走，咱们关灯睡觉去！

第二场

〔同前场人物,加上玛丽。

玛　　丽　（上）我是女佣。我过了个快活的下午。我和一个男人去了电影院,和一群女人看了部电影。从电影院出来,我们喝了酒和奶,然后还读了报。

史密斯太太　我希望你过了个快活的下午,和一个男人去了电影院,还喝了酒和奶。

史密斯先生　还读了报!

玛　　丽　你们的客人马丁太太和先生,正在门口等着呢。他们在等我,不敢自己进来。今晚他们该和你们一起吃饭。

史密斯太太　是啊,我们在等他们。早都饿了。总不见他们来,准备不等他们先吃了。整整一天什么都没吃。你真不该不在家。

玛　　丽　这可是您同意的。

史密斯先生　又不是说故意的!

玛　　丽　（大笑,哭,又笑起来）我给自己买回来个尿盆。

史密斯太太　亲爱的玛丽,请去开门把马丁先生和太太请进来。我们去换件衣服就来。

〔史密斯太太和先生从右侧下。玛丽打开左侧的门,马丁先生和太太上。

第三场

〔场上人物：玛丽，马丁夫妇。

玛　丽　你们怎么来得这么晚！没礼貌。应当准时到嘛，懂吗？得了，请坐吧，等着吧。

〔玛丽下。

第四场

〔同前场人物,少了玛丽。

马丁太太和先生面对面坐下,不说话,腼腆地对视微笑。

马丁先生 (以下对话要用拖长的、平板单调、有点像唱歌却毫无起伏变化的声调)请原谅,太太,要是我没搞错的话,我好像在什么地方碰见过您。

马丁太太 我也是,先生,我也好像在什么地方碰见过您。

马丁先生 我会不会是在曼彻斯特偶尔见到过您,太太?

马丁太太 完全可能。我就是曼彻斯特人!可我记不得了,我不能肯定我是不是在那儿见到过您。

马丁先生 我的天啊,这太奇怪了!我也是曼彻斯特人,太太!

马丁太太 这太奇怪了!

马丁先生 这太奇怪了!……不过,我……太太,我离开曼彻斯特大约有五个星期了。

马丁太太 这太奇怪了!太邪乎了!我也是,先生,我离开曼彻斯特也大约有五个星期了。

马丁先生 我坐的火车是早上八点之后半小时开的,到伦敦的时间是五点之前的一刻钟。①

---

① 此句中的时间表述是作者有意用直译自英语的非规范的法语表达方式,以求喜剧效果。——原编者注

马丁太太　这太奇怪了！太邪乎了！太巧了！我坐的是同一趟火车，先生，我也是坐的这趟车！

马丁先生　我的天！这太奇怪了！说不定，太太，我就是在那趟火车上见过您的？

马丁太太　完全可能，不能排除这种可能性，这是说得通的，不管怎么说，没法说不是那么回事！……可是，先生，我就是一点儿也想不起来了！

马丁先生　我坐的是二等车厢，太太。英国没有二等车厢，可我坐的就是二等车厢。

马丁太太　这太邪乎了！太奇怪了！太巧了！我也是，先生，我坐的也是二等车厢！

马丁先生　这太奇怪了！我们多半就是在二等车厢里遇见的，亲爱的太太！

马丁太太　这事儿完全可能，不能说不可能，我就是一点儿也想不起来了，亲爱的先生！

马丁先生　我的座位在八号车厢六号车室，太太！

马丁太太　这太奇怪了！我的座位也在八号车厢六号车室，亲爱的先生！

马丁先生　这太奇怪了！太邪乎、太巧了！我们可能就是在六号车室遇见的，亲爱的太太？

马丁太太　不管怎么说，很有可能！可我想不起来了，亲爱的先生！

马丁先生　说真的，亲爱的太太，我也想不起来了，可咱们可能就是在那儿见到的，要是我想对了，我觉得很可能就是这么回事了！

马丁太太　噢，是这样，肯定的，是这样，先生！

马丁先生　这太奇怪了！……我是三号座，靠窗，亲爱的太太。

马丁太太　噢，我的天，这太奇怪了，太邪乎了，我是六号座，靠窗，正在您对面，亲爱的先生。

马丁先生　噢，我的天，这太奇怪了，太巧了！……咱们是面对面坐着来着，亲爱的太太！咱们应该就是在那儿见的面！

马丁太太　这太奇怪了！可能是这样，可我想不起来了，先生！

马丁先生　说真的，亲爱的太太，我也想不起来了。不过，很可能就是那会儿咱们见的面。

马丁太太　是这样，可我没法儿肯定，先生。

马丁先生　亲爱的太太，那位让我帮忙把箱子放到网架上去，对我表示感谢，又允许我抽烟的太太，不是您吗？

马丁太太　是啊，那就是我呀，先生！这太奇怪了，太奇怪了，太巧了！

马丁先生　这太奇怪了，太邪乎了，太巧了！就是这样，是这样，咱们多半就是在那时候认识的，太太？

马丁太太　这太奇怪了，太巧了！很可能是这样，亲爱的先生！不过我想不起来了。

马丁先生　我也是，我也想不起来了，太太。

〔静默片刻。钟敲两下或一下。

马丁先生　到伦敦后，我就住在布罗姆菲尔德街，亲爱的太太。

马丁太太　这太奇怪了，太邪乎了！我也是，到伦敦后我就住在布罗姆菲尔德街，亲爱的先生。

马丁先生　这太奇怪了，那，没准儿，咱们多半就是在布罗姆菲尔德街碰上的，亲爱的太太。

马丁太太　这太奇怪了，太邪乎了！不管怎么说，很有可能！可我想不起来了，亲爱的先生。

马丁先生　我住在十九号，亲爱的太太。

马丁太太　这太奇怪了，我也住在十九号，亲爱的先生。

马丁先生　那、那、那、那、那，那咱们多半就是在那座房子里见到的，亲爱的太太？

马丁太太　很有可能，可我想不起来了，亲爱的先生。

马丁先生　我住在六层八号，亲爱的太太。

马丁太太　太奇怪了，我的天，太邪乎了！多巧啊！我也是，我住的也是六层八号，亲爱的先生！

马丁先生　（沉思状）这太奇怪了，太奇怪了，太奇怪了，真是太巧了！您知道，我的卧室里有一张床，床上铺着一条绿色的鸭绒被。我的卧室，有这张床、床上铺着绿色鸭绒被的卧室，在走廊的最里边，在卫生间和书房之间，亲爱的太太！

马丁太太　太巧了，啊，我的天，实在太巧了！我的卧室也一样，也有一张铺着绿色鸭绒被的床，也是在走廊的最里边，也是在卫生间——亲爱的先生——和书房之间！

马丁先生　这太邪乎了，太奇怪了，太离奇了！那么，太太，咱们是住在同一间房里，睡在同一张床上，亲爱的太太。咱们多半就是在那儿碰上的！

马丁太太　这太奇怪了，太巧了！咱们很可能就是在那儿碰上的，多半就是昨天晚上。可我想不起来了，亲爱的先生！

马丁先生　我有一个小女儿，我的小女儿，她和我住在一起，亲爱的太太。她两岁，金发，一只眼睛是白的，一只眼睛是红的，她很漂亮，她叫艾丽丝，亲爱的太太。

马丁太太　真是太巧了！我也一样，我也有一个小女儿，两岁，一只眼睛是白的，一只眼睛是红的，她很漂亮，她也叫艾丽丝，亲爱的先生！

马丁先生 （用同样拖长的、平板单调的声调）这太奇怪了，太巧了！太邪乎了！多半就是同一个女孩儿，亲爱的太太！

马丁太太 这太奇怪了！很可能是这样，亲爱的先生。

〔长时间静场……钟敲二十九下。

马丁先生 （思索良久，慢慢起身，不慌不忙地向马丁太太走去，他的庄重神情让马丁太太感到吃惊，她也慢慢站了起来。同样是以罕见的、平板单调的、略微像唱歌的声调）好啦，亲爱的太太，我相信没错儿，咱们已经见过面了，你就是我的老婆……伊丽莎白，我把你找回来了！

〔马丁太太不慌不忙地走近马丁先生。他们毫无表情地拥抱。钟重重地敲了一下，重到让观众吓一大跳。马丁夫妇却没有听见。

马丁太太 唐纳德，是你啊，达令[①]！

〔他们坐在同一张扶手椅上，紧紧拥抱，睡着。钟敲了好多下。玛丽踮着脚尖，一根手指放在嘴唇上，悄悄登台，转向观众。

[①] 原文为英语：darling，意为亲爱的、宝贝儿。

第五场

〔同前场人物,加上玛丽。

玛　丽　伊丽莎白和唐纳德这会儿睡得香香的,听不见我说话,我正好给你们透露一个秘密。伊丽莎白并不是伊丽莎白,唐纳德也并不是唐纳德。证据是:唐纳德所说的孩子并不是伊丽莎白的女儿,不是同一个人。唐纳德的女儿和伊丽莎白的女儿一样,一只眼睛是白的,另一只眼睛是红的。可唐纳德的孩子右眼是白的,左眼是红的,而伊丽莎白的孩子右眼是红的,左眼是白的!这样,唐纳德的一系列论证就遭遇了最后的障碍,它颠覆了他的整套理论。尽管这些蹊跷的巧合好像是铁证如山,其实唐纳德和伊丽莎白并不是同一个孩子的爹妈,他们也就不是唐纳德和伊丽莎白。男的误以为自己是唐纳德,女的误以为自己是伊丽莎白。男的误以为女的是伊丽莎白,女的误以为男的是唐纳德:他们可悲地自欺欺人。但是,谁是真正的唐纳德呢?谁又是真正的伊丽莎白呢?谁会对这阴错阳差的事感兴趣呢?我不知道。咱们也不必弄得太清楚。爱怎么回事就怎么回事吧!(她向门口走了几步,又回来,转身对着观众)我的真名叫夏洛克·福尔摩斯!

〔玛丽下。

第六场

〔同前场人物,少了玛丽。

挂钟随心所欲地敲了很多下。停顿多时后,马丁太太和马丁先生分开,各归原位。

马丁先生 达令,咱们把过去的事儿都忘了吧,现在咱们又相聚了,可别再走丢了,咱们还像过去那样过日子吧。

马丁太太 好的,达令!

第七场

〔同前场人物,加上史密斯夫妇。

史密斯太太和史密斯先生从右上,着装毫无变化。

史密斯太太 晚上好,亲爱的朋友们!请原谅,让你们久等了。我们曾想应该向你们致以你们有权得到的敬意,得知你们有意给我们惊喜,在未告知我们你们要来的情况下突然造访,我们急忙去换上了我们最讲究的礼服。

史密斯先生 (发怒)整整一天我们什么都没吃。我们等了你们四个小时。你们为什么要迟到?

〔史密斯太太和先生面对来访者坐下。

挂钟根据不同情况忽强忽弱地敲打,意在突出台词。

马丁夫妇,特别是马丁太太,显得腼腆尴尬。因此谈话开头难以进行,吐词梗塞。长时间难堪的静场,随后是间断的沉默和迟疑。

史密斯先生 咳……

〔静场。

史密斯太太 咳……咳……

〔静场。

马丁太太 咳……咳……咳……

〔静场。

马丁先生 咳……咳……咳……咳……

〔静场。

马丁太太 噢,好了。

〔静场。

马丁先生 我们都感冒了。

〔静场。

史密斯先生 可天并不冷。

〔静场。

史密斯太太 没有穿堂风。

〔静场。

马丁先生 噢,没有,幸亏没有。

〔静场。

史密斯先生 哎哟哟哟哟。

〔静场。

马丁先生 您伤心啦?

〔静场。

史密斯太太 不,他很烦。

〔静场。

马丁太太 噢,先生,这把年纪,您不该这样。

〔静场。

史密斯先生 人老心不老。

〔静场。

马丁先生 是这样。

〔静场。

史密斯太太 大家都这么说。

〔静场。

马丁太太　也有相反的说法。

〔静场。

史密斯先生　真理在二者之间。

〔静场。

马丁先生　正确。

〔静场。

史密斯太太　（对马丁夫妇）你们到处旅行，给我们讲点好玩的事儿吧。

马丁先生　（对妻子）你说吧，亲爱的，说说今天都看见什么啦？

马丁太太　没必要吧，人家不会相信我的。

史密斯先生　我们不会怀疑您的诚意的！

史密斯太太　您要这么想，可就把我们得罪了。

马丁先生　（对妻子）亲爱的，你要这么想，可就得罪他们了……

马丁太太　（亲切地）那好吧，我今天遇上了一件特别离奇的事儿，难以置信的事儿。

马丁先生　快讲，亲爱的。

史密斯先生　好啊，让咱们开开心。

史密斯太太　就是啊。

马丁太太　好吧，今天，到市场去买菜，这菜可越来越贵了……

史密斯太太　出什么事儿啦？

史密斯先生　亲爱的，别打岔，捣蛋鬼。

马丁太太　大街上，咖啡馆旁边，我看见一位先生，穿戴很得体，五十岁左右，也可能没五十岁，他……

史密斯先生　谁？怎么啦？

史密斯太太　谁？怎么啦？

史密斯先生　（对妻子）别打岔，亲爱的，你真让人讨厌。

史密斯太太　亲爱的,可是你先打岔的,没教养。

马丁先生　嘘。(对妻子)这位先生,他干什么啦?

马丁太太　往下,你们该说我瞎编了,他一条腿跪在地上哈着腰。

马丁先生、史密斯先生、史密斯太太　噢!

马丁太太　是啊,哈着腰。

史密斯先生　不可能。

马丁太太　就是的,哈着腰。我走近他,看看他在干什么……

史密斯先生　干什么呢?

马丁太太　他鞋带开了,在系鞋带呢。

其余三人　真不可思议!

史密斯先生　要不是您说的,我可真不相信。

马丁先生　有什么不相信的?到街上去走走,还可以看到比这更离谱的事儿呢。今天,我就在地铁上看到一位先生,坐在长凳上静静地读报。

史密斯太太　真绝了!

史密斯先生　说不定还是同一个人呢!

〔门铃响。

史密斯先生　咦,门铃响了。

史密斯太太　该是有人来了。我去看看。(她走去开门,回来)没人。(重新坐下)

马丁先生　我再给你们举个例子……

〔门铃响。

史密斯先生　咦,门铃响了。

史密斯太太　该是有人来了。我去看看。(她走去开门,回来)没人。(回到原来座位上)

马丁先生　(忘了讲到什么地方了)呃……

马丁太太　你说你再举个例子。

马丁先生　噢，对……

　　　　〔门铃响。

史密斯先生　咦，门铃响了。

史密斯太太　我不去开门了。

史密斯先生　是啊，可应该是有人来啊！

史密斯太太　头一回没人，第二回还是没人，凭什么你就认为这会儿有人呢？

史密斯先生　因为门铃响了！

马丁太太　这不是理由。

马丁先生　怎么呢？听到门铃响，门外就有人，他按铃是叫人给他开门。

马丁太太　并不一定有人。你们刚才看到了啊！

马丁先生　多半是有人的，是吧。

史密斯先生　比如我吧，我到谁家去，要进门先按铃。我想所有人都是这么干的。门铃一响，门口有人。

史密斯太太　理论上是这样的。但现实中事情却不一样。你刚才不是看见了吗？

马丁太太　你妻子说得对。

马丁先生　哦，你们这些女人，你们总是互相祖护。

史密斯太太　好吧，我去看看。省得你说我固执，你看吧，准没人！（她去看，开门，又关上）你看，没人。（她回到原来位置上）哎！这些男人，他们总以为自己是对的，其实他们总是错的！

　　　　〔又闻门铃响。[①]

史密斯先生　咦，门铃响了，该是有人来了。

---

　　① 表演时，四个人听到这次门铃响一齐惊得猛然站起身，到后面史密斯先生去开门的时候再坐下来。——原注

史密斯太太 （勃然大怒）别再让我去开门了。你看见了,是白搭。经验告诉我们,听见门铃响,压根儿就没人。

马丁太太 压根儿没人。

马丁先生 可不一定。

史密斯先生 真就是胡说。大多数情况下,门铃响了,就是有人。

史密斯太太 他总这么固执。

马丁太太 我丈夫也同样固执。

史密斯先生 有人。

马丁先生 并非不可能。

史密斯太太 （对丈夫）没人。

史密斯先生 有人。

史密斯太太 我跟你说没人。不管怎么样,你别再为这点小事跟我捣乱了。要看你自己看去!

史密斯先生 我去看看。

〔史密斯太太耸肩,马丁太太摇头。

史密斯先生 （去开门）啊!您好啊[①]!（他瞥了一眼惊讶万状的史密斯太太和马丁夫妇）是消防队长!

[①] 原文为英语:how do you do。

第八场

〔同前场人物，加上消防队长。

消防队长 （理所当然地戴一顶闪闪发光的头盔，身着制服）早上好，太太们，先生们。（众人还有几分惊讶。史密斯太太还在生气，转过头去不予理睬。）早上好，史密斯太太。您好像在生气。

史密斯太太 噢！

史密斯先生 这，您看……我老婆感到有点丢脸，因为她刚才错了。

马丁先生 消防队长先生，史密斯太太和史密斯先生刚才吵架了。

史密斯太太 （对马丁先生）不关您的事！（对史密斯先生）咱们吵架，请你别让外人掺和进来。

史密斯先生 哦，亲爱的，没那么严重，队长是咱们家的老朋友。他母亲向我献过殷勤，他父亲我也认识。他请求我要是有闺女的话就嫁给他。他没等到就死了。

马丁先生 这既不是他的错，也不是您的错。

消防队长 到底怎么回事？

史密斯太太 我丈夫硬说……

史密斯先生 不，是你硬说……

马丁先生 是啊，是她。

马丁太太　不，是他。

消防队长　你们别发火。史密斯太太，您给我讲讲是怎么回事。

史密斯太太　好吧，是这么回事。我都觉得很难对您说实话，不过，消防队长也就是忏悔神父吧。

消防队长　怎么啦？

史密斯太太　我们刚才发生了争论，我丈夫说，听见门铃响，总是有人来。

马丁先生　合情合理。

史密斯太太　而我呢，我说每次门铃响，就是没有人。

马丁太太　这显得有点怪。

史密斯太太　可这已经证明了，不是靠理论推断，而是依据事实。

史密斯先生　错，消防队长不就在这儿吗？他按铃，我开门，他就在那儿。

史密斯太太　什么时候？

马丁先生　就是刚才。

史密斯太太　是的，可那是听到第四次门铃响之后才看见有人。第四次不算。

马丁太太　总是这样。只算前三次。

史密斯先生　消防队长先生，现在让我来问您几个问题吧。

消防队长　问吧。

史密斯先生　我开门的时候，我看见了您，肯定是您按的铃吧？

消防队长　是的，是我。

马丁先生　您在门口？您按铃是为了进来？

消防队长　我不否认。

史密斯先生　（对妻子，得意洋洋）你瞧，我对了吧？听到门铃响，就是有人在按铃。你不能说队长不是人吧。

史密斯太太　当然不能这么说。我再跟你说一遍,我就跟你谈前三次,第四次不算。

马丁太太　第一次按铃,是您吗?

消防队长　不,不是我。

马丁太太　您瞧,门铃响了,可是没人。

马丁先生　可能是有别的人?

史密斯先生　您在门口待了很久吗?

消防队长　三刻钟。

史密斯先生　您没看见有人?

消防队长　没人,我肯定。

马丁太太　您有没有听见第二次门铃响?

消防队长　听见了,那也不是我。也没别的人。

史密斯太太　赢了!我是对的。

史密斯先生　(对太太)没那么快。(对消防队长)那您在门口干什么呢?

消防队长　什么也没干。我就待在那儿。我想了好几档子事。

马丁先生　(对消防队长)那第三次呢……也不是您按的铃?

消防队长　不,那是我。

史密斯先生　那怎么打开门就没看见您呢?

消防队长　我藏起来了……逗着玩……

史密斯太太　别逗了,队长先生,这是件悲哀的事。

马丁先生　总而言之,我们永远也弄不清,屋外门铃响,到底是不是有人!

史密斯太太　肯定没人。

史密斯先生　就是有人。

消防队长　我给你们调解吧。你们俩多少都有点道理。屋外门铃响，有时候有人，有时候没人。

马丁先生　我觉得很符合逻辑。

马丁太太　我也这么认为。

消防队长　事实上，事情就这么简单。（对史密斯夫妇）拥抱吧。

史密斯太太　我们刚才拥抱过了。

马丁先生　他们明天再拥抱吧，他们有的是时间。

史密斯太太　队长先生，您既然帮我们把整个事情弄明白了，您就放松放松，把头盔摘了，坐一会儿。

消防队长　对不起，我可不能待长时间。我很愿意摘下头盔，可没时间坐下来。（他坐下，可没摘头盔）说实话，我到你们家来是为别的事。我正当班呢。

史密斯太太　队长先生，您有何公干？

消防队长　请你们原谅我的冒失。（尴尬状）嘘（手指马丁夫妇）……我能……当他们的面……

马丁太太　您不必为难。

马丁先生　我们是老朋友，他们对我们无话不谈。

史密斯先生　说吧。

消防队长　好吧，是这么回事。你们家有没有着火？

史密斯太太　您为什么问我们这个？

消防队长　因为……请原谅，我奉命扑灭城里所有的火。

马丁太太　所有的？

消防队长　是啊，所有的。

史密斯太太　（迷糊）我不知道……我不认为……您能不能让我去看看？

史密斯先生　（用鼻子闻）该没事吧，没闻见烟味啊。

消防队长　（遗憾地）什么都没有？壁炉里连点火星也没有，阁楼和地窖里也没什么可烧的？至少会有点火灾的苗头吧？

史密斯太太 听着，我不想让您为难，可我想我们家现在可真没什么事儿。我答应您，只要一有事儿准马上通知您。

消防队长 可别忘了，您可得帮我这个忙。

史密斯太太 一言为定。

消防队长 （对马丁夫妇）你们家呢，也什么都没烧着吗？

马丁太太 没有，可惜得很。

马丁先生 （对消防队长）这下事情可能糟糕了！

消防队长 很糟糕。几乎啥事都没有，一根烟囱、一间草棚，就没值钱的玩意，没正经事。这就没有收入。没有产出，生产奖金就少得可怜。

史密斯先生 什么都不行，到处都一样。商贸、农业，就和火灾一样，今年都不行。

马丁先生 没有小麦，没有火灾。

消防队长 也没有水灾。

史密斯太太 可还有糖。

史密斯先生 那是从国外进口的。

马丁太太 要是进口火灾的话，就更难了。收税太高！

消防队长 偶尔有一两个煤气中毒的，不过很少。上星期有一个年轻女人煤气中毒，她打开了煤气就一直开着。

马丁太太 她忘关了？

消防队长 不，她以为是她的梳子呢。

史密斯先生 这么稀里糊涂的实在太危险了！

史密斯太太 您没上火柴商家看看？

消防队长 没用。他上火险了。

马丁先生 我建议，您到威克菲尔德的牧师家看看！

消防队长　我可没权到神父们家里去灭火。主教会生气的。他们自己灭火，要不就让修女们去灭。

史密斯先生　您试试杜朗家。

消防队长　我也不能去。他不是英国人，只是入了英国籍。入籍的人有权有自己的房子，但是无权让人去给他的房子灭火。

史密斯太太　可是去年着的火，不也扑灭了吗！

消防队长　他是偷偷摸摸自己干的。哦，我可没去告发他。

史密斯先生　我也没有。

史密斯太太　既然您没什么急事儿，队长先生，那就多待会儿。您让我们开开心。

消防队长　要不要我给你们讲点趣闻轶事？

史密斯太太　噢，当然了，您真可爱。(拥抱他)

史密斯先生、马丁太太、马丁先生　好啊，好啊，趣闻轶事，太棒了！(鼓掌)

史密斯先生　这最有趣了，消防队长的故事都是真的，所有都是亲身经历的。

消防队长　我讲的都是亲身经历的，原汁原味，不掺一点假。都不是书本上的。

马丁先生　这就对了，真实并不存在于书本里，而是在生活中。

史密斯太太　开讲吧！

马丁先生　开讲吧！

马丁太太　住嘴，他开讲了。

消防队长　(清几下嗓子) 请原谅，别这么看着我。你们让我怪别扭的。你们知道，我很害臊。

史密斯太太　他真可爱！(拥抱他)

消防队长　我会尽快开讲的。不过，你们得答应别听我讲。

马丁太太　我们要不听,怎么能听见您讲什么呢?

消防队长　我倒没想到这一点。

史密斯太太　我跟你们说过,这就是个孩子。

马丁先生、史密斯先生　哦,亲爱的孩子!(他们拥抱他)

马丁太太　勇敢点。

消防队长　好吧,开始吧。(又清嗓子,开始用激动得发颤的声音讲)《狗和牛》,亲身经历的寓言:"一次,另外一头牛问另外一条狗:'你为什么不吃掉你的大鼻子?'狗回答:'对不起,我以为我是大象呢。'"

马丁太太　这是什么寓意?

消防队长　这得您自己去发现。

史密斯先生　他说得对。

史密斯太太　(发火)再来一个。

消防队长　"一头小牛吃了好些碎玻璃,结果呢,它就不得不下崽儿了。它产下了一头母牛。可小牛是公牛,母牛就不能管它叫'妈妈'。它也不能管它叫'爸爸',因为小牛太小了。小牛就只好跟一个人结婚了,当局采取了按照风俗制定的所有措施。"

史密斯先生　按照卡昂的风味。

马丁先生　卡昂风味的牛杂碎。

消防队长　你也知道这风味?

史密斯太太　所有的报纸都登着呢。

马丁太太　离我们家不远。

消防队长　我再给你们讲一个《公鸡》。"一次,一只公鸡想变成狗。可它运气不好,一下子就让人认出来了。"

史密斯太太　相反,狗要变鸡可从来没让人识破过。

史密斯先生 该轮到我给你们讲一个了:《蛇和狐狸》。"一次,一条蛇走近一只狐狸,对它说:'我好像认识您!'狐狸回答:'我也好像认识您。'蛇说:'那好,给钱吧。''狐狸从不给钱。'这狡猾的家伙说着就跑了,跳到了一个满是草莓和鸡屎的深谷里。蛇早就在那里等着它了,发出魔鬼般的笑声。狐狸拔刀怒吼:'我教你个活法!'说完转身就跑。它不走运,蛇比它灵活,它瞄准狐狸的脑门兜头一拳,打得狐狸碎尸万段,还直喊:'别,别,千万别!我不是你闺女。'"

马丁太太 真有意思。

史密斯太太 还不错。

马丁先生 (和史密斯先生握手)祝贺祝贺。

消防队长 (嫉妒地)不精彩。而且,我知道这故事。

史密斯先生 挺可怕的。

史密斯太太 可这不是真的。

马丁太太 可惜,是真的。

马丁先生 (对史密斯太太)太太,该您了。

史密斯太太 我就知道一个故事,我给你们讲,题目叫《花束》。

史密斯先生 我老婆总是这么浪漫。

马丁先生 是真正的英国女人。

史密斯太太 是这么回事:"一次,一位未婚夫拿一束鲜花给他的未婚妻,未婚妻对他说谢谢;可在她对他说谢谢之前,他就一声不吭地拿走了给她的花,为的是给她一个教训,他对她说:'我把花拿回去',于是拿走了花,说声再见就跑远了。"

马丁先生 噢,真可爱!(拥抱或不拥抱史密斯太太)

马丁太太 史密斯先生,您有一位让所有的人都嫉妒的妻子。

史密斯先生 是的。我老婆确实聪明。她甚至比我还聪明。不管怎么说，她还特别有女人味。大家都这么说。

史密斯太太 （对消防队长）再讲一个，队长。

消防队长 哦，不，太晚了。

马丁先生 好歹来一个吧。

消防队长 我太累了。

史密斯先生 再做件好事吧。

马丁先生 我求您了。

消防队长 不讲了。

马丁太太 您冰冷心肠，我们可是热火烤屁股，急着听呢。

史密斯太太 （扑通跪下，哭哭啼啼，或者不哭）我求求您哪。

消防队长 行吧。

史密斯先生 （和马丁太太咬耳朵）他答应了！他还得折磨我们。

马丁太太 倒霉。

史密斯太太 真不走运。我刚才太客气了。

消防队长 《感冒》。"我姐夫有个堂兄，他舅舅有个姐夫，这位姐夫的亲祖父再婚娶了个年轻的本地姑娘，姑娘的兄弟在一次旅行中遇上了一个女子，相中了，和她生了个儿子，这儿子和一个勇敢的药剂师结了婚，药剂师不是别人，就是那位谁也不认识的英国海军下士的侄女，她的继父有一个讲一口流利西班牙语的姑妈，她可能是很年轻就死去的那个工程师的几个孙女之一，工程师好像是一个葡萄园主的孙子，这葡萄园的酒很一般，园主有个侄孙子是个军士，不爱交际，他儿子娶了个离婚的漂亮少妇，她的前夫是一位忠诚的爱国者的儿子，这位爱国者财迷心窍，叫他的一个女儿和一个猎人结了婚，因为这猎人认识罗斯柴尔德，猎人的兄弟换了好几次工作以后才结的婚，生了一个闺女，而这闺女的曾祖父体弱多病，戴副他亲堂兄送的眼镜，这位堂兄是一个葡萄牙人的姐夫、一个磨坊主的私生子，不太穷，他的奶兄弟娶了个老走方郎中的女儿，而这郎中就是一个送牛奶人的儿子的奶兄弟，这送牛奶人又是一个走方郎中的私生子，他一连结了三次婚，这第三任老婆……"

马丁先生 要是没搞错的话，我认识这第三任老婆，她在马蜂窝里吃鸡。

消防队长 不是同一个人。

史密斯太太 嘘！

消防队长 我说的是："这第三任老婆是当地最好的接生婆的女儿，她很早就成了寡妇……"

史密斯先生 和我老婆一样。

消防队长 "她又和一玻璃匠结了婚，这玻璃匠精力充沛，跟一个火车站站长的女儿搞出一个孩子，这孩子人生道路走得挺顺……"

史密斯太太 走的是铁路……

马丁先生 就像玩牌。

消防队长 "他娶了个一年四季在街头摆摊的女老板，女老板的爹有个兄弟是小镇的镇长，镇长娶了位金发女教师[①]，她的堂兄是用线钓鱼的渔夫……"

马丁先生 死亡线？

消防队长 "他娶了另外一位金发女教师，她也叫玛丽，玛丽的兄弟和另一个玛丽结了婚，她也是金发女教师……"

史密斯先生 既然她是金发，那她就只能是玛丽了。

[①] 本剧原名为《无障碍英语》或《英国时间》。在一次排练时，扮演消防队长的演员亨利·雅克·于埃把此处的"金发女教师"说成了"秃头歌女"。这一突如其来的口误有如神助，当即被作者抓住，定为剧名，以更突出其"荒诞"特色。——原编者注

消防队长　"这玛丽的父亲是在加拿大由一个老太太养大的,老太太是一位神父的侄女,神父的祖母和大家一样,一到冬天就常感冒。"

史密斯太太　好奇怪的故事。简直难以置信。

马丁先生　人要感冒了,就得戴上绶带儿。①

史密斯先生　这种谨慎毫无用处,可绝对必要。

马丁太太　对不起,队长先生,我还没太明白您的故事。最后讲到神父的祖母的时候,我就绕糊涂了。

史密斯先生　总是这样的,到了神父手掌上,谁都得是糊涂蛋。②

史密斯太太　哦,队长,再讲一个!大家都求您。

消防队长　啊,我不知道还能不能再讲。我正当班呢,就看现在几点了。

史密斯太太　我们家没钟点。

消防队长　那个挂钟呢?

史密斯先生　它乱走的。精神矛盾。它指的钟点总和准确时间相反。

---

①② 这两句的法语原文是作者用近音词连用的方式,制造语意上的奇特感、突兀感。

第九场

〔同前场人物，加上玛丽。

玛　　丽　太太……先生……

史密斯太太　你想干吗？

史密斯先生　你来这儿有什么事？

玛　　丽　请太太和先生原谅……也请各位太太先生原谅……我想……我想……该轮到我……给你们讲个故事了。

马丁太太　她说什么？

马丁先生　我想我们朋友的这个女佣是疯了……她居然也想讲故事。

消防队长　她以为她是谁啊？（盯着她看）噢！

史密斯太太　你瞎掺和啥？

史密斯先生　玛丽，你可太不识相了……

消防队长　噢，真是她！不可能。

史密斯先生　你们这是？

玛　　丽　不可能！怎么在这儿？

史密斯太太　这，这是什么意思？

史密斯先生　你们是朋友？

消防队长　啊，怎么回事！

〔玛丽扑上去搂住消防队长的脖子。

玛　丽　真高兴又见到您了……太高兴了!

史密斯先生和太太　噢!

史密斯先生　这太过分了,就在这儿,在我们家,在伦敦郊区。

史密斯太太　这不大合适吧!……

消防队长　是她灭了我最初的火苗。

玛　丽　我是他的小水柱。

马丁先生　既然这样……亲爱的朋友们……这种感情可以理解,很有人情味,值得尊重……

马丁太太　凡是有人情味的事都是值得尊重的。

史密斯太太　反正我不喜欢看见她在这儿……在我们中间……

史密斯先生　她缺乏起码的教养……

消防队长　唉,你们偏见太深了。

马丁太太　尽管这与我无关,不过,依我看,不管怎么着,女佣总归就是女佣……

马丁先生　即使有时她能成为一个很好的私家侦探。

消防队长　放开我。

玛　丽　别担心!……他们这也就坏到头了。

史密斯先生　唉……唉……你们很让人感动,你们俩,不过,是不是也有点……有点……

马丁先生　是啊,就是这话。

史密斯先生　……有点太扎眼了……

马丁先生　有一种不列颠的羞耻感,请原谅我再一次强调我的想法,这是外国人无法理解的,即使是外国专家,正是出于这种羞耻感,我要这样表达……当然这不是冲你们说的……

玛　丽　我要给你们讲……

史密斯先生　什么也别讲了……

玛　丽　不,我就要讲!

史密斯太太　走吧,我的小玛丽,老老实实到厨房里去,对着镜子读你的诗……

马丁先生　哎,我不是女佣,可也是对着镜子读诗。

马丁太太　今天早上,你照镜子的时候,你可没看见你自己。

马丁先生　那是因为我没在那儿啊……

玛　丽　不管怎么着,我还是给你们背一首小诗吧。

史密斯太太　我的小玛丽,你可真固执得可怕。

玛　丽　我就给你们背一首诗,就这么着,说好了?这首诗的题目是《火》,是献给队长的。

火

木堆燃烧的灰烬还在闪烁

石头着了火

城堡着了火

树林着了火

男人着了火

女人着了火

鸟着了火

鱼着了火

水着了火

天着了火

灰着了火

烟着了火

火着了火

一切都着了火

着了火,着了火。

〔她念着诗,被史密斯夫妇推出屋外。

第十场

〔同前场人物,没有玛丽。

马丁太太 真让我透心凉……

马丁先生 可诗里倒还有点热乎气儿……

消防队长 我倒觉得棒极了。

史密斯太太 真够呛。

史密斯先生 您太夸张了……

消防队长 听着,这是真的……所有这一切都是很主观的……可这就是我的世界观。我的梦,我的理想……这让我想起我该走了。既然你们家没有钟点,而我,三刻钟又十六分钟之后,准时,我会有一场火要灭,在城的另一头。我可得快点。虽然不是什么大事。

史密斯太太 能有什么事?壁炉里的一点小火苗?

消防队长 没那么严重。一根稻草,胃生虚火。

史密斯先生 这样啊,我们可真不想让您走。

史密斯太太 您可真够逗的。

马丁太太 您让我们度过了真正的笛卡儿式的一刻钟。

消防队长 (向门口走去,停住)噢,对了,那位秃头歌女呢?

〔全场静默,窘迫。

史密斯太太　她总是梳同样的发型！①

消防队长　噢，好了，再见吧，先生太太们。

马丁先生　祝您好运，来场大火！

消防队长　彼此彼此，同祝好运。

〔消防队长下。所有人送他到门口，然后回到原位。

---

① 这句台词和上一句台词是为呼应剧名而特地加上的。——原编者注

第十一场

〔同前场人物,没有消防队长。

马丁太太 我可以给我弟弟买一把折刀,你们没法给你们祖父买下爱尔兰。①

史密斯先生 人用脚走路,但用电或煤取暖。

马丁先生 谁要今天卖头牛,明天准能得个蛋。

史密斯太太 人生在世,就得透过窗户往外瞧。

马丁太太 椅子没人坐的时候,可以坐椅子。

史密斯先生 时刻想周全。

马丁先生 天花板在上,地板在下。

史密斯太太 我要说是,就是说说而已。

马丁太太 人各有命。

史密斯先生 转一圈,摸一摸,人就变成大坏蛋!

史密斯太太 老师教孩子念书,母猫给小猫喂奶。

马丁太太 母牛向我们翘尾巴。

史密斯先生 在乡下,我喜欢孤独和宁静。

马丁先生 您还没老到那份儿上。

史密斯太太 本杰明·富兰克林说得对:您可没他那么沉稳。

---

① 本场对话遍布作者运用谐音、谚语移用、人名挪用、法语英语夹杂等进行的文字游戏。

马丁太太　一星期是哪七天?

史密斯先生　星期一、星期二、星期三、星期四、星期五、星期六、星期日。①

马丁先生　爱德华是办事员,他姐姐南希是打字员,他弟弟威廉是售货员。②

史密斯太太　怪怪的一家人!

马丁太太　比起小推车里的一只袜子,我更喜欢田野上的一只小鸟。

史密斯先生　宁吃木屋一块肉,不喝宫里一口奶。

马丁太太　英国人的家就是他真正的宫殿。

史密斯太太　我的西班牙语不怎么样,听不懂。

马丁太太　要是你把你丈夫的棺材给我,我就把我婆婆的拖鞋给你。

史密斯先生　我在找一个耶稣会神父,让他和我们家的女佣结婚。

马丁先生　既然面包是树,那面包就是树,每天早晨,黎明时分,橡树生橡树。

史密斯太太　我的叔叔在乡下,可与接生婆无关。

马丁先生　纸用来写字,猫用来抓老鼠,奶酪用来盖戳。

史密斯太太　汽车跑得真快,厨娘做菜更棒。

史密斯先生　别呆若木鸡,去拥抱谋反者吧!

马丁先生　先顾自己,再管别人。③

史密斯太太　我等着水渠引进我的磨坊。

马丁先生　谁都能证明,社会进步要是能拌点糖就更棒了。

---

①　原文为英语:Monday, Tuesday, Wednesday, Thursday, Friday, Saturday, Sunday。

②　原文为英语:Edward is a clerck; his sister Nancy is a typist, and his brother William a shop-assistant。

③　原文为英语谚语:Charity begins at home。

史密斯先生　打倒鞋油！

〔史密斯先生此言一出，其他人便噤若寒蝉，目瞪口呆。大家都感到有点不对劲儿。挂钟也更加神经质地乱敲。下面的台词开始用冰冷、敌意的语气。敌对和神经质的情绪逐渐高涨。到这场戏最后，四个人都站了起来，鼻子对鼻子脸对脸地大喊大叫，挥舞拳头，几乎扭打到一起。

马丁先生　谁都不会用黑鞋油去擦亮眼镜。

史密斯太太　是啊，有钱想买啥就买啥。

马丁先生　宰只兔子可比在花园里唱歌有劲。

史密斯先生　白鹦，白鹦，白鹦，白鹦，白鹦，白鹦，白鹦，白鹦，白鹦，白鹦。

史密斯太太　㞢㞢拉得好，㞢㞢拉得好，㞢㞢拉得好，㞢㞢拉得好，㞢㞢拉得好，㞢㞢拉得好，㞢㞢拉得好，㞢㞢拉得好，㞢㞢拉得好。

马丁先生　拉得好来好㞢㞢，拉得好来好㞢㞢，拉得好来好㞢㞢，拉得好来好㞢㞢，拉得好来好㞢㞢，拉得好来好㞢㞢，拉得好来好㞢㞢，拉得好来好㞢㞢。

史密斯先生　狗长跳蚤啦，狗长跳蚤啦。

马丁太太　仙人掌，尾巴骨！绿帽子！傻瓜！蠢猪！

史密斯太太　装桶的把我们塞进了桶。

马丁先生　偷一头牛，不如下一个蛋。

马丁太太　（嘴巴大张）啊！哦！啊！哦！我要咬牙。

史密斯先生　大鳄鱼！

马丁先生　咱们去扇尤利西斯一个耳光。

史密斯先生　我要钻进可可园的窝里去了。

马丁太太　可可园里的可可树，不长花生长可可！可可园里的可可

树，不长花生长可可！可可园里的可可树，不长花生长可可！

史密斯太太　耗子长眉毛，眉毛不长耗子。

马丁太太　别摸我的皮拖鞋！

马丁先生　别动我的皮拖鞋！

史密斯先生　摸摸苍蝇，别让苍蝇摸。

马丁太太　苍蝇动了。

史密斯太太　撏撏你的嘴！

马丁先生　撏出个苍蝇拍，撏出个苍蝇拍。

史密斯先生　有人打起来了！

马丁太太　胆小鬼！

史密斯太太　伪君子！

马丁先生　你有一块尿布！

史密斯先生　你吹我。

马丁太太　伪君子摸我的子弹。

史密斯太太　千万别摸，一摸就炸。

马丁先生　苏利！

史密斯先生　普吕多姆！①

马丁太太、史密斯先生　弗朗索瓦。

史密斯太太、马丁先生　科佩。②

马丁太太、史密斯先生　科佩·苏利！

史密斯太太、马丁先生　普吕多姆·弗朗索瓦。

马丁太太　咕噜咕噜叫，咕噜咕噜叫。

马丁先生　玛丽埃特，锅底！

史密斯太太　克里斯纳穆尔蒂，克里斯纳穆尔蒂，克里斯纳穆

---

① 苏利·普吕多姆 (Sully Prudhomme, 1839—1907)，法国诗人，1901 年诺贝尔文学奖得主。
② 弗朗索瓦·科佩 (François Coppée, 1842—1908)，法国诗人。

尔蒂。

史密斯先生 教皇失控！教皇没阀门，阀门有教皇。

马丁太太 大巴扎，巴尔扎克，巴赞！

马丁先生 怪事多，美术品，乱接吻！

史密斯先生 a c i o u a e i o u a e i o u i！

马丁先生 b c d f g l m n p r s t v w x z！

马丁太太 从蒜到水，从奶到蒜！

史密斯太太 （模拟火车声）突突突突突突突突突突突！

史密斯先生 是这！

马丁太太 不对！

马丁太太 从这儿！

史密斯太太 那儿！

史密斯先生 是这！

马丁太太 从这儿！

马丁先生 这！

史密斯太太 儿！

〔众人大光其火，各自对着别人的耳朵狂吼。灯光熄灭。在黑暗中可以听到越来越急的喊叫声。

众　人 不是走那儿，走这儿，不是走那儿，走这儿，不是走那儿，走这儿，不是走那儿，走这儿，不是走那儿，走这儿，不是走那儿，走这儿！

〔说话声戛然而止。灯光重亮起。马丁先生和马丁太太像本剧开场时史密斯夫妇那样坐着。全剧重新开始，马丁夫妇准确地念着史密斯夫妇在第一场的台词。大幕徐落。

幕　落

上　课

悲喜剧

黄晋凯　译

人物表

教授　五十至六十岁之间　　　马塞尔·屈弗利耶
女青年学生　十八岁　　　　　罗塞特·祖凯里
女佣　四十五至五十岁之间　　克劳德·芒萨尔

该剧于一九五一年二月二十日在袖珍剧院首演。
马塞尔·居弗利耶担任导演。

布　景

老教授的工作室，兼作餐厅。

舞台左边，一扇朝向楼梯的门；舞台深处右侧，另一扇门，通套间内的过道。

舞台深处，略偏左，一扇不太大的窗户，普通窗帘，窗台上几盆常见的鲜花。

可以看到远处红屋顶的矮房子——这是一座小城。天空灰蓝。舞台右边有一粗糙的橱柜。房间中央，摆一张兼作书桌用的餐桌。桌边有三把椅子，另有两把椅子放在窗户两旁。壁纸鲜亮，几排书架，上面摆着一些书。

〔幕启，舞台上空无一人，且持续略久。门铃响。未见其人，先闻其声："来啦，这就来。"女佣跑着从台阶下来。此人膀大腰圆，四十五至五十岁之间，脸色红润，农妇发型。

女　佣　（如风般登场，砰的一声关上身后右侧的门，在围裙上擦着手跑向左侧的门。此时，门铃又一次响起）等一会儿，就来了。（开门。芳龄十八的女学生出现在门口，灰罩衫，小白领，书包挎在臂下）早上好，小姐。

学　生　早上好，太太。教授在家吗？

女　佣　是来上课吗？

学　生　是的，太太。

女　佣　他正等您呢，您坐一会儿，我去叫他。

学　生　谢谢，太太。

　　　　〔学生在桌旁坐下，面对观众；她的左侧是进门；女佣急急忙忙从她背朝的那扇门进去叫喊。

女　佣　先生，请下来吧。您的学生到了。

教授的声音　（细弱的）谢谢。稍等……我这就下来……

　　　　〔女佣下；学生踮起小腿，书包放在膝盖上，乖乖地等着；她向房间里的家具、天花板等处扫了一两眼，便从书包里抽出一个笔记本随意翻着，然后，长时间盯在一页上，像是在复习课文，又像是最后看一眼自己的作业。她是个有礼貌、有教养、无忧无虑、生机勃勃、充满活力的姑娘；嘴唇上总挂着浅浅的微笑；在全剧进程中，她生龙活虎的言谈举止，渐渐放慢了节奏，逐渐变得忍让克制；欢天喜地、笑口常开的她，渐渐变得愁眉苦脸、郁郁寡欢；最初精力充沛，却越来越神色疲惫、迟钝麻木；在临近剧终时，她的面部明显表现出神经质的抑郁表情；说话的方式也深受影响，语言很不流畅，搜索枯肠才能找到要说的词，结结巴巴很费劲地从嘴里蹦出来；她像是先得了失语症，慢慢发展到全身瘫痪；起初，她意志坚强，甚至显得有点攻击性，但愈来愈被动，渐渐变成了被教授掌控于股掌的萎靡不振、慵懒无力、死气沉沉的物品；在教授完成最后一举后，学生就无力作出反应了；她变得无知无觉，不再有什么反应；这一具呆滞的躯体，只有眼睛里露出一丝惊愕、一丝难以言表的恐惧；当然，每一个动作与动作之间的衔接也变得缓慢至极。

　　　　教授上。这是一个留着灰白短须的矮小老头，脸上是夹鼻眼镜，头戴黑色无边圆帽，身穿小学教师的那种黑色长罩衫，黑色长裤，黑色皮鞋，上身露出白色衬衫的硬领、黑色领带。他特别礼貌、非常腼腆，说话声音由于腼腆而变得很轻，总之是行为举止十分庄重，十分符合教授的形象。他全程都在搓自己的两只手，偶尔，他的眼睛里闪过一种色眯眯的光，不过很快就克制住了。

随着全剧进程，教授的腼腆悄无声息地消失了；他眼神里色眯眯的意味，最后变得明目张胆、连绵不断。开始时教授表面上的行为举止可以说是人畜无害，后面则变得越来越自信满满、神经兮兮、咄咄逼人、蛮横无理，直至醉心于把学生变成一个可怜的玩物，玩弄于股掌之中。非常明显，教授的声音从单薄细弱变得越来越响亮，最后是铿锵有力，像喇叭一样嘹亮。而女学生的声音最后几乎是听不见了，与全剧开头她清晰脆耳的声音形成鲜明对比。开头几场戏，教授甚至有点轻微的结巴。

教　授　早上好，小姐……是您，就是您吧，您是新来的学生？

学　生　（很快转过身，一派大家闺秀无拘无束的样子；起身朝教授走去，向他伸出手）是的，先生。早上好，先生。您瞧，我来得很准时。我不愿意迟到。

教　授　好极了，小姐。谢谢，不过您不必着急。我让您等了半天，真不知该怎么请您原谅……我终于还是……是吧……请您原谅……您会原谅我的……

学　生　用不着，先生。没事儿，先生。

教　授　对不起……这房子不大好找吧？

学　生　不……一点儿都不难找。我打听来着。这儿所有的人都认识您。

教　　授　　我在这座城市住有三十年了。您来的时间不长吧。您怎么找到这座城市的呢？

学　　生　　它让我一点儿都讨厌不起来。是座美丽舒适的城市，漂亮的公园，有寄宿学校，有主教，还有好多很好的商店，大街小巷……

教　　授　　是这样，小姐。不过，我也喜欢到别处去生活。比如，巴黎，或者至少是波尔多。

学　　生　　您喜欢波尔多？

教　　授　　不知道。我不了解。

学　　生　　那您了解巴黎？

教　　授　　也不了解，小姐，可是，要是您愿意的话，您是不是能告诉我，巴黎是……哪里的首都，小姐？

学　　生　　（思索片刻，欣然想起）巴黎，是……是……法国的首都？

教　　授　　对啊，小姐，好极了，简直是太棒了，完美。祝贺您。您对国家地理了如指掌。对各国首都。

学　　生　　哦，我还不是都了解，先生，并不那么容易，要我学起来还挺难的。

教　　授　　哦，这就快了……胆子大一点……小姐……请原谅……耐心点……慢慢地，慢慢地……您瞧，就快了……今天天气真好……或者说，并不那么好……哦，反正是，总之，不太坏，最主要的是……唔……唔……没下雨，也没下雪。

学　　生　　可真让人吃惊，这会儿可是大夏天啊。

教　　授　　请原谅，小姐，跟您说这个……不过您要知道我们应该做好发生任何事情的准备。

学　　生　　当然，先生。

教　授　小姐，在这个世界上，我们什么也不能相信。

学　生　冬天才下雪。冬天，是四季中的一季。另外三个季节是……唔……是春……

教　授　嗯？

学　生　……天，然后是夏天……然后是……唔……

教　授　小姐，发音有点像"球"①。

学　生　噢，对了，秋天……

教　授　这就对了，小姐，回答正确，完美。我对您会是个好学生深信不疑。您肯定会大有进步的。您很聪明，在我看来，有教养、记忆力超强。

学　生　我知道季节了，是吧，先生？

教　授　当然了，小姐……差不多吧。很快就行了。不管怎么说，已经很好了。您就会知道所有季节了，眼睛闭起来。像我一样。

学　生　这很难。

教　授　噢，不，稍微使点儿劲就行，坚强点儿，小姐。瞧吧，就行了，要有信心。

学　生　哦，先生，我很愿意。我非常渴望受教育。我的父母也很想我能深化我的学识。他们希望我能成为专家。他们认为，在我们这个时代，仅仅有一般的、即使是很扎实的文化知识是远远不够的。

教　授　小姐，您的父母说得太对了。您得好好抓紧学习才是。请原谅我对您这么说，不过这是很必要的。当代生活变化无常。

学　生　实在太复杂了……我很幸运，我的父母很有钱。他们能

---

① 原文为法语 automobile（汽车），与法语 automne（秋天）音近，此处译为"球"，亦为与"秋"音近。

在工作上帮我，帮我接受很高等的教育。

教　授　您想参加……

学　生　参加博士学位第一次考试，越早越好。三周以后吧。

教　授　您已经通过中学毕业会考了？——要是您同意我向您提问题的话。

学　生　是的，先生，我已经有科学业士学位和文学业士学位了。

教　授　哦，您可真够超前的，以您的年龄，有点太超前了。那么，您想获得什么博士学位呢？物质科学还是哲学？

学　生　要是您认为这点时间够用的话，我父母很想让我成为全能博士。

教　授　全能博士？……小姐，您可真胆大，我真心祝贺您。咱们共同努力去争取最好成绩，小姐。再说，您这么年轻，可已经相当博学了。

学　生　哎呀，先生。

教　授　那么，要是您允许的话，对不起，我想跟您说，咱们该开始干活了。咱们可一点时间都耽误不起了。

学　生　哦，没事儿，先生，我很愿意。那就请吧。

教　授　我是不是能请您坐下……那儿……要是对您没什么不便的话，小姐，您是否能允许我坐在您的对面？

学　生　当然可以，先生。请吧。

教　授　太感谢了，小姐。（他们在桌旁面对面落座，侧面对观众席）好啦。您有书和笔记本吗？

学　生　（从书包里取出书和笔记本）有，先生，当然有，该有的我都有。

教　授　好极了，小姐，真是好极了。好吧，要是您不讨厌的话……咱们这就开始？

学　　生　　好啊，先生，我听您的。

教　　授　　听我的？……（眼中迅速闪过一丝亮光，随即消失，一个有意抑制住的神态）噢，小姐，该是我听您的。我只是您的仆人。

学　　生　　哦，先生……

教　　授　　要是您愿意……那……咱……咱们……我……我……开始简单测试一下您过去和现在的知识，以找到将来的路……好，您对复数的领会怎么样？

学　　生　　模模糊糊……稀里糊涂。

教　　授　　好，咱们就打这儿开始。

〔他搓着双手。女佣上，这似乎惹恼了教授；她朝橱柜走去，磨磨蹭蹭地在里面找什么东西。

教　　授　　那就来吧，小姐，您愿不愿意咱们先来点算术，要是您愿意……

学　　生　　行啊，先生。当然愿意，我就想来这个。

教　　授　　这是一种相当新的科学，现代科学；确切地说，更是一种方法……还是一种治疗。（对女佣）玛丽，您找完了吗？

女　　佣　　是，先生，我找到盘子了。这就走……

教　　授　　快点儿。请回您的厨房去。

女　　佣　　是，先生，就去。

〔女佣装着要出去。

女　　佣　　请原谅，先生，当心，我奉劝您冷静点。

教　　授　　瞧，您真可笑，玛丽。您不用担心。

女　　佣　　老是这一套。

教　　授　　我不明白您想说什么。我很清楚自己该怎么做。我这把年纪足够对付这种事儿了。

女　佣　没错,先生。您教小姐最好别先从算术开始。算术累人,让人紧张。

教　授　我这岁数就是这样。您瞎掺和什么呢?这是我的事儿。我了解她。您的位置可不在这儿。

女　佣　好吧,先生。您以后可别说我没提醒您。

教　授　玛丽,我不需要您的忠告。

女　佣　先生看着办吧。

〔女佣下。

教　授　请原谅这愚蠢的打断,小姐。请原谅这个女人……她总怕我累着,总担心我的健康。

学　生　哦,没事儿,先生。这证明她对您忠心耿耿,很爱您。好的保姆可太少了。

教　授　她夸大其词。她的担心太傻了。言归正传,咱们回到算术上来吧。

学　生　随您,先生。

教　授　(优雅地)各就各位!

学　生　(品味这句风趣的话)听您的,先生。

教　授　好,咱们来算点算术。

学　生　好的,非常乐意,先生。

教　授　告诉我……这不会让您讨厌吧……

学　生　一点儿也不,先生,来吧。

教　授　一加一等于几?

学　生　一加一等于二。

教　授　(为学生的知识赞叹)哦,太棒了!在我看来,您的学业遥遥领先。小姐,您肯定能轻松拿到全能博士学位。

学　生　我真高兴。特别是这是您说的。

教　授　咱们再推进一步：二加一等于几？

学　生　三。

教　授　三加一？

学　生　四。

教　授　四加一？

学　生　五。

教　授　五加一？

学　生　六。

教　授　六加一？

学　生　七。

教　授　七加一？

学　生　八。

教　授　七加一？

学　生　八……（重复）

教　授　多好的回答。七加一？

学　生　八（第三次）。

教　授　好极了。很优秀。七加一？

学　生　八（第四次）。有时是九。

教　授　神了，您简直神了。您无与伦比。小姐，我向您表示热烈祝贺。没必要继续了。加法，您就是天才。咱们来看看减法。要是您还没筋疲力尽的话，请您告诉我，四减三等于几？

学　生　四减三？……四减三？

教　授　对，我也可以说：从四里取走三。

学　生　等于……七？

教　授　对不起，我不得不反驳您。四减三不等于七。您搞混了：四加三等于七，四减三不等于七……现在做的是减法，不是加法。

学　生　（努力去明白）是……是……

教　授　四减三等于……多少？多少？

学　生　四？

教　授　不对，小姐，不是那么回事。

学　生　那就是，三。

教　授　也不对，小姐……对不起……我得说……不是那么回事……请原谅。

学　生　四减三……四减三……四减三？……肯定不会等于十吧？

教　授　哦，当然不是，小姐。这可不能靠猜，要推理。咱们一起来好好推断一下。您愿意数数吗？

学　生　好的，先生。一……二……呃……

教　授　您很会数数？您可以数到多少？

学　生　我可以数到……无限。

教　授　这不可能，小姐。

学　生　好吧，就算数到十六。

教　授　足够了。要有节制。请吧，请开始数吧。

学　生　一……二……在二之后，有三……四……

教　授　打住，小姐。哪个数最大？是三还是四？

学　生　呃……三还是四？哪个最大！三还是四哪个最大？在什么意义上的最大？

教　授　有些数小，有些数大。那些大的数，比那些小的数有更多的位数……

学　生　……比那些小的数？

教　授　除非那些小的数有更小的位数。如果位数很小，就可能那些小的数比大的数有更多的位数……关于另外的位数……

学　生　在这种情况下，那些小的数就可能比大的数大？

教　授　咱们先别说这些。这会让咱们误入歧途，让您以为世上只有数字……其实还有体积大小、款项额度、计算群组，还有成堆成堆的东西，比如成堆的李子、成堆的车厢、成堆的鹅、成堆的种子，等等等等。为了把事情简化，咱们先假设只有相等的数字，最大的数字含有最多相等的位数。

学　生　含有最多位数的就是最大的数？啊，我明白了，先生，您是把质量等同于数量。

教　授　这太理论化了，小姐，太理论化了。您不必为这操心。咱们找个例子来对这种情况进行推论。晚一点再来做结论。比方说，数字四和数字三，都是一样的位数；哪个大呢？哪个数小，哪个数大？

学　生　对不起，先生……您说的大的数是什么意思？是不是就是指比另一个数不那么小的那个数？

教　授　就是，小姐，棒极了。您完全明白我的意思。

学　生　哦，那就是四。

教　授　四是什么？比三大还是比三小？

学　生　比三小……不，比三大。

教　授　精彩的回答。那么，从三到四……或者，要是您愿意的话，从四到三，这中间隔多少位数？

学　生　在三和四之间，先生，不隔位数。四是跟着三后面来的，在三和四之间，什么都没有！

教　授　我自己都没太搞明白。这显然是我的错。我就没太弄清楚。

学　生　不，先生，是我的错。

教　授　拿着，这是三根火柴，这儿还有一根，一共是四根。看好了，您有四根，我从中拿走一根，您还剩几根？

〔大家看不见火柴，也没有任何用来说明问题的物品；教授从桌旁起身，用并不存在的粉笔在并不存在的黑板上写写画画，诸如此类的动作。

学　生　五根。要是三加一等于四，那么四加一就等于五。

教　授　不是那么回事。完全不是那么回事。您总是想着加。还必须得会减。不能只一门心思地归纳，还必须知道分解。这就是生活。这就是哲学。这就是科学。这就是进步。这就是文明。

学　生　是的，先生。

教　授　还回到火柴上来。我这儿有四根。您瞧，确实是四根。我拿走一根，还剩……

学　生　我不知道，先生。

教　授　唉，好好想想。我知道，这并不容易。不过，您可是受过良好教育的，能够进行必要的脑力活动，达到理解。那么，还剩几根火柴？

学　生　我不行，先生。我不知道，先生。

教　授　咱们举简单点的例子。您原来有两只鼻子，我揪走一只……您现在还剩几只鼻子？

学　生　一只也没有。

教　授　怎么一只也没有？

学　生　是啊，正因为您一只也没揪走，我现在就还有一只啊。要是您揪走了，我不就没了。

教　授　您没明白我举这个例子的意思。假设您只有一只耳朵。

学　生　嗯，然后呢？

教　授　我给您加一只，您有几只耳朵？

学　生　两只。

教　授　好。我给您再加一只，您有几只耳朵？

学　生　三只耳朵。

教　授　我摘去一只……您还剩……几只耳朵？

学　生　两只。

教　授　好。我再摘去一只，您还有几只耳朵？

学　生　两只。

教　授　不对。您有两只耳朵，我拿走一只，我吃了一只，您还剩几只耳朵？

学　生　两只。

教　授　我吃了一只……一只。

学　生　两只。

教　授　一只。

学　生　两只。

教　授　一只！

学　生　两只！

教　授　一只！！！

学　生　两只！！！

教　授　一只！！！

学　生　两只！！！

教　授　一只！！！

学　生　两只！！！

教　授　不，不，不是这么回事。这个例子缺乏……缺乏说服力。您听着。

学　生　是，先生。

教　授　您有……您有……您有……

学　生　十个手指!……

教　授　好。随您吧。很好。您是有十个手指吧。

学　生　是,先生。

教　授　要是您原先就有五个手指,那您会有几个手指?

学　生　十个,先生。

教　授　不是这么回事!

学　生　是这么回事,先生。

教　授　我跟您说不对!

学　生　您刚才还跟我说我有十个……

教　授　我也马上就对您说您原先有五个!

学　生　我不是有五个,我有十个!

教　授　咱们另想办法……咱们把数就限在从一到五,学习减法……等等,小姐,您来看。我会让您明白的。(教授开始在一块想象的黑板上写字。他把黑板移近学生,学生转过身看)您看,小姐……(他装着在黑板上画一根棍;装着在下面写上数字1;然后,画两根棍,在下面写上2;画三根棍,在下面写上3,画四根棍,在下面写上4)您看……

学　生　是,先生。

教　授　这些是棍,小姐,木棍。这儿是一根,那是两根,那是三根,然后是四根、五根。一根棍,两根棍,三根棍,四根棍,五根棍,这就是数目。我们在计算这些棍的时候,每根棍就是一个单位,小姐……我刚跟您说什么来着?

学　生　"一个单位,小姐!我刚跟您说什么来着?"

教　授　或者说数字!数目!一、二、三、四、五,这就是计数的元素,小姐。

学　生　(迟疑地)是的,先生。元素、数字,就是这些木棍、单位和数目……

教　授　都在这儿了……就是说，归根结底，整个算术就都在这儿了。

学　生　是啊，先生。好的，先生。谢谢，先生。

教　授　好啦，算吧，您要是愿意，您就用这些元素……加或是减……

学　生　（像是努力要印在脑子里）木棍就是数字和单位的数目？

教　授　嗬……也可以这么说吧。然后呢？

学　生　我们可以减去三个单位中的两个单位，那我们能不能从三个三中减去两个二呢？或是从四个数目中减去两个数字，从一个单位里减去三个数目？

教　授　不能，小姐。

学　生　为什么，先生？

教　授　因为所以，小姐。

学　生　因为什么，先生？不是这些就是那些吗？

教　授　是这样，小姐。这无法解释。要靠内在的数理推断才能弄明白。有人有这能力，有人没有。

学　生　那就算了！

教　授　听着，小姐，要是您不能深入理解这些原理、理解这些算术的本源，您就永远无法正确完成巴黎综合工科学院的工作。人家也就很难让您在综合工科学院讲课……在高级幼儿园讲课也不成。我承认这不容易，这非常非常抽象……很明显……可在深入掌握这些基本元素之前，您能心算出——这对一个普通工程师来说可是最低要求——比如三十七亿五千五百九十九万八千二百五十一乘以五十一亿六千二百三十万三千五百零八等于多少吗？

学　　生　（迅速地）等于十九个十的三十次方三百九十个十的二十四次方二百亿亿八千四百四十二亿一千九百一十六万四千五百零八……

教　　授　（惊讶）不，我可不这么想。这应该等于十九个十的三十次方三百九十个十的二十四次方二百亿亿八千四百四十二亿一千九百一十六万四千五百零九……

学　　生　……不……五百零八……

教　　授　（越来越惊讶，心算）唔……您是对的……这个积数是对的……（含糊不清地嘟囔着）……十的三十次方，十的二十四次方，百亿亿，十亿，百万……（转而清晰地）……十六万四千五百零八……（吃惊地）您不掌握算术推理的原理，您怎么会知道这个呢？

学　　生　很简单。我不相信自己的推断能力，就把所有可能的乘法的所有可能的得数都背下来了。

教　　授　太厉害了……不过，请允许我向您承认我对此并不满意，小姐，我不会向您表示祝贺：对数学，尤其是对算术来说，重要的是计算——在算术里，就得没完没了地计算——计算，首先就得理解……要通过数学推理，同时运用归纳和分解的推理，您才可能得到这个结果——以及所有其他的结果。数学是记忆力的大敌，特别是超强的记忆力，从算术的角度说，那是有害的！……我并不满意……这样不行，根本不行……

学　　生　（抱歉地）是，先生。

教　　授　咱们暂且把这搁下。换做另一种练习……

学　　生　是，先生。

女　　佣　（上）嘿，嘿，先生。

教　　授　（没听见）很遗憾，小姐，在数学专修上您的进步不大……

女　佣　（拽他的衣袖）先生！先生！

教　授　我担心您不能参加全能博士的考试……

学　生　是的，先生，很遗憾！

教　授　至少您……（对女佣）放开我，玛丽……瞧，您瞎搅和什么？回厨房去！找您的锅碗瓢盆去！走！快走！（对学生）咱们得努力让您准备好，至少通过部分博士学位……

女　佣　先生！……先生！……（拽他的衣袖）

教　授　（对女佣）快放开我！放开我！这是什么意思？……（对学生）如果您真的坚持要去考部分博士学位，那我还得教您……

学　生　是的，先生。

教　授　……语言学和比较语文学的基础知识……

女　佣　不，先生，不！……千万别！……

教　授　玛丽，您咋呼什么！

女　佣　先生，尤其是别讲语文学，讲语文学要出事的……

学　生　（惊讶地）出事？（有点傻乎乎地笑着）看来有故事！

教　授　（对女佣）太过分了！出去！

女　佣　好，先生，好。以后您可别怪我没提醒您！讲语文学要出事的！

教　授　我是成年人，玛丽！

学　生　是的，先生。

女　佣　随您便吧！（下）

教　授　咱们继续，小姐。

学　生　好的，先生。

教　授　我要求您以最大的注意力来听我准备好的课……

学　生　好的，先生。

教　授　……这样，只要花十五分钟，您就能掌握新西班牙语比较语言语文学的基本原理。

学　生　好的，先生，哦！（拍掌）

教　授　（威严地）安静！这是想说什么？

学　生　对不起，先生。（慢慢地把手放回桌子上）

教　授　安静！（他站起，在房间里踱步，双手背在身后；他走走停停，时而站到房间中央，时而走近学生，用手势强调他说的话；他侃侃而谈，尚不算太艰深；学生用目光追随他，有时却跟不上，因为要使劲转头；有一两次，她得整个身体转过去）是这样，小姐，西班牙语就是母语，由它产生种种新西班牙语，像西班牙语、拉丁语、意大利语、咱们的法语、葡萄牙语、罗马尼亚语、撒丁语或萨丹纳帕路斯语，西班牙语和新西班牙语——同样，从某些方面来说，土耳其语是最接近希腊语的，这完全符合逻辑，因为土耳其是希腊的邻居，它们之间的距离比你我还近：这只是对重要的语言学法则的又一种说明，依据这一法则，地理学和语文学是孪生姐妹……您能记下来吧，小姐。

学　生　（低声地）是的，先生！

教　授　这就可以区分新西班牙语和语言学上的各组方言，诸如奥地利语和新奥地利语或哈布斯堡语这一组，世界语、瑞士法语、摩纳哥语、瑞士语、安道尔语、巴斯克语，一团乱麻这一组组，以及外交语言和技术语言的各组——我说，能使它们区分开来的，正是它们强烈的相似性，而这些相似性又让人很难将它们一一区别开来——我谈论种种新西班牙语，人们最终能够把它们彼此辨认出来，是因为它们有鲜明的特点，有极其相似的绝对无可辩驳的标志，这种相似性使它们共同的起源变得无可辩驳，同时也用我刚才所说的那些明显的特点把它们区分得一清二楚。

学　生　哦哦哦！是是是的，先生！

教　授　可咱们别再在这笼而统之的理论里磨蹭了……

学　生　（遗憾地、迷惑地）噢，先生……

教　授　您好像对此很感兴趣。太好了，太好了。

学　生　噢，是的，先生。

教　授　您不用担心，小姐。咱们慢点就回到这上面来……除非全没这回事了。谁会这么说呢？

学　生　（高兴地，不管不顾地）哦，是的，先生。

教　授　一切语言，小姐，您要知道，您至死都忘不了的……

学　生　噢！是的，先生，我至死都……是的，先生……

教　授　……而这还是一条基本法则，一切语言总括起来不过就是一种言语，它必不可少地要由声音构成，或者……

学　生　音素……

教　授　我这就跟您讲。别炫耀您的知识。不如好好听着。

学　生　好的，先生。是，先生。

教　授　小姐，声音就应展翅飞翔以免落入聋子的耳朵。因此，当您决定发声时，最好尽可能地伸长脖子、抬高下巴，踮起脚尖站着，坚持住，您就能看到……

学　生　是的，先生。

教　授　别说话。坐好，别打断……大声发出声音，用尽肺部连同声带的所有力量。瞧，就这样："蝴蝶""尤里卡""特拉法尔加""爷爷、爸爸"。这样，充满比周围的空气更轻盈的热空气的声音，它们飘来荡去，飘来荡去，不会有落入聋子耳朵的风险。聋子耳朵，那是真正的深渊，音响的坟墓。要是您快速发出多种声音，它们就会自动交织在一起，构成音节、词语，直至句子，也就是说，构成或重要或不重要的组合，毫无意义的声音的非理性集合，如此这般，它们就能毫无危险地在空中坚持停留在一个很高的高度。唯有那些承载着意义的词语会落下，它们为意义所累，在重压下跌落在……

学　生　……聋子的耳朵里。

教　授　是啊，不过，您别打断……陷入最坏的混乱里……或者像是爆裂的皮球。这样，小姐……（学生突然做痛苦状）您怎么啦？

学　生　我牙痛，先生。

教　授　没事儿。咱们不能为这点小事就停下来。继续……

学　生　（好像越来越痛苦）是，先生。

教　授　顺便我让您注意在连读时改变性质的辅音。连读时，f 要读成 v，d 要读成 t，g 要读成 k，反之一样，比如我给您举一些例子："三小时""孩子们""葡萄酒焖仔鸡""新时代""夜幕降临"①。

学　生　我牙痛。

教　授　咱们继续。

学　生　是。

教　授　总结一下：学习发音，需要很多很多年。借助科学，咱们几分钟就能达到目的。为读出词语，发出声音，或您想做的一切，您知道必须无情地逐出肺里的空气，让它轻柔地从声带上摩挲着通过，突然，像竖琴，或像风中的树叶，颤动着，晃动着，抖动着，抖动着，抖动着，或发喉音，或出怪

---

① 这些词语对应的法语发音中含有上述辅音。

声，或发怨言，或吹口哨、吹口哨，让一切都动起来：小舌头，大舌头，上颚，牙齿……

学　生　我牙痛。

教　授　……嘴唇……最终词语从鼻子、嘴巴、耳朵、毛孔，以及我们叫得上来的各种器官里冒出来，拔地而起，强力起飞，声势浩大，这不是别的，正是被人们不恰当地称之为声音的东西，它或变调成歌唱，或变身成庞大乐队演奏的强力交响风暴……一束束奇花异卉，响声巨大的礼花：唇音，齿音，爆破音，上颚音，其他等等，时而柔情似水，时而痛苦忧伤或猛烈狂暴。

学　生　是的，先生，我牙痛。

教　授　咱们继续，继续。说到种种新西班牙语，它们彼此是近亲，也被看作是日耳曼语的表亲。它们以哑音 e 为标识，曾共有一个母亲：西班牙语。因此，很难将它们彼此区别开来。因此，正确的发音很有用，它可以避免发音的错误。发音本身就足以代表一种语言。一种坏的发音能把您搞得晕头转向。说到这儿，请允许我顺便告诉您我个人的记忆。（教授稍稍放松，陷入回忆片刻；脸色略显柔和；很快又变回来）那个时候我很年轻，几乎还是个孩子。我在服兵役。在部队里，我有一个队友，是子爵，他有个发音错误很严重：他不会发字母 f 的音。他不说 f，而说 f。这样，他不说"喷泉，我不喝你的水"，而说"喷泉，我不喝你的水"。他说"女儿"而不说"女儿"，说"菲尔曼"而不说"菲尔曼"，说"卖力讨好"而不说"卖力讨好"，说"让我安静点儿"而不说"让我安静点儿"，说"乱七八糟"而不说"乱七八糟"，说"飞飞""疯疯""发发"而不说"飞飞""疯疯""发发"，说"菲利普"而不说

69

"菲利普",说"顺利"而不说"顺利",说"二月"而不说"二月",说"三月四月"而不说"三月四月",说"杰拉尔·德·奈瓦尔"而不用正确的说法"杰拉尔·德·奈瓦尔",说"米拉波"而不说"米拉波",说"等等"而不说"等等",如此这般,等等等等。不过他很走运,能用帽子掩饰他的毛病,大家居然没有发现。

学　生　是的。我牙痛。

教　授　（突然改变声调,生硬地）继续。首先把相似点弄准了,以便接下来更好地掌握所有这些语言的不同之处。这些不同点对外行来说是不太容易把握的。这样看,所有这些语言的所有词语……

学　生　啊,是吗？……我牙痛。

教　授　继续……都是一样的,而所有的词尾,所有的前缀,所有的后缀,所有的词根……

学　生　这些词的词根是方的吗？

教　授　方的或立方的。看情况。

学　生　我牙痛。

教　授　继续。这样吧,为给您提供一个可作说明的例子,请您用"额"这个词……

学　生　怎么用？

教　授　随便您,只要用这个词,千万别半途而废。

学　生　我牙痛。

教　授　继续……我说了:"继续。"就用"额"这个词,可以了吗？

学　生　是,是。可以了。我的牙,我的牙……

教　授　"额"这个词在"面额"里是词根。也是"不要脸（面额）者"的词根。"客"是左偏旁，"页"是右偏旁。大家都这么说，因为它们是不变的。它们不想变。

学　生　我牙痛。

教　授　继续。快点儿。这些词缀都来自西班牙语，是不是？我希望您能看出来。

学　生　啊！我就觉着牙痛。

教　授　继续。您同样会注意到，在法语里也没有变。是啊，小姐，什么也无法将它们改变，不论是在拉丁语里，意大利语里，葡萄牙语里，萨丹纳帕路斯或萨丹纳帕利语里，罗马尼亚语里，新西班牙语里，西班牙语里，甚至是东方语言里："额""面额""不要脸（面额）者"都是同一个词，在上述所有这些语言里，词根相同，偏旁相同，一成不变。所有的词语都是一样的。

学　生　在所有这些语言里，所有的词语想说的都是同一样东西？我牙痛。

教　授　绝对的。难道还会有别的什么吗？不仅是这一个词，而且是所有语言里所有可以理解的词，不管怎样都永远只有同一个解释，只能见到同一种结构，听到同一种声音。因为，在所有国家里，同一个概念，都要用唯一的一个词和它的同义词来表达。别管您的牙。

学　生　我牙痛。是，是，是的。

教　授　好吧，继续。我跟您说，继续……比方说，用法语您怎么说："我祖母的玫瑰和我那个亚洲人祖父一样黄"？

学　生　我痛、痛、牙痛。

教　授　继续，继续，您就说吧！

学　生　用法语？

教　　授　用法语。

学　　生　呃……让我用法语说："我祖母的玫瑰……"

教　　授　"和我那个亚洲人祖父一样黄"……

学　　生　好的，我来说，用法语，我觉得是这样说："我……玫瑰……"怎么说来着，"祖母"，用法语？

教　　授　用法语吗？"祖母"。

学　　生　"我祖母的玫瑰和……一样黄"，用法语，是说"黄"吧？

教　　授　是啊，当然啦！

学　　生　"和我祖父生气时一样黄。"

教　　授　不……是"那个亚……"

学　　生　"……洲人……"我牙痛。

教　　授　这就对了。

学　　生　我牙……

教　　授　痛……哎呀……继续！现在，把同样的句子译成西班牙语，然后，译成新西班牙语……

学　　生　西班牙语……应该是："我祖母的玫瑰和我那个亚洲人祖父一样黄。"

教　　授　不对，错。

学　　生　新西班牙语是："我祖母的玫瑰和我那个亚洲人祖父一样黄。"

教　　授　错、错、错！您给弄反了，把西班牙语说成了新西班牙语，把新西班牙语说成了西班牙语……啊……不……正好颠倒了……

学　　生　我牙痛。您糊涂了。

教　　授　是您把我搅糊涂了。注意，记好笔记。我先用西班牙语，然后用新西班牙语，最后用拉丁语对您说这个句子。您跟着我念。注意，因为它们非常相似。这是一致的相似性。听着，好好跟着……

学　生　　我牙……

教　授　　……痛。

学　生　　继续……啊！……

教　授　　……用西班牙语："我祖母的玫瑰和我那个亚洲人祖父一样黄。"拉丁语："我祖母的玫瑰和我那个亚洲人祖父一样黄。"您掌握其中的差别了吗？把它翻译成……罗马尼亚语。

学　生　　"玫……"怎么说来着，"瑰……"译成罗马尼亚语？

教　授　　注意，是"玫瑰"。

学　生　　不是"玫瑰"吗？啊，我牙好痛……

教　授　　不，不，东方语"玫瑰"是从法语"玫瑰"译过来的，也译成西班牙语"玫瑰"，您掌握了吗？还有萨丹纳帕利语"玫瑰"……

学　生　　对不起，先生，可……噢，我这牙痛……我没掌握其中的差别。

教　授　　其实很简单！很简单！尽管这些如此不同的语言表现出完全一致的特点，只要有点经验，技术性的经验和对不同语言的实践，我都能给您提供一把钥匙……

学　生　　牙痛……

教　授　　区分这些语言的，既不是词语——它们是完全相同的；也不是句子的结构——它们处处都是一样的；也不是音调——它们就没什么分别；也不是语言的节奏……它们的区别是……您在听我说吗？

学　生　　我牙痛。

教　授　　您在听我说吗，小姐？啊！咱们要生气了。

学　生　讨厌，先生！我牙痛。

教　授　狗奴才！听我说！

学　生　好吧……是……是……说吧。

教　授　要把这些语言和那些语言区别开来，一方面，从西班牙语，以哑音 e，它们的母亲，另一方面……以……

学　生　（做鬼脸）以什么？

教　授　这是说不清道不明的事情。是须历经千辛万苦、反复体验方能意会而难以言传的……

学　生　啊？

教　授　是的，小姐。无法告诉您任何规则。必须得嗅觉灵敏，这就够了。可要想嗅觉灵敏，就必须学习，学习，再学习。

学　生　牙痛。

教　授　不过在某些特定情况下，总会有一种语言与另一种语言的词语是不同的……但我们不能把我们的知识建立在这样的基础上，因为，这么说吧，那些是特殊情况。

学　生　噢，是吗？……哦，先生，我牙痛。

教　授　别打断我！别让我发火！我不想再回答了。我说过了……对，是的，那些特殊情况，说过很容易区分……轻而易举地区分……很方便……要是您想听……我重复一遍："要是您想听"，我发现您不再听我的了……

学　生　我牙痛。

教　授　我说过，在某些流行用语里，一些词语从一种语言到另一种语言是完全不同的，因此，在这种情况下，所用的语言显然是更容易辨认的。我给您举个例子：在马德里很著名的新西班牙语句式："我的祖国是新西班牙"，变成意大利语是："我的祖国是……"

学　　生　　"新西班牙。"

教　　授　　不对！"我的祖国是意大利。"那请您告诉我，简单推断，您用法语怎么说"意大利"？

学　　生　　我牙痛！

教　　授　　其实很简单："意大利"这个词，用法语我们有一个很准确的译法："法兰西"。"我的祖国是法兰西。"而"法兰西"用东方语说是："东方"！"我的祖国是东方。"而"东方"用葡萄牙语说是："葡萄牙"！东方语句子"我的祖国是东方"以这种方式译成葡萄牙语是："我的祖国是葡萄牙"！还有……

学　　生　　行了！行了！我牙痛……

教　　授　　牙！牙！牙！……来，我给您拔掉！再举个例子。"首都"这个词，根据大家所说的不同语言具有不同的意义。就是说，如果一个西班牙人说："我住首都"，"首都"这个词和听到一个葡萄牙人说"我住在首都"所说的并不是一码事。更进一步说，一个法国人，一个新西班牙人，一个罗马尼亚人，一个拉丁人，一个萨丹纳帕利人……只要您听到说……小姐，小姐，我这是跟您说呢！真他妈的！只要您听到这句："我住首都"，您就该直截了当、轻而易举地明白，这是不是西班牙语，是西班牙语还是新西班牙语、法语、东方语、罗马尼亚语、拉丁语，因为从这个人说这句话的发音就足以猜出哪儿是他的首都……就在他说话时……这差不多就是我能给您举出的仅有的特定情况的例子……

学　　生　　哦，唉，我的牙……

教　　授　　安静！否则我砸碎您脑壳！

学　　生　　试试看！好样儿的！

〔教授攥起拳头，冲她晃着。

学　　生　哎唷！

教　　授　老实点！别吭声！

学　　生　（假哭）牙痛……

教　　授　最……怎么说呢？……最说不清的事……是啊……是这么说……最说不清的事，是那么一堆完全没教养的人说着这些不同的语言……您听见了吗？我说什么啦？

学　　生　……说着这些不同的语言！我说什么啦！

教　　授　您可是够走运的！……那些平头百姓说西班牙语，夹杂着他们根本不懂的新西班牙语的词，还以为自己是在说拉丁语……或者他们说拉丁语，夹杂着东方语的词，还以为自己是在说罗马尼亚语……或者说西班牙语，夹杂着新西班牙语，以为是在说萨丹纳帕利语，或者说西班牙语……您明白我的话吗？

学　　生　是！是！是！是！您还想干什么……？

教　　授　别无礼，小宝贝，当心点……（发火）太过分了，小姐，比如说，某些说着拉丁语却自以为在说西班牙语的人，说："我两个肝一块儿疼"，他是冲一个一点不懂西班牙语的法国人说的，这个人就像是听自己的语言一样还真听懂了。而且，他真以为这就是他自己的语言。这个法国人回答，用的是法语："我也是，先生，我好几个肝都疼"，而那个西班牙人也会完全听懂，他还肯定回他话的人用的是纯粹的西班牙语，说的就是西班牙语……当时，实际上，说的既不是西班牙语，也不是法语，而是从拉丁语到新西班牙语……老实点，小姐，别晃您的腿，别跺您的脚……

学　　生　我牙痛。

教　授　他们说话却不知道说的是什么话，或者每个人都以为说的是另一种话，这可怎么办，老百姓之间能沟通吗？

学　生　我也正想呢。

教　授　这不过是老百姓之间发生的诸多无法解释的奇怪事情之一，来自他们粗俗的经验主义——别和经验混为一谈！——是悖谬，是无意义，是人性的荒诞之一，这是本能，简而言之，一句话——玩儿呢。

学　生　哈哈！

教　授　在我自讨苦吃时……您最好注意力集中点，别去看苍蝇飞……不是我要去参加部分博士的考试……我，我通过好长时间了……连全能博士也通过了……我的毕业证是超全能的……您就真的不明白我是为您好？

学　生　牙痛！

教　授　没教养……这可不行，可不行，不行……

学　生　我……听……您的……

教　授　哦，为了学好区分所有这些不同的语言，我跟您说过除了实践没有更好的办法……咱们按顺序进行操作。我来试试教您"刀"这个词的所有译法。

学　生　随您吧……到底……

教　授　（喊女佣）玛丽！玛丽！她不来……玛丽！玛丽！……喂，玛丽。（他打开门，向右侧）玛丽！……（下）

　　〔学生独处片刻，目光茫然，神情发呆。

教　授　（在外，声音刺耳）玛丽！怎么回事？为什么不来！我要您来的时候，一定得来。（返回，玛丽随后）这儿我说了算，您得听我的。（他指着学生）这个人，她什么都不懂。她不明白！

女　佣　先生，别把自己放在这样的状态里，当心结果！这会让您走很远，走太远。

教　授　我会见好就收的。

女　佣　总这么说。我非常非常愿意看到是这么回事。

学　生　我牙痛。

女　佣　您看看，开始了，这是征兆！

教　授　什么征兆？您解释解释？您想说什么？

学　生　（柔弱的声音）是啊，您想说什么？我牙痛。

女　佣　最终的征兆！重要的征兆！

教　授　蠢货！蠢货！蠢货！（女佣想离开）别就这么走！我叫您来是让您去给我找几把刀子来，西班牙的，新西班牙的，葡萄牙的，法兰西的，东方的，罗马尼亚的，萨丹纳帕利的，拉丁的和西班牙的。

女　佣　（严肃地）别指望我。（下）

教　授　（做个手势，想发作，又克制住，有点狼狈。忽然，又大喊）啊！（很快地走向一个抽屉，从中取出一把看不见的大刀，按导演的兴趣也可以是实物；他抓起刀，挥舞着，很开心）这儿有一把，小姐，一把刀。很遗憾就这么一把，而咱们要尽力用来认识所有的语言！您凑近盯着这家伙看，您想象着要说的语言，就能用各种语言说出"刀子"这个词了。

学　生　我牙痛。

教　授　（差不多唱起来，唱腔）来吧：说"刀"，就像是"盗"，"子"，就像是"仔"……看着，看着，好好盯着看……

学　生　这，这是什么语？法语、意大利语，还是西班牙语？

教　授　这并不重要……这与您无关。说："刀……"

学　生　"刀。"

教　授　"……子"……看着。

　　　　〔他在学生眼前挥舞着大刀。〕

学　生　"子"……

教　授　再来……看着。

学　生　啊，不！见鬼！我受够了！我牙痛，脚痛，脑袋痛……

教　授　（断断续续地）"刀子"……看着……"刀子"……看着……"刀子"……看着……

学　生　您又把我耳朵弄痛了。您这是什么声音啊，哦，太刺耳了！

教　授　说："刀子……刀……子……"

学　生　不！我耳朵痛，我哪儿哪儿都痛……

教　授　我，我给您把耳朵都揪下来，这样，耳朵就不会再弄痛您了，我的宝贝！

学　生　啊……是您把我弄痛了……

教　授　看着，一块儿来，快点重复："刀……"

学　生　啊，要是您拿着……"刀……刀子"……（突然清醒了一下，嘲讽地）是新西班牙语……

教　授　愿意这么说，就算是吧，新西班牙语，不过，快点……咱们没时间了……问这没用的问题干吗？您打算怎么着？

学　生　（越来越显倦容，哭腔哭调，沮丧绝望，又有点走神、恼火）啊！

教　授　重复，看着。（做鸟叫状）"刀子……刀子……刀子……刀子……"

学　生　啊，痛……我的头……（用手轻轻抚摸自己提到的身体各个部位）……我的眼睛……

教　授　（鸟叫状）"刀子……刀子……"

79

〔两人都站着;他一直忘乎所以地挥舞着那把看不见的刀,用印第安"带发头皮舞"的舞步围着她转,但千万不要太夸张,教授的舞步应是初学乍练的;学生面对观众站着,朝窗户方向一步步退去,病恹恹、懒洋洋、服帖帖……

教 授 重复,重复:"刀子……刀子……刀子……"

学 生 痛……我的喉咙,"刀……"啊……我的肩膀……我的乳房……"刀子……"

教 授 "刀子……刀子……刀子……"

学 生 我的腰……"刀子……"我的大腿……"刀……"

教 授 发音很好……"刀子……刀子……"

学 生 "刀子……"我的喉咙……

教 授 "刀子……刀子……"

学 生 "刀子……"我的肩膀……我的胳膊,我的乳房,我的腰……"刀子……刀子……"

教 授 这就对了……您发音很好,现在……

学 生 "刀子……"我的乳房……我的肚子……

教 授 (声调改变)当心……别弄碎我的眼镜片……刀子杀……

学 生 (声音虚弱)是,是……刀子杀?

教 授 (用刀以惊人的一击杀向学生)啊——!啊哈!

〔她同样也大喊:"啊——!"然后,她淫荡地倒在偶然放在窗户旁的一把椅子上;杀人犯和受害者两人一齐大喊:"啊!"在捅了第一刀后,学生瘫倒在椅子上;她两腿大叉开,耷拉在椅子两边;教授背对观众面对她站着;在捅了第一刀后,教授全身明显地激灵了一下,他又用刀从下往上第二次击向已死的学生。

教 授 (气喘吁吁,嘟嘟囔囔)荡妇……干得好……真舒服……

啊！啊！我累了……让我喘口气……啊！

〔他艰难地喘着气；他倒下，幸好有把椅子在那儿；他擦抹额头，嘟囔着没人能懂的话；呼吸逐渐平静……他站起来，看着手里的刀，看着年轻姑娘，仿佛猛然惊醒……

教　授　（感到恐慌）我干什么啦！谁把我弄到了这个地步！究竟发生了什么？噢啦啦！不幸啊！小姐，小姐，快起来！（激动，手里一直拿着那把看不见的刀耍弄）好吧，小姐，上课结束了……您可以走了……下次再来付听课费吧……啊！她死了……死……是用我的刀……她死、死了……真可怕。（喊女佣）玛丽！玛丽！我亲爱的玛丽，快来啊！啊！啊！（右侧门微微打开，玛丽出现）不……别来……我搞错了……我不需要您，玛丽……我不再需要您……您听见了吗？……

〔玛丽表情严肃，一言不发，慢慢走近，看着尸体。

教　授　（声音越来越不自信）我不需要您，玛丽……

女　佣　（挖苦地）好啦，您对您的学生满意了，她在您课上可学到不少？

教　授　（他把刀藏到背后）是，下课了……可……她……她还在这儿……她不想走……

女　佣　（很生硬地）真是的！……

教　授　（颤抖地）不是我……不是我……玛丽……不……我向您保证……不是我，我的小玛丽……

女　佣　那是谁呢？会是谁呢？是我吗？

教　授　我不知道……也许……

女　佣　是猫？

教　授　有可能……我不知道……

女　佣　今天，这是第四十次吧！……天天都来这么一手！天天！

您不害臊吗，就您这把年纪……您会把自己弄病的！您不剩下什么学生了。那可就好了。

教　　授　（发怒）不是我的错！她不想学习！她不听话！这是个坏学生！她不愿意学习！

女　　佣　撒谎！……

教　　授　（阴险地走近女佣，刀藏在背后）关您屁事！（他试图用刀给她致命一击；女佣抓住他挥舞的手腕，把它掰弯了；教授的武器跌落在地上）……对不起！

女　　佣　（用力扇了教授两记响亮的耳光，教授摔倒在身后的地板上；他假哭）杀人犯！混蛋！讨厌鬼！还想跟我来这一套？我，我可不是您的学生！（她揪着他的衣领把他提了起来，捡起软帽扣回他头上；他害怕再挨耳光，像孩子一样弯着胳膊肘保护自己）去，把这把刀子放回去！（教授把刀放回橱柜的抽屉里，又转回来）我早就告诉过您，刚才又说了一遍：算术导向语文学，语文学导向犯罪……

教　　授　您是说："要出事！"

女　　佣　这是一回事。

教　　授　我理解错了。我以为"要出事"是座城市的名字，您是想说语文学导向"出事城"呢……

女　　佣　撒谎！老狐狸！像您这么有学问的人会分不清词意？别跟我玩这一套。

教　　授　（抽泣）我可不是成心杀她的！

女　　佣　至少，您为此而后悔了？

教　　授　哦，是啊，我向您发誓！

女　　佣　您让我觉得可怜，撑着点儿！嘿！您可是个勇敢的孩子！咱们尽量收拾好。可别再这么干了……会让您得心病的……

教　授　是的，玛丽！咱们现在怎么弄？

女　佣　先把她埋了……同时把那三十九个一道……要做四十口棺材……要搞一场盛大的葬礼，把我的情人奥古斯特神父请来……定做一些花圈……

教　授　好，玛丽，真谢谢您。

女　佣　对了，既然您自己也算当过神父，就没必要请奥古斯特了，省得让人说三道四的，传播流言蜚语。

教　授　花圈不会太贵吧，她可没付听课费。

女　佣　您不用担心……用她的罩衫把她盖上就行了，反正她是个下流坯。然后就把她运走……

教　授　好，玛丽，好。（他把她盖上）四十口棺材……咱们会不会被逮住……您想想……人家会多惊讶……要是人家问咱们里面装的是啥东西呢？

女　佣　您用不着那么操心。就说里面是空的。再说了，人家什么也不会问的。他们习以为常了。

教　授　就算是……

女　佣　（取出一个似乎印有纳粹标志的臂章）拿着，您要是害怕的话，戴上这个，您就什么都不用怕了。（她把臂章给他戴到胳膊上）……这是政治。

教　授　谢谢，我的小玛丽，这样，我就放心了……您真是个好姑娘，玛丽，真有献身精神……

女　佣　行了。走吧，先生，准备好了吗？

教　授　好了，我的小玛丽。（女佣和教授抬起年轻姑娘的尸体，一个抬肩膀一个抬腿，朝右侧门走去。）当心点，别把她弄痛了。

　　〔他们下。

　　　　　舞台上空无一人，持续了一会儿。左侧门铃响。

女佣的声音　马上，我就来！

　　　　　〔她像本剧开始时那样上场，朝门口走去。门铃再响。

女　佣　（旁白）这位，她还真着急！（大声）等会儿！（她向左侧门走去，打开）早上好，小姐！您是新来的学生？您是来上课的？教授正等着您呢。我这就去通报他您来了。他马上就下来！请进吧，请进，小姐！

　　　　　　　　　　幕　落

　　　　　　　　　　　　　　　　　一九五〇年六月

问 候

李玉民 译

先生甲　（上场，看到先生乙和先生丙）你们好，先生！

先生乙　（上场，看到先生甲和先生丙）你们好，先生！

先生丙　（上场，看到先生甲和先生乙）你们好，先生！

先生甲　（对先生乙）很高兴见到您。您好吗？

先生乙　（对先生甲）谢谢。您好吗？

先生丙　（对先生甲）您好吗？

先生甲　（对先生丙）好热。您好吗？（对先生乙）好冷。您好吗？

先生丙　（对先生甲）好惬意。您好吗？

先生乙　（对先生丙）好失意。您好吗？

先生甲和先生乙　（对先生丙）您好吗？

先生丙　好滑稽。您好吗？

先生乙　（对先生丙）好忧伤。您好吗？

先生甲　（对先生乙）好如清晨。您好吗？

先生乙　（对先生丙）好似黄昏。您好吗？

先生丙　（对先生甲）好肥胖。您好吗？

先生甲　（对先生乙）好无头脑。您好吗？

先生乙　（对先生丙）好不可知。您好吗？

先生丙　（对先生甲）好个双重性。您好吗？

先生甲　（对先生乙）好在理论。您好吗？

先生乙　（对先生丙）好在实践。您好吗？

先生丙　（对先生甲）好在抽象。您好吗？

先生甲　（对先生乙）好在具体。您好吗？

先生乙 （对先生丙）好似中风。您好吗？

先生丙 （对先生甲）好似贫血。您好吗？

〔静场。观众席间，观众都在轻咳。

突然，先生甲和先生乙向先生丙发问。

先生甲和先生乙 （对先生丙）您好吗？您好吗？

〔在接下来的对白全过程，先生甲和先生乙继续问先生丙："您好吗？您好吗？您好吗？"语速越来越快。先生丙语速也越来越快，头时而转向先生甲，时而转向先生乙，而且每回答一句，就尽可能伴随相应的肢体动作。

先生丙 还好……好似患淋巴结炎，好似患关节炎，好似星形状，好似星盘状，好郁闷，好似巴拉莱卡琴①，好似猴面包树，好个摇摆，好个雌雄同体，好个错误语法结构，好个肥臀，

好个三伏天，

好个圣歌指挥，

好似躯体骨架，

好似肉瘤，

好似软骨，

好得性病……②

一名女观众 （观众席间）这是诗啊！……

先生丙 （继续）

好似软膏，

好似高差计，

好费解……

---

① 俄罗斯的一种三弦琴。
② 在本剧手稿的空白处，在一连串以 b 或 c 开头的法语单词旁边，作者写有："星体、花、昆虫、树木、疾病、性情……"这说明了排列这些字词依据的逻辑。——原编者注

那名女观众的邻座男子 （对着那名女观众的耳朵）这样的诗人人都能作一堆！

先生丙 （继续）

好吃小香肠，

好得霍乱，

好婉转，

好似肝硬化，

好似蠢猪……

第三名观众 （观众席间，冲那名女观众的邻座）您试试看！不那么容易！

先生丙 （继续）

好关联，

好似文字游戏，

好似网膜，

好似葫芦科植物，

好似烧爆，

好似爆燃……

男观众甲 （观众席间）只要照搬词典就行了！

男观众丙 这算不上一种异议：所有的词都收集在词典里。

男观众乙 甚至包括"词典"这个词！

先生丙

好呕吐，

好腹泻，

好似淀粉酶，

好似二分法，

好利尿，

好似十二面体，

好得龙丝虫病，

好无生气……

女观众 （观众席间）这对演员来说并不容易！

先生丙

好个臭气熏天，

好内渗，

好打嗝，

好似修剪枝条，

好幸福，

好迷恋，

好惊人……

男观众甲 （观众席间）不过是个由头，让演员练嘴皮子！

女观众 表演得不错！

先生乙 （接替先生丙；先生丙和先生甲则继续问先生乙："您好吗？您好吗？您好吗？"）

好似淀粉，

好似青草，

好卑贱，

好超常，

好冷漠，

好似多花植物，

好顽皮，

好极了……

三名男观众 噢！……这可真棒！

〔接着，又轮到先生甲。

先生甲

  好个鬼,

  好圈套,

  好无赖,

  好疯狂,

  好悲伤,

  好长疖子,

  好患老年痴呆症,

  好看天书,

  好似鸡模样儿,

  好敌视法国,

  好似淋巴结,

  好似坏疽,

  好发肠鸣,

  好发胃痛……

  〔接着,先生甲突然转向先生乙。

先生甲 您好吗?

  〔表演节奏放缓。

先生乙 好似腹足纲动物……(对先生丙)您好吗?

先生丙 好说荤段子……(对先生甲)您好吗?

女观众 (观众席间)还别说,词儿选得不错!……

先生甲 好生孩子!……(对先生乙)您好吗?

男观众甲 (观众席间,对女观众)我不觉得词儿选得好!

先生乙 好遗传。(对先生丙)您好吗?

先生丙 好抹甘油。(对先生甲)您好吗?

男观众乙 (观众席间,对男观众甲)照您说该怎么办?

先生甲　好似淋球菌。（对先生乙）您好吗？

先生乙　好似进闺房。（对先生丙）您好吗？

先生丙　好似行脚僧。（对先生甲）您好吗？

先生甲　好和谐。非常和谐（对先生乙）您好吗？

〔节奏重又加快。

先生乙　（对先生丙）您好吗？

先生丙　（对先生甲）您好吗？

先生甲　（对先生乙）您好吗？

先生乙　（对先生丙）您好吗？

先生丙　（对先生甲）您好吗？

先生甲　（对先生乙）您好吗？

先生乙　（对先生丙）您好吗？

先生丙　（对先生甲）您好吗？

先生甲　（对先生乙）您好吗？

先生乙　（对先生丙）您好吗？

先生丙　（对先生甲）您好吗？

先生甲　（对先生乙）您好吗？

三位先生　（散开，各自用手指指着胸口自问）

　　您好吗？您好吗？您好吗？

　　您好吗？您好吗？您好吗？

　　您好吗？您好吗？您好吗？

　　您好吗？您好吗？您好吗？

　　您好吗？您好吗？您好吗？

　　您好吗？您好吗？您好吗？

　　　〔观众席间，观众都站起来。

三名男观众　我们好吗？我们好吗？我们好吗？我们好吗？我们

好吗?我们好吗?

三位先生和三名男观众 (齐声)

我们好吗?

我们好吗?

〔停顿。

先生甲 我们好极了,我们身体好似尤内斯库!

男观众丁 (并不存在)我早就料到了。最后这句是有意安排的。

幕 落

一九五〇年于巴黎

雅克或顺从

自然主义喜剧

宫宝荣　译

人物表

雅克	让-路易·特兰蒂尼昂
雅克琳娜，雅克的姐姐	克劳德·蒂博
雅克爹	比坦
雅克妈	齐莉娅·切尔顿
雅克爷爷	保罗·谢瓦利耶
雅克奶奶	马德莱娜·达米安
罗贝特 I〕（两个角色应由 **罗贝特 II**〕同一女演员扮演）	雷娜·库尔图瓦
罗贝特爹	克劳德·芒萨尔
罗贝特妈	波莱特·弗朗茨

《雅克或顺从》于一九五五年十月十三日在于谢特剧院首演，导演罗伯特·波斯泰克，布景雅克·诺埃尔。

该剧于一九六一年在香榭丽舍剧院重演，导演仍为罗伯特·波斯泰克。

罗贝特 II 戴的面具根据雅克·诺埃尔设计的式样制作。演员的两只眼睛透过面具露出，嘴和下巴被面纱遮掩。

布景昏暗，阴沉。一间凌乱的房间。舞台深处，右侧有一扇相当低矮的窄门；中间有一扇窗（从中朝观众席发出一束微弱的光），窗帘脏兮兮的。一幅什么都不是的画；舞台中央，放着一张破旧的、沾满灰尘的老式椅子；一个床头柜；还有一些莫名其妙的东西，它们既奇特又平常，比如旧拖鞋啦，或许在某个角落有一张坐穿了的长沙发，一些缺腿的椅子。

幕启，雅克瘫坐在也快散架的椅子上。他头上戴着顶帽子，身上穿着过小的衣服。他眉头紧锁，面目狰狞。他的父母在其旁边站着（或许坐着更好）。所有人物的服装都是皱皱巴巴的。

在后面"引诱"那场戏时，幕启时昏暗的布景应该有灯光变化，到这一场快结束时变成水草般的暗绿色，然后越来越暗，最后结束时完全暗掉。

除雅克之外，人物可以戴面具①。

〔几秒钟的静默场面。

雅克妈 （哭泣）我的儿子，我的孩子，在大家为你做了一切之后，在做出了那么多的牺牲之后！我从来也不会料到你会干出这种事来。你是我最大的希望……你现在还是我最大的希望，因为我不会相信，是呀，神灵在上，我不可能相信你会一意孤行下去！难道你再也不爱你的父母、你的衣裳、你的姐姐和你的爷爷奶奶！！！可是，你想想，儿子呀，想想我怎

---

① 演出时，人物并没有戴面具，但是化了浓妆，类似丑角妆容。——原注

样用奶瓶把你喂养、在襁褓里把你晾干,就像你姐姐当时一样……(对雅克琳娜)是吧,女儿?

雅克琳娜　是的,妈妈,是真的。啊!经历了那么多的牺牲,那么多的巫术!

雅克妈　你听见……听明白了吗?儿子,是我第一个打你屁股的,而不是你眼前的爸爸,本来他来打更好,因为他更强壮;但不是他,是我,因为我太爱你了。也是我不让你吃甜食,拥抱你,照料你,调教你,教你进步,教你违抗,教你发小舌音,给你带来那么好吃的东西,放在袜子里。我教会你遇到楼梯时爬楼梯,在你想被虫咬时,教会你用荨麻擦膝盖。我对你来说,远远超过了一个母亲、一个真正的朋友、一个丈夫、一个水手、一个心腹、一只鹅。在任何困难面前,在任何障碍面前,我从不退缩,为的是满足你小孩子的一切快乐。啊,忘恩负义的儿子呀,你甚至连我曾经把你抱在怀里的事都不记得了,还有我把你可爱的小牙拔掉,还剪掉你的脚指甲,让你像头可爱的小牛犊那样叫唤。

雅克琳娜　哦,小牛犊真可爱,哞!哞!哞!

雅克妈　你怎么一言不发,真顽固!什么话你都听不进。

雅克琳娜　他塞住了耳朵,做出恶心的样子。

雅克妈　我是一个不幸的母亲。我生了一个妖怪,这个妖怪就是你!现在奶奶要跟你说话。她颤颤巍巍。她是位八旬老人啦。也许你会被她的年纪、她的过去、她的未来所感化。

雅克奶奶　(八旬老人的声音)听着,好好听我说,我有经验,我身后有的是经验。跟你一样,我也有过一个曾叔。他有三个住所,他给别人其中两处的地址和电话,但从来不给第三个住所的,有的时候他就在那里藏身,原因是他是干间谍一行的。(雅克顽固地不开口)完啦,我没有能够把他说服。唉,我们可怜哪!

雅克琳娜 现在,还有你爷爷很想跟你讲话。可惜!他讲不了呀。他实在太老,是位百岁老人啦!

雅克妈 (哭着)就像金雀花王朝的人。

雅克爹 他又聋又哑,步履蹒跚。

雅克琳娜 他唱歌,只是唱歌。

雅克爷爷 (百岁老人的声音)哼!哼!呃!呃!哼!
(声音嘶哑但用力)一个迷呀迷人的醉鬼
　　　　　　　　垂死时啊唱啊唱唱歌……
　　　　　　　　我不再有十啊十八岁
　　　　　　　　可是管哦管它——呢……

〔雅克顽固地一言不发。

雅克爹 全是白费劲,他不会屈服。

雅克琳娜 亲爱的兄弟……你是一个小无赖。尽管我对你怀有无边无尽的爱,它把我的心充满得都快炸了,我还是恨你,我很恨你。你把妈妈惹哭,你把爸爸惹急了,爸爸长着警长的那种难看的大胡子,那只可爱的毛茸茸大脚长满了老茧。至于你的祖父母,看你把他们弄成什么样子了。你缺少教养,我要惩罚你。我再也不给你带我的小姐妹来了,再也不让你看她们撒尿了。我原以为你比现在要懂礼貌。好啦,别让妈妈哭了,别惹爸爸发火,也别让奶奶爷爷羞得脸红了。

雅克爹 你不是我的儿子。我跟你断绝关系。你配不上我的家族。你像你妈和她那一家子傻瓜蠢货。她呢,不要紧,因为她是个女人,是个怎样的女人哦!总之,我不必在这里赞美她。我只想跟你说的是:你呀,生在一个真正的吸血鬼家族、名副其实的鱼雷家族,你受到的是无可指摘、像贵族那样的教育,得到的是应有的全部尊重,与你的地位、你的性别、你所具有的才能、你的热烈气质相匹配的尊重——只要你愿意的话,你的热烈气质是能够把你的血液本身只能够以不完整的词汇暗示的东西表达出来的。你呢,尽管有这些条件,却表现得很差劲,既不配你的祖先——也就是我的祖先,他们和我一样都因同样的理由不再认你了;也不配你的后代,他们肯定不会来到这个世上,更愿意在出生之前就让人杀掉。杀人犯!弑父者!你再没有什么好羡慕我的了。想当初真是不幸,我的想法竟是要一个儿子而不是要一棵虞美人!(冲着雅克妈)这是你的错!

雅克妈　苦啊!我的先生啊!当时我还以为是做了件好事!现在我完全地、一半一半地绝望了。

雅克琳娜　可怜的妈妈!

雅克爹　这个儿子或者说你看到的这个坏东西,他来到这个世上就是为了让我们脸红,这个儿子或者说这个坏东西,是你这样的女人做出来的又一件蠢事。

雅克妈　苦哇!痛啊!(对雅克)你瞧瞧,因为你我忍受你父亲的这一切,他说话再也不掂量自己的感情,就是辱骂我。

雅克琳娜　(对雅克)要把你吊到栗子上面,告诉你,栗子上面要把你吊上去。①

雅克爹　为无可挽回的软蛋命运用情、浪费时间是白搭。我再也不待在这里。我要对得起我的老祖宗。一切传统,一切,都在我身上。我开溜啦。闪开!

---

① 原文系故意乱拼,按法语发音直译如此。"栗子"在法语里另有"拳头"之义,而中国地方上也有形容握起而指关节突出的拳头为"栗子",有"给你个栗子吃吃"的俗语,这里似可作共通理解。

雅克妈 哎呀哎呀哎呀，别走！（对雅克）你瞧，都是你，你父亲离开我们了。

雅克琳娜 （叹气）真是谢谢啊！

雅克爷爷 （唱）一个……迷人的……醉啊……醉鬼……一边……喃……喃……自……语……一边……唱。

雅克奶奶 （对老头）住嘴，住嘴，不然我砸扁你的头！

〔拳打在老人的头上，大盖帽被打瘪。

雅克爹 无可挽回，我离开这间屋子，防患未然，顺其自然。也毫无办法。我要到隔壁房间去，收拾行李，你们只会在吃饭的时间看到我，白天和晚上的什么时候，来这里吃一点。（对雅克）你把箭袋还给我！这一切可都是为了让朱庇特高兴！

雅克琳娜 哦！父亲……这是青春期的一时糊涂。

雅克爹 够了！胡说。（他走开）再见，猪崽子；再见，女人；再见，兄弟；再见，兄弟的姐妹。

〔他步伐极其坚定地下。

雅克琳娜 （苦涩地）猪生猪！（对弟弟）你怎么可以容忍这些？他侮辱你的同时也在侮辱自己。反之亦然。

雅克妈 （对儿子）瞧瞧，你瞧瞧，你被抛弃了，被诅咒了。他是要把全部遗产留给你，但是他不能，我的天！

雅克琳娜 （对弟弟）这是他头一次——如果不是最后一次的话——对妈妈做出这样的举动，我也不知道我们该怎么办了。

雅克妈 儿子！儿子！听我说呀。我求求你，不用回应我做母亲的这颗勇敢的心，就跟我说说，不假思索地说说。这是作为知识分子和好儿子正确思维的最好方法。（她徒劳地等待着回答，雅克还是一言不发）可你不是一个好儿子。过来，雅克琳娜，你呢，就你一个人足够通情达理，所以不打你手心。

雅克琳娜 噢,妈妈,条条大路通罗马。

雅克妈 就让你弟弟慢慢衰下去吧。

雅克琳娜 不如说让他耗下去吧!

雅克妈 (她边走边哭,牵着女儿的手,雅克琳娜不情愿地走,头朝弟弟的方向转去。雅克妈走到门口,说出了这句从今以后具有历史意义的句子)报纸上会议论你的,动作家!

雅克琳娜 旧货商!

〔两人同下,接着爷爷、奶奶也下,但是他们全都透过门缝偷窥,观众可以看到他们。

雅克奶奶 注意……他的电话,这是我能够告诉大家的全部内容。

雅克爷爷 (身子颤颤巍巍,唱)脏兮兮可人老实……

醉啊醉鬼唱着歌……

〔爷爷下。

雅　克 (独自一人,长时间不说话,聚精会神地想着。接着,深沉地)就算我什么都没说,可是大家要我干什么?

〔静场。

很长一段时间后,雅克琳娜上。她神情自信且严肃地走近她的弟弟,眼睛盯着他说话。

雅克琳娜 听我说,我亲爱的兄弟、亲爱的同伴和亲爱的同胞,我跟你说话,兄弟姐妹眼对眼,赤诚相对。我最后一次找你,但肯定不是最后一次,可你想怎么样,活该了去。你不明白,我是被送到你身边的,就像邮局送来的信,贴上了邮票,用我的声音在空中贴上了邮票,血亲啊!

〔雅克脸色依旧阴沉。

雅　克 唉,龙生龙,凤生凤。

雅克琳娜 (她听懂了)啊,终于开口了!还吐出了一句大话!

雅　克　（绝望地，最为悲伤的样子）请你拿出一个配得上像我这样的弟弟的姐姐的样子来。

雅克琳娜　这压根儿不是我的错。我要告诉你一件事情：我不是一个怪物，他不是一个怪物，她不是一个怪物，你同样也不是一个怪物。

雅　克　那又怎样？

雅克琳娜　你听不懂我的话，是因为你没有听我说。事情很简单。

雅　克　你以为！对你们来说，姐妹也好，时间也好，根本算不了什么，可又浪费了多少时间！

雅克琳娜　不关这个的事。这些故事跟我没关系。可历史跟我们大家都有关系啊！

雅　克　噢，话语啊，多少罪恶假汝之名而行！

雅克琳娜　我要用二十七个词告诉你一切。这不，好好想一想：你是可以精确计时的。

雅　克　还有呢？

雅克琳娜　完啦。二十七个词包括或者涵盖在这三个词里，根据不同的词性而定。

雅　克　精、确、计、时！（害怕，痛苦地叫喊）但是，这不可能！这是不可能的！

〔他站起身来，狂躁地从舞台的一端走到另一端。

雅克琳娜　不对，这就是可能的。不过，必须拿定主意。

雅　克　精确计时！精确计时！我？（他渐渐冷静下来，重新坐下，长时间思考，瘫在椅子上）这不可能。如果这也可能的话，那就太可怕了。不过，那我就得……残酷的犹豫不决！……其中没有身份的问题。可怕，可怕啊！当没有人再去捍卫法律的时候，整个法律都起来反对自身。

〔雅克琳娜带着胜利的神情微笑着,听任雅克陷入狂躁之中。她踮着脚下场。雅克妈在门口低声说话。

雅克妈 这一套管用啦?

雅克琳娜 (手指抵着嘴唇)嘘!我亲爱的妈妈!等着,等着吧,行动会有结果的。

〔两人下。雅克烦躁不安,准备做出决定。

雅 克 让我们总结经验吧,机关算尽逼我如此!很痛苦,但这是有规则的游戏。在这样的情况下规则运转得很好。(静默,内心冲突。仅仅时不时地说:"精确计时,精确计时吗?"后来终于被激怒了,高声说)对对!我爱肥肉烧土豆!

〔在旁边窥视的雅克妈、雅克琳娜只等着这句话,喜出望外,快步走近雅克,老夫妇俩跟在后面。

雅克妈 哦!我的儿子,你真是我的儿子!

雅克琳娜 (对母亲)我告诉过你,我的想法会让他坚定立场的。

雅克奶奶 我曾经说过要趁胡萝卜还很糊涂的时候来煮,要……

雅克妈 (对女儿)小滑头,走吧!(她拥抱儿子,儿子冷漠地听任她拥抱)我的孩子!真的吗,你真喜欢肥肉烧土豆?多么快活呀!

雅 克 (心不在焉)正是,我喜欢,我爱!

雅克妈 我很幸福,我为你骄傲!我可爱的雅克,再说一遍,再说一遍看看。

雅 克 (像个机器人)我爱肥肉烧土豆!

我爱肥肉烧土豆!

我爱肥肉烧土豆!

雅克琳娜 (对母亲)你疯啦!如果你真是一位好母亲的话,就不要利用你的孩子。哦,乐得爷爷要唱歌了。

雅克爷爷 （唱）一个醉啊醉鬼萨啊萨满[①]

唱着一支歌

凄啊凄凉、黯啊黯淡

又充满着喜悦与光亮……

让……小……孩子们……

玩吧玩吧不要笑

他们……有的是时间

追啊……追啊……追

女——人！

雅克妈 （朝着门的方向）加斯东，过来吧！你儿子，你儿子呀爱肥肉烧土豆！

雅克琳娜 （同样朝着门的方向）过来，爸爸，他刚才说他爱肥肉烧土豆呢！

雅克爹 （上，严肃地）真的吗？

雅克妈 （对儿子）我的小雅哥[②]，把你刚才对你姐姐和可爱的妈妈说的说给你爸爸听听，妈妈因为快活的情感冲击，心都碎啦。

雅 克 我喜欢肥肉烧土豆！

雅克琳娜 是爱！

雅克爹 什么？

雅克妈 说吧，我的乖乖。

雅 克 肥肉烧土豆。我爱肥肉烧土豆。

雅克爹 （旁白）一切还没有完蛋？太妙啦，但还不算太早。（对

---

① 前文雅克爷爷唱词中的"迷人的"（charmant）从这里开始变成了"萨满"（chaman），是作者运用音形近似的法语单词进行的文字游戏。萨满，指在中亚、北亚、南美以及北美某些奉行萨满教的原始部落中的巫师、通灵者。

② 雅克的昵称。

妻子和女儿）完完全全吗？

雅克琳娜　就是啊，爸爸，你难道没有听见吗？

雅克妈　要相信你儿子……你儿子的儿子。

雅克奶奶　我儿子的儿子是我的儿子……而我的儿子也就是你的儿子。并没有其他的儿子。

雅克爹　（对雅克）我的儿子，郑重地，走过来，接受我的拥抱。（他并不拥抱他）够了。我收回断绝父子关系的话，我很高兴你爱肥肉烧土豆。我重新接纳你到家族里来。为了传统。为了肥肉。为了一切。（对雅克琳娜）可是，他还必须相信地方的愿望。

雅克奶奶　这也是很重要的哟！

雅克琳娜　他会的，爸爸，别着急，别操心，爸爸！

雅克爷爷　醉啊醉鬼萨啊萨满！

雅克奶奶　（一拳打在老人头上）混蛋！！！

雅克爹　我原谅你啦。我把你年轻犯下的所有错误以及我本人的错误全部忘掉，虽然是十分不情愿地忘掉；当然，我还要为了我们家族和民族的事业将你重新接纳。

雅克妈　你真好。

雅克琳娜　哦，可怜的爸爸啊！

雅克爹　听见了。我接受。（对儿子说）你会晓得的。坚持吧。

雅　克　（声音微弱）我爱土豆！

雅克琳娜　咱们不要浪费时间。

雅克妈　（对丈夫）加斯东，在这种情况下，既然他已经这样，就可以给他讨个老婆。其实我们只是简单地等着他当众认错，两次而不是一次，这已经做到。雅克，一切都中规中矩，事先设想的蓝图已经实现，婚礼已经完全准备好了，你的未婚妻到啦。她的父母也来了。雅克，你可以坐着不动。你服从的样子让我满意。就是必须讲礼貌，从头到脚……

雅　　克　嗬！正是。

雅克爹　（拍手）有请新娘上场！

雅　　克　哦，这是约定的信号！

〔未婚妻罗贝特、罗贝特爹和罗贝特妈上。先上场的是罗贝特爹，又肥又壮，气度非凡，然后是她母亲，一个厚墩墩的肉球；接着父母亲分开，好让罗贝特本人通过。罗贝特脸上罩着白纱，身着婚纱裙，夹在父母中间往前走。她的上场应该造成轰动。雅克妈快活地双手相握，赞叹不已，双臂又伸向空中；然后走近罗贝特，仔细地打量她，先是腼腆地摸她，然后轻薄地用劲捏她，最后凑上去嗅她。罗贝特父母用友好而急切的手势鼓励她；奶奶也要嗅一嗅新娘；爷爷同样如此，嘴里唱着："太太太老啦！……醉……鬼……萨……满……"雅克爹也一样。雅克琳娜在罗贝特上场后快活地拍起双手，并且叫喊。

雅克琳娜　未来属于我们！

〔她接着走近罗贝特，撩起她的婚纱，朝她的耳朵里叫喊，最后嗅她。雅克爹的举止更得体也更节制，不过他还是和罗贝特爹交换着眼神和轻佻的手势；至于罗贝特妈，她将在本场的最后在舞台前部左侧立定不动，张着大嘴傻笑；爷爷做着一些轻佻、下流的动作，还想做得更多，被奶奶阻止。

雅克奶奶　哎……哎……别……嗨……说……你……呢……你让我……吃醋啦！

〔就在其他人嗅闻罗贝特的时候，只有雅克看上去无动于衷。他一直坐着，面无表情，只在一旁吐出一个表示轻蔑的词。

雅　　克　　老土！

　　〔罗贝特妈听到这个词看上去略有不爽，但只是一种稍纵即逝的不安，很快又开始微笑。她示意罗贝特走近雅克，罗贝特很害羞，只是被动地跟着，几乎是被她父亲拽着、被雅克妈和雅克琳娜推着才到了舞台前部。雅克依然一动不动，脸上保持僵硬。

雅克爹　　（发现事情不太妙，与众人稍稍离开一点，双手搭胯，喃喃自语）至少我不会毫无防备地被人逮个正着！

　　〔在雅克琳娜、雅克妈、罗贝特妈和爷爷奶奶的帮助下，罗贝特爹绕着雅克，仔细描述他的女儿。

雅克爹　　她长着脚呢！里面鼓鼓囊囊！

　　〔雅克琳娜撩起新娘婚纱，好让雅克相信。

雅　　克　　（略微耸肩）这自然！

雅克琳娜　　可这是用来走路的。

雅克妈　　用来走路的！

雅克奶奶　　那当然，还用来给你搔痒。

罗贝特妈　　（对女儿）哎，证实一下！

　　〔罗贝特果然用脚走路。

罗贝特爹　　她长着手！……

罗贝特妈　　伸出来看看。

　　〔罗贝特伸出一只手给雅克看，手指几乎捅进了他的眼睛。

雅克奶奶　　（没人听她说）要不要我提个建议？

雅克琳娜　　用来当抹布……

雅　　克　　确实！确实！……怎样，我可是料到的哦。

罗贝特爹　脚指头。

雅克琳娜　要把它们踩断!

雅克妈　对呀!我的孩子!

罗贝特爹　胳肢窝。

雅克琳娜　用来洗碗?

雅克妈　可不是嘛。

雅克奶奶　(没人听)要不要我提个建议?

罗贝特妈　多妙的腿肚子!名副其实的腿肚子!

雅克奶奶　真是的,就像我年轻时那样!

雅　克　(事不关己地)梅兰希顿①做得更好!

雅克爷爷　(唱)一个醉啊……醉鬼……萨满……

雅克奶奶　(对老头)哎,向我献殷勤吧,你是我丈夫呀!

雅克爹　好好听着,儿子。我希望你听明白了。

雅　克　(违心地点头)噢,是啊,当然啦……我忘了……

罗贝特爹　她还有胯骨……

雅克妈　当然喽,为的是更好地吃掉你,我的儿子呀!

罗贝特爹　还有,她的米黄色皮肤上长着绿色粉刺;淡紫底色的红色乳房;通红的肚脐眼;番茄酱汁舌头;锤打过的肩膀,还有崇高敬意所必需的排骨。你们还想要什么呢?

雅克爷爷　(唱)一个醉啊……醉鬼……萨……满……

雅克琳娜　(摇头,举起双臂又垂下来)啊!怎么会强加给我这么一个兄弟啊!

雅克妈　他从来就难弄。我把他养大不容易。他只喜欢米拉拉。

罗贝特妈　可我的好人儿,这叫人弄不懂,难以置信!我怎么也

---

① Philipp Melanchthon (1497—1560),德国宗教改革家,马丁·路德的主要合作者。这里突然出现梅兰希顿,只是为了给人物之间滑稽的对话又增加一个不和谐的声音。——原编者注

不会想到！如果早知道的话，我们会多长些心眼的……

罗贝特爹 （骄傲，略微不快）她可是我们的独生女。

雅克爷爷 （唱）一个醉啊……醉鬼……萨啊……萨满！

雅克妈 让我伤心透了！

雅克爹 雅克，这可是我最后的警告！

雅克奶奶 要不要我提个建议？

雅　　克 好吧。那就同意！倒与土豆很配。

〔大家普遍松了口气，欢欣鼓舞，互相庆贺。

雅克琳娜 他那高贵的情义最后总是占上风。

〔她朝雅克微笑。

雅克爹 轮到我提个简单的问题。大家别把它往坏里想。

罗贝特爹 不会，那不一样。请说。

雅克爹 唯一不确定的是：长没长身子呢？

雅克爷爷 （轻佻地）嘻嘻……嘻……

罗贝特妈 哼，这……

雅克妈 这也许问得太过分了。

罗贝特爹 我想……嗯……啊……身子……应该有吧……但是我说不准……

雅克爹 又在哪里呢？

雅克琳娜 嘿，爸爸，瞧，就在身子这里啊，爸爸，瞧！

雅克爹 好极。好极了。完全满意。没话说。

雅克奶奶 要不要我提个建议？

罗贝特妈 啊……万幸！

罗贝特爹 我早料到一切都会顺利的！

雅克爷爷 （唱）一个……醉啊……醉鬼……萨满……

在巴黎的马路上……（跳起华尔兹舞）

雅克妈 总而言之,你们没有什么好担心的。这可是皇中皇啊。

雅克爹 (对儿子)好!交易成功。就她了,你不情不愿的心上人!

雅克妈 一听到"心"这个词我就想哭。

罗贝特妈 我也是,这个词让我心软。

罗贝特爹 让我一只眼睛感动,另外两只落泪。

雅克爹 这就是事实!

雅克琳娜 哦,不要大惊小怪。所有的父母都有这样的感受,乃是某种真正意义上的敏感。

雅克爹 这跟我们有关!

雅克琳娜 爸爸,你别发火呀。我这么说是无心的,但出于好意。

雅克奶奶 要不要听我的建议?

雅克爹 哦,我女儿总会把事情处理妥当!这也是她的职业。

罗贝特妈 她的职业是什么?

雅克妈 亲爱的,她没有职业!

罗贝特爹 这很自然。

雅克爹 并不是那么自然的事。不过,这和她年龄有关。(改变口气)哎,不说了。让未婚夫妇面对面。让我们看看新娘的脸。(对罗贝特父母)只不过是一个简单的形式而已。

罗贝特爹 别客气,这正常,您请吧。

罗贝特妈 我们原本准备向你们提的。

雅克奶奶 (发火)要不要听我的建议?……粪蛋!哼!

雅克琳娜 来吧,那好,那就看看新娘的脸!

〔罗贝特爹撩开遮住罗贝特脸的白纱。她满脸堆笑,脸上长着两只鼻子;众人低声赞叹,雅克除外。

雅克琳娜 哦!令人销魂!

罗贝特妈 你们怎么说?

雅克爹　啊,如果我年轻二十岁的话!

雅克爷爷　我呢……啊……哦……还有我!

罗贝特爹　哈哈,节目准备二十年!……窗子开了一条缝!

雅克爹　尽量开大些!

雅克妈　你们应该为此感到骄傲。你们的运气真好。我女儿只长了一只鼻子!

雅克琳娜　别伤心,妈妈。

雅克爹　(对雅克琳娜)是你妈妈的错。

雅克妈　哎,加斯东,老是责备!

雅克琳娜　现在可不是时候,爸爸,这么一个好日子!

罗贝特爹　(对雅克)你一言不发?跟她拥抱啊!

雅克奶奶　啊,孩子们……要不要听我的建议?……啊……粪蛋!

罗贝特妈　简直赏心悦目!哦,我的孩子们!

雅克妈　(对雅克)你很幸福,不是吗?

雅克爹　(对雅克)好啦,你终于成为男人了。我的付出有回报啦。

罗贝特妈　好了,我的女婿。

雅克琳娜　好了,我的兄弟,我的姐妹……

罗贝特爹　你们两个人会和睦相处的。

雅克妈　(对加斯东)哦,他们真是天造地设的一对,就像在这种场合人们会说的那些话。(罗贝特父母、雅克父母和雅克琳娜齐声)哦,我的孩子们!

〔他们兴高采烈地鼓掌。

雅克爷爷　一个醉啊醉鬼……萨啊萨满!

雅　　克　不!不!她的鼻子还不够!我想要一个长三只鼻子的女人。我的意思是,至少三只鼻子!

〔一片惊愕、诧异。

雅克妈 哦！他真缺德！

雅克琳娜 （一边安慰母亲，一边对雅克）你也不想想冬天她需要多少手帕吗？

雅　克 我才不担心这个呢。再说，手帕应该包含在嫁妆里的。

〔在此期间，罗贝特对所发生的事情完全不明白。

爷爷奶奶也都是局外人。时不时地，老爷子想唱歌；老太太要给人出主意。中间他们还跳舞，含含糊糊模仿着舞台上的活动。

雅克爹 我去拿行李！我去拿行李！（对儿子）你那高贵的情义再也不占上风了！无耻！好好听我说：真理只有两面，可是它的第三面更有价值！我说的！另一方面，我早料到了。

罗贝特妈 真烦人……烦人……不过，也不那么……如果只是这个的话，一切都还可以挽回！

罗贝特爹 （快活地）先生们，女士们，这没关系，没什么不好。（他拍拍雅克的肩，雅克一直十分紧张）我们早就预料到这个了。我们还有第二个独生女提供给你们。这个女儿呢，她可长着完整的三只鼻子。

罗贝特妈 她是三鼻女。总共三只鼻子。全部三只鼻子。

雅克妈 啊！这可让我省心了！……孩子们的未来……好极了，雅克，你听见了吗？

雅克琳娜 听见了吗，心尖儿——宝贝蛋！

雅克爹 咱们再试试。但是我再也不太相信。如果你们坚持的话……

〔他怒视着儿子。

雅克妈 哦，加斯东，别这么说。我满怀希望。事情都会好的。

罗贝特爹 不用担心。你们看着吧。(他牵着罗贝特的手,带她下场,他回头)你们等着瞧。

〔雅克爹满脸不高兴;雅克妈既担心又期待地看着儿子;雅克琳娜表情严肃,带着不赞成的神情看着弟弟。罗贝特妈微笑着。

罗贝特 (下场之前)再见,各位!(行屈膝礼)

雅克妈 她多么可爱啊!

罗贝特妈 我跟你们说了,没关系的。等着瞧吧,你们对另一个也不会有怨言的。

雅　　克 一个三鼻女!至少长着三只鼻子的女人!这总不至于是多么困难的一件事吧。

雅克琳娜 勿忘草不是老虎……话说完了。

〔罗贝特爹上,手牵着罗贝特Ⅱ号。她与Ⅰ号扮相一模一样——这个角色应由同一个演员来演,露出长着三只鼻子的脸①。

雅克琳娜 多么动人!哦,兄弟,这一回你可提不出更多的要求了!

雅克妈 哦,我的孩子!孩子们!(对罗贝特妈)你们该是为她感到老骄傲的吧!

罗贝特妈 有一点儿,很骄傲,还行!……当然喽!

罗贝特爹 (手牵着女儿走近雅克)哎,亲爱的,你运气真好。值得庆贺!你的愿望完全实现了。这不,她就在眼前,你的三鼻未婚妻。

罗贝特妈 就在眼前,你的三鼻未婚妻。

---

① 事实上,罗贝特应有的不是三只鼻子,而是三张脸,三个侧面。罗贝特有四只眼睛、三只鼻子、三张嘴——戴着雅克·诺埃尔设计的具有浓重毕加索风格的面具。罗贝特是个怪物,但是漂亮,犹如远东的多面女神。——原注

雅克琳娜　她就在你眼前，就在你眼下……

雅克妈　我的乖乖，你看到她了，她是属于你的，你可爱的三鼻妻子，正是你想要的那种！

雅克爹　嘿，你怎么不说话？你难道看不见她吗？她就在这儿，就在眼前，十分合你口味、长着三只鼻子的女人！

雅　克　不，我不要，她长得不够丑！甚至还过得去。还有更丑的。我要一个比她丑得多的女人。

雅克琳娜　那好，你到底要什么！

罗贝特爹　哼，太过分了。不可容忍。不能接受。

罗贝特妈　（对罗贝特爹）你可不能允许别人嘲笑你的女儿、你的老婆还有你本人。正是，我们到这里来就好像被引诱进一个陷阱，好让别人讥笑我们！

雅克妈　（抽泣）啊！啊！上帝啊！雅克，加斯东，雅克，坏儿子！如果我早知道这样，就该把你掐死在最后一张摇篮里。是的，用我这双母亲的手掐死你。或者堕胎！或者不怀孕！我啊，我啊，当我怀着你……一个男孩的时候，我是如此幸福……我把你的照片给所有人看，给邻居看，给警察看！……啊！啊！我是一个不幸的母亲……

雅克琳娜　妈妈！妈妈！

〔奶奶要提建议的声音。爷爷开始唱的歌。

罗贝特爹　这样子可不行！啊，这样子不行！

罗贝特妈　不要制造不幸！

罗贝特爹　我要求赔偿、道歉、解释，彻底地洗刷我们的名誉，但这永远也不可能把污点消除！……至少同时……

雅克妈　啊！啊！啊！"同时"一词总是让我发颤，因为它意味着"竞争"！

雅克琳娜　妈妈，妈妈，别敲打你的脑袋瓜！不值得！

雅克爹　你们要我怎么办！这是命运的安排。（对儿子）你的态度是可耻的，从今以后，你再也不需要尊重了。再也别指望了！

雅克妈　啊！啊！啊！啊！

雅克琳娜　妈妈！妈妈！我的傻妈妈！

雅　克　她不够丑！

罗贝特妈　真放肆！（对雅克妈）夫人，这可不光彩。

雅克琳娜　（对罗贝特妈）让她去吧！她会伤心的。

罗贝特爹　（对雅克）嘿嘿，小家伙，你到底要什么！我女儿，我女儿不够丑！

罗贝特妈　（对雅克琳娜）我管她呢，你那老太婆伤心不伤心！活该！

罗贝特爹　（对雅克）不够丑！不够丑！你好好看她了吗？你长眼睛了吗？

雅　克　既然我跟你们说我呢觉得她不够难看。

雅克爹　（对儿子）你连自己在说什么都不知道！

雅克妈　啊！啊！啊！

罗贝特爹　不够丑？我女儿，我给了她如此繁复教育的女儿？我简直难以置信！我的天哪！

雅克琳娜　（对妈妈）别马上昏过去，等到好戏结束！

罗贝特妈　要抗议！你得要求惩罚！

雅克妈　（对雅克琳娜）等到这星期结束？

雅克琳娜　（对妈妈）不……是戏，这台戏……

雅克爹　就这样吧，谁也没有错！

罗贝特妈　这是你们一家人的错！一帮无赖！下流坯！走运鬼！德国佬！

雅克妈　啊！啊！没完了吗？

雅克琳娜　我想不会。

雅克妈　啊！啊！啊！

雅　克　可你们要我怎么办？她不够丑。就这么回事，这就完啦！

罗贝特妈　这毛头小子，他还在侮辱我们。

雅克爹　他对女人一窍不通！

罗贝特爹　（对雅克）没必要装出这副上照的样子来！你并不比我们更聪明。

雅　克　她不难看！她不难看！她甚至不能让奶变酸①……她甚至是好看的……

罗贝特妈　你这里有没有奶试试？

罗贝特爹　他不愿意，他心里有鬼。他知道奶会变酸的。这对他不利，小混蛋！这事可不能这样过去。我要……

〔爷爷奶奶加入：提建议，唱歌。

罗贝特妈　（对丈夫）别，我求求你，罗贝特-科尼利厄斯，别在这里杀人，别手上沾血，不要这样喜欢杀人，我们直接求助法律……求助法律堡垒……带上所有家当。

雅克爹　（声音严厉地）我再也不管这事啦！（对雅克）我让你永远名誉扫地，就像你两岁时那样！（对众人）还有你们，我也要让你们每个人名誉扫地。

雅　克　好啊。好极了。这事快快过去吧。

〔雅克爹走向儿子。气氛十分紧张的静场，然后被雅克妈打断。

雅克妈　啊！啊！啊！……糟糕糟糕！……

〔她晕了过去。

---

① 法国旧时民间迷信，认为孕妇不能看到丑人，否则其奶汁会变酸。

雅克琳娜　妈妈！妈妈！

〔再一次，气氛紧张的静场。

雅克爹　（对儿子）所以说，你对我们撒了谎。我曾经怀疑过。我可不是傻子。要不要我告诉你真相？

雅　克　要的，真相出自其子女的嘴。

雅克爹　（对儿子）刚才你跟我们撒了谎……

雅克琳娜　（在母亲身边）妈妈……妈……

〔她打住，像其他所有人物一样，把头转向雅克父子。雅克妈醒了过来，听见下面即将说出的一席严重的话。

雅克爹　（对儿子）……就是在你真诚地对我们宣布说你爱肥肉烧土豆的时候。对，你卑鄙地对我们撒了谎，撒谎，撒谎！撒大了！这不过是个可耻的伎俩，配不上我们大家给你的赞誉，打你小时候起，我们家就有着优良传统。真相就是：你不喜欢肥肉烧土豆，你从来就没有喜欢过。你永远也不会喜欢！

〔一片惊愕，极度恐慌，沉思默想。

奶奶的建议，爷爷的歌唱。

雅　克　我厌恶肥肉烧土豆！

罗贝特爹　多么厚颜无耻！

雅克琳娜　唉！到了这等程度。新鲜啊，我的兄弟！

罗贝特妈　一个不幸母亲和一个不幸父亲的怪儿子！

雅克妈　哦哦哦哦哦！

雅克爹　但愿这一切成为我们的启示！

雅　克　这一切成为你们的启示与否……假如这一切能够成为你们的启示的话，那对你们再好不过……我无能为力，我生来就是这样……我所做的一切都是我力所能及的！……（停顿）我就是我……

罗贝特妈 （低声嘀咕）多么铁石心肠！他脸上没有一根纤维在颤动……

罗贝特爹 （低声嘀咕）这是一个毫不退让的野蛮人。比这还糟。

〔除了雅克，众人面面相觑。他们也看雅克，雅克坐在椅子上，一言不发。然后，众人又沉默地相互对视。雅克的最后一句台词造成了持续的恐怖气氛。他真是一个怪物。众人踮起脚尖下场。在这最后一场里，罗贝特Ⅱ没有说一句话，而更多是通过无助的动作、泄气的姿势、沮丧的神情表明，她原先对舞台上活动的进展还敏感，眼下则失去了方向。有一刻她好像要跟着父母离开的样子。她朝下场方向走了一步，但父亲的一个动作让她定在了原地。

罗贝特爹 （对女儿）你呢……上岗执勤！

罗贝特妈 （伤感地）苦娃子，留下，跟你的爱人待在一起吧，既然你是他预定的妻子。

〔罗贝特Ⅱ做了一个绝望的手势，但还是服从了。

雅克爹、 雅克妈、 雅克琳娜、 罗贝特爹、 罗贝特妈

（恐惧地踮着脚下，时不时地回头看，屡屡站住，轻声嘀咕）

他不喜欢肥肉烧土豆！

是的！他不喜欢！

他厌恶！

哦，他俩般配着呢。

两个人天造地设。如今的孩子们啊……

不要指望他们会心存感激。

他们不喜欢肥肉烧土豆。

〔众人下。爷爷奶奶一起下，他俩身为局外人，显得兴高采烈。所有的人都待在门后偷窥，脸露在外面，一个、两个或常常三个人一起。观众只看到他们那滑稽的脸。

  罗贝特Ⅱ腼腆地、谦卑地、不无痛苦地决定坐在雅克对面。雅克头上仍戴着帽子,神情凝重。静场。

罗贝特Ⅱ （试着引起他的注意,然后慢慢地引诱他）我的天性很快乐。（声音阴森可怕）如果您愿意的话,您就会发现的……我性格外向……我是不幸中……工作中……废墟中……忧伤中的快乐本身。啊!啊!啊!……面包、和平、自由、哀丧和快乐……（抽泣）大家曾经叫我是触手可及的快乐……快乐的苦恼……（雅克依旧不吭声）您在思考吗?我呢,有些时候也思考。但是对着镜子。（到了一定时候,她勇敢地站起来,迈开腿,走近雅克,触摸他,对自己越来越自信）我是生活中的死亡之乐……生之快乐,死之快乐。（雅克顽固地一言不发）大家也叫我快乐老大……

雅　克 是因为您的鼻子吗?

罗贝特Ⅱ 才不是呢。是因为我比姐姐长得高……先生,
  我这样的人世上无双,
  轻浮、浅薄又深奥。①
  我既不严肃也不浅薄,
  我在农活中认识自己,
  还兼做其他活儿,
  更为漂亮的、不漂亮的、同样漂亮的活儿。
  我就是您需要的人。
  我诚实又不诚实,
  跟我在一起您一生都将在过节。

---

① 在这首滑稽可笑的诗里,作者多次运用他最喜欢的手法之一:矛盾概念并置。——原编者注

我弹钢琴，

我猫起背，

我有着扎实的教养，

我受过良好的教育……

雅　　克　谈谈别的！

罗贝特 II　啊！……我理解您，您与众不同。你是高等人。我刚才跟您说的一切都是假的……是的……这有一件会令您感兴趣的事情。

雅　　克　假如是真的话，我就有兴趣。

罗贝特 II　我原本想洗个澡。在水一直溢到边上的浴缸里，我发现里面有一头浑身雪白的印度猪。它在水下呼吸。我弯下身子以便看得清楚些：我看到它的吻端极其微弱地颤动。它安静待着。我想把手伸到水里抓它，但是又极其害怕它咬我。听说这种小动物不咬人，但谁都不能保证！它清楚地看到我，窥视我，离我很近。它把一只眯缝眼微微张开，一动不动地瞪着我。它看上去死了，其实还活着。我看到是它的侧影。我想正面看看它。它朝我抬起它那长着眯缝眼的小脑瓜，身子一动不动。因为水很清澈，所以我看得见它额头上有两个深色斑点，也许是栗色的。我仔细看了看，发现两个斑点微微隆起，是两个赘疣……两头又潮湿又绵软的印度小猪，那边长出了它的幼崽……

雅　　克　（冷冷地）水里的这个小动物，就是巨蟹呀！你在梦中看到的完全就是巨蟹。完全如此。

罗贝特 II　我知道。

雅　　克　啊！听着，您让我想讲讲心里话了。

罗贝特 II　那好，请讲吧。

雅　克　我出生的时候，差不多有十四岁。这也是我总比大多数人更容易明白事理的原因。对的，我很快就理解了。我不愿意接受现状。我直截了当地表明了这一点。我不能接受现状。我说这些话不是给您认识的、刚才还在这里的那些人听的，而是说给别人听的。你认识的那些人呢，他们听不太懂……是的……是的……但是他们感觉得到……他们向我保证过会解决的。他们给我许诺过奖状、特殊待遇、环境、鲜花、换一条壁毯、另一种音响背景。还有什么呀？我不依不饶。他们跟我发誓说要满足我。他们发誓再发誓，正式的、官方的、总统的许诺。还录了音……我又在其他方面加以挑剔，为的是末了告诉他们我更喜欢隐退，您听得懂吗？他们回答说他们会很想念我的。总之，我提出了绝对的条件！他们说，这些都会改变的。他们会采取有效措施的。他们求我要有希望，呼唤我的理解、我所有的情感、我的爱、我的怜悯。他们跟我保证，这不会持久，时间不会太长。至于我个人呢，将会受到绝对的重视！……为了哄我，他们让我领略各种各样的草原、各种各样的山、几处大洋……自然是大海的海洋……一个天体，优中选优、最成功的两座大教堂。草原确确实实不错……我听凭别人摆布！一切都是作假……啊，他们对我撒谎。过了好多个好多个世纪！人呢……人嘴上老挂着善良，手里却握着淌血的刀……您听得懂我说的吗？我忍耐着，忍耐着，忍耐着。他们应该是来找我的。我想抗议：再也不剩一个人……除了那几个，就是你认识的那些人，但他们又不算。他们欺骗了我……怎么出去呢？他们用虚无堵住了门、堵住了窗，他们拆掉了楼梯……又不能从顶楼、从上面走，再也没有办法……不过，有人跟我说，他们还是到处留了些活门……要是我发现这些活门的话……我绝对要离开。如果不能从顶楼走的话，还有地窖……对，地窖……从下面走也比待在这儿强。怎么都比我的现状要好。即使是一个新的状况。

罗贝特Ⅱ 哦，是啊，地窖……我了解所有的活门。

雅　克 我们是可以互相理解的。

罗贝特Ⅱ 听着，我有马，有种马，有母马，我只有马，您喜欢马吗？

雅　克 是的，跟我说说您的马吧。

罗贝特Ⅱ 在我那地方，我有一个邻居是磨坊主。他有一匹母马，生了两匹可爱的小马驹。非常可爱，非常好玩。母狗在马厩里也生了两只小狗。磨坊主老了，两只眼睛不好。磨坊主把小马驹当作小狗放进池塘里去洗……

雅　克 啊啊！

罗贝特Ⅱ 当他意识到自己错误的时候，为时太晚。他没有能够把它们挽救回来。

雅　克 （有点乐地微笑）是吗？嗯。

〔随着罗贝特Ⅱ在讲故事，雅克由微笑变成开怀大笑，人还安静。

罗贝特Ⅱ （表演开始的时候很缓慢；朗诵；在接下来的场景中，动作逐渐紧张起来；最后又变得缓慢）没有，他没有能够救活小马驹。可是他溺死的也不是小马驹。事实上，回到马厩之后，磨坊主发现小马驹都在，跟它们的妈妈在一起；狗崽也一直都在，跟它们狂吠的妈妈在一起。可是呢，他自己的孩子，他那刚出生的宝贝却不在妈妈——磨坊主妻子的身边。所以说，他扔在水里的是他的孩子。他赶快奔向池塘。孩子向他伸开双臂，叫着：爸爸，爸爸……真令人心碎。什么都看不见了，只看见他的小手臂在喊：爸爸，爸爸！妈妈，妈妈！接着，他就往下沉，全完了。全完了。他再也没有见着他。磨坊主疯了。杀掉妻子。毁掉一切。放了一把火。上吊自尽。

雅　　克　（对故事很满意）多么悲剧的错误。顶级的错误！

罗贝特II　小马驹在草原上嬉耍，小狗崽们也长大啦。

雅　　克　我喜欢您那些马。它们令人振奋。再说一只狗，一匹马。

罗贝特II　是不是那匹身陷沼泽、活活陷没、临死前听得到它在跳、在叫、在让它的葬身之地颤抖的马？

雅　　克　随便哪一匹。

罗贝特II　要不要那匹在沙漠里撒哈拉城的马？

雅　　克　（饶有兴趣，似乎不由自主地，声音也越来越高）沙漠里的大都市！……

罗贝特II　全都是砖头砌成的，那里所有的房子都是砖砌的，马路滚烫……火苗在下面滚动……空气干燥……灰尘通红通红。

雅　　克　灰尘之火。

罗贝特II　那里的居民早就死了，房子里的尸体风干了。

雅　　克　在那些紧闭的百叶窗后面，在那些烤得通红的铁栅栏后面。

罗贝特II　空旷的马路上没有一个人。没有一只牲畜。没有一只鸟。没有一棵草，哪怕是干草。没有一只老鼠，没有一只苍蝇……

雅　　克　我那未来的大都市！……

罗贝特II　突然，远处，马嘶鸣起来……嗷！嗷！越来越近，嗷！嗷！嗷！嗷！

雅　　克　（突然高兴起来）哦，是的，就是这样叫……嗷！嗷！嗷！

罗贝特II　拼命地奔，拼命地跑……

雅　克　嗷！嗷！嗷！……

罗贝特Ⅱ　就在那空旷的大广场上，它就在那，那儿……它在嘶叫、转圈、跳跃、转圈、跳跃……转圈、跳跃、跳着转圈。

雅　克　嗷！嗷！嗷！拼命，跳跃，拼命，跳跃……对，对，嗷！嗷！嗷！跳跃，跳跃，尽力地跳跃。

罗贝特Ⅱ　马蹄声，咔嗒、咔嗒，跳跃，溅出火花。咔嗒……咔嗒……咔嗒……咔嗒……啪……

雅　克　（笑着）对，对，好极了，我知道，我知道接下来会发生什么。可是，快说……快说……说下去……好极了。

罗贝特Ⅱ　它颤抖，它害怕……那匹种马……

雅　克　对，好极了……它嘶叫，它害怕得吼叫，嗷！……嗷！……它怕得嗷嗷叫，嗷！嗷！咱们赶紧……咱们赶紧……

〔一根燃烧着的马鬃从舞台一端移到另一端。

罗贝特Ⅱ　哦！它跑不了……别害怕。它在原地打转、跳跃……

雅　克　好极啦，就这样！我看见了……看见了……它的鬃毛上有粒火星……它在摇头……啊！啊！啊！它被烧着了！它被烧疼了！

罗贝特Ⅱ　它害怕！它在跳跃。转着圈子。它直立起来了！……

雅　克　它的鬃毛烧起来了！漂亮的鬃毛……它在吼叫，它在嘶鸣。嗷！嗷！着火了。它的鬃毛烧起来了。它的鬃毛着火了。嗷！嗷！烧哇！烧哇！嗷！嗷！

罗贝特Ⅱ　它越跳，火就烧得越凶。它疯了，它害怕，它痛苦，它痛苦，它害怕，它痛苦……它在着火，浑身都在燃烧！……

雅　克　嗷！嗷！它蹿起来了。哦，多么漂亮的燃烧跳跃，燃烧着，燃烧着，燃烧着！它吼叫，它直立。停，停住，罗贝特。

125

太快了……不要这么快……

罗贝特Ⅱ　（旁白）哦……他喊我小名了……他会爱我的！

雅　　克　它烧得太快了……快烧完啦……让火烧的时间再长些……

罗贝特Ⅱ　是火烧得这么快：火苗从耳朵里、鼻孔里蹿出来，浓烟……

雅　　克　它怕得吼叫，它痛得吼叫。它跳得厉害。它长出火的翅膀！

罗贝特Ⅱ　它真漂亮，浑身变成玫瑰色，就像一只巨大的灯罩。它想逃。它停下，它不知道怎么办……它的铁蹄在冒烟、变红。嗷！透过它的透明皮肤，看到火在它的体内燃烧。嗷！它冒着火焰！它是一只活火炬……剩下一撮骨灰……它已经没了，但远处还可以听到它的吼叫在回响，越来越低……就像另一匹马在空旷的马路上嘶鸣。

雅　　克　我的喉咙发干，我感到口渴……水，水。啊，那匹种马，烧得真厉害啊……真漂亮啊……多么漂亮的火啊……啊！（精疲力竭）我口渴……

罗贝特Ⅱ　过来……别害怕……我是湿润的，我戴着一根泥巴项链，我的乳房在融化，我的肚子软软的，我的缝隙里都是水。我的身子在往下沉。我的真名叫艾莉丝。我肚子里有池塘，有沼泽……我有一幢泥巴房子，我总是凉爽的……有苔藓，有肥蝇，有蟑螂，有潮虫，有癞蛤蟆。在湿透的被子底下做爱……里面充满了幸福！我像水蛇一样用手臂和柔软的大腿缠住你。你沧陷吧，融化吧……在我落雨般的头发里，在头发雨丝里。我的嘴巴在淌水，我的大腿在淌水，我光着的肩膀在淌水，我的头发在淌水，一切都在淌水，流淌，一切都在淌水，天在淌水，星星在流淌，淌水，淌……

雅　　克　（极度亢奋地）迷呀呀迷人！

罗贝特Ⅱ　请您随意。把这罩住您的……（她指着帽子）摘掉吧。这是什么？或者说是谁呀？

雅　　克　（亢奋依旧）迷呀呀迷人！

罗贝特Ⅱ　您头上的这东西，是什么呀？

雅　　克　猜一猜！是猫的一种。我一清早就给它戴上了。

罗贝特Ⅱ　是一座城堡吗？

雅　　克　我整天都把它戴在头上。吃饭的时候，做客的时候，我从来都不把它摘掉。我不用摘掉它来打招呼。

罗贝特Ⅱ　是不是一头骆驼？一个沙弥那肚儿？

雅　　克　它会踢腿，但也会耕地。

罗贝特Ⅱ　是一只犁！

雅　　克　它有时哭泣。

罗贝特Ⅱ　是一种悲伤？

雅　　克　它可以在水下生活。

罗贝特Ⅱ　是一条大头鱼？

雅　　克　它也能在波浪上漂浮。

罗贝特Ⅱ　是一艘小船？

雅　　克　极轻地。

罗贝特Ⅱ　是一艘平底驳船？

雅　　克　有时候它喜欢躲在山里生活。它不漂亮。

罗贝特Ⅱ　是一座木屋？

雅　　克　它让我发笑。

罗贝特Ⅱ　是一通胳肢还是一个章节？

雅　　克　它在叫喊，把我的耳朵都震聋了。

罗贝特Ⅱ 是一阵喧哗?

雅　克 它喜欢装饰。

罗贝特Ⅱ 是一种饰品?

雅　克 不是!

罗贝特Ⅱ 我把舌头交给猫了。①

雅　克 是一顶帽子。

罗贝特Ⅱ 哦,把它摘下来。雅克,我的雅克。在我家里,就像在自己家里一样哦。我有的是,想要多少就有多少,大批量的!

雅　克 ……帽子吗?

罗贝特Ⅱ 不是……是猫……没有皮的!

雅　克 哦,我的猫……

〔他摘下帽子,露出了绿色的头发。

罗贝特Ⅱ 哦,我的猫……

雅　克 我的母猫,我的城堡夫人。

罗贝特Ⅱ 在我的城堡地窖里,全都是猫……②

雅　克 全都是猫。

罗贝特Ⅱ 指明那里的东西,只要一个词:"猫"。猫叫"猫",食物叫"猫",虫子叫"猫",椅子叫"猫",你叫"猫",我叫"猫",屋顶叫"猫",一叫"猫",二叫"猫",三叫"猫",二十叫"猫",三十叫"猫",所有的副词都叫"猫",所有的介词都叫"猫"。这样说起来就方便了……

---

① "把舌头交给猫",法语俗语直译,意思是让猫来讲吧,自己猜不出来,不猜了,放弃寻找答案。

② 上述对话原文中罗列了一连串以 cha 开头的法语单词,如 chat(猫)、chapeau(帽子)、château(城堡)、chameau(骆驼)、Chaminadour(法语专名,且按音译沙弥那肚儿)、charrue(犁)、chagrin(悲伤)、chabot(大头鱼)、chaloupe(小船)、chaland(平底驳船)、chalet(木屋)、chatouille(胳肢)、chapitre(章节)、chahut(喧哗)、饰品(chamarré)、母猫(chatte)、城堡夫人(châtelaine)等,cha 音同 chat(猫),"全都是猫",这是作者运用谐音进行的文字游戏。

雅　　克　　比如说,"亲爱的,咱们睡觉吧……"

罗贝特Ⅱ　　"猫,猫。"

雅　　克　　比如说,"我真困,咱们睡吧,咱们睡吧……"

罗贝特Ⅱ　　"猫,猫,猫,猫。"

雅　　克　　比如说,"给我拿冷面来,拿温柠檬茶来,不要咖啡……"

罗贝特Ⅱ　　"猫,猫,猫,猫,猫,猫,猫。"

雅　　克　　那么"雅克"呢,"罗贝特"呢?

罗贝特Ⅱ　　"猫""猫"。

　　〔她伸出原来藏在婚纱里的九指手。

雅　　克　　哦,是的!说起来很容易……甚至没必要……(他看见九指手)哦!您左手有九个手指头?您真有钱,我跟您结婚……

　　〔他非常笨拙地拥抱她。他一只接着一只地吻罗贝特Ⅱ的鼻子——与此同时,雅克爹、雅克妈、雅克琳娜、爷爷奶奶、罗贝特爹、罗贝特妈一个接着一个上场,不说一句话,用一种可笑而艰难的舞姿,摇摇摆摆地绕着雅克和罗贝特Ⅱ围成一个松松垮垮的圆圈。雅克和罗贝特Ⅱ站在舞台中央,笨拙地拥抱在一起。罗贝特爹悄然无声、慢慢地拍着手。罗贝特妈,双臂交叠在颈后,一边傻笑一边转圈。雅克妈面无表情,滑稽地耸动肩膀。雅克爹一边跷着脚走路,一边卷裤筒。雅克琳娜点着头,然后众人继续跳舞,蹲下来跳舞。与此同时,雅克和罗贝特Ⅱ也蹲下来并一动不动。爷爷奶奶傻乎乎地转着,一边转圈一边对视和微笑,然后也蹲下来。所有这些应该激起观众一种痛苦情绪,一种不自在,一种羞愧。舞台越来越暗。舞台上,演员一边转着圈,一边发出含糊的猫叫声、奇怪的呻吟声和呱呱的乌鸦叫声。舞台越来越黑。还看得见雅克一家与罗贝特一家在台上群魔乱舞,听得见他们牲畜般的呻吟,接着就看不到他们了。只听到他们的呻吟声、叹息声,然后一切消失,灯光全部熄灭。灰暗灯光重新亮起。除了罗贝特还躺着,或者不如说是裹在婚纱里蹲着,其他人全都消失。只看到她那张苍白的脸,长着三只鼻子,摇摇摆摆,她的九指手就像爬行动物那样在蠕动。

幕　落

一九五〇年夏

未来在蛋中

或世界应该包罗万象

宫宝荣 译

人物表

雅克, 儿子雅克

雅克琳娜, 雅克的姐姐

雅克爹

雅克妈

雅克爷爷

雅克奶奶

罗贝特

罗贝特爹

罗贝特妈

该剧是《雅克或顺从》的某种续集。

幕启时，雅克和罗贝特两个人像在《雅克或顺从》剧终时那样，蹲着搂抱在一起。布景方面并没有重大的变化。

在舞台深处的左侧，现在增加了一件大家具——某种长桌，或者某种无靠背沙发，用作孵化器。挂在舞台深处墙中央的那幅"什么都不是"的画如今被一只大相框取代，相框里是雅克爷爷的脸，即雅克爷爷本人。孵蛋桌周围摆着几把椅子。可以听见下雨声。

〔雅克爹妈、罗贝特爹妈、雅克琳娜、雅克奶奶围绕雅克和罗贝特站着，眼睛朝下看着他们，然后互相看看，摇摇头，耸耸肩，嘟囔着："过分！"雅克和罗贝特沉浸于爱情之中，对他们视而不见。

罗贝特 猫……猫……

雅　克 猫……猫……

罗贝特 猫……猫……

雅　克 猫……猫……

罗贝特 猫……猫啊啊啊猫……

雅　克 猫啊啊啊啊猫……猫啊啊啊啊啊啊啊猫！……

　　　　〔罗贝特和雅克学猫叫。

　　　　双方父母、奶奶和雅克琳娜面露不悦。听到他们说话。

雅克爹 太不像话啦……

雅克奶奶　我那个时候,不需要这么……

罗贝特爹　他们好夸张。

罗贝特妈　(对丈夫)这样叫的是雅克。

雅克妈　(对丈夫)这肯定是罗贝特。

雅　　克　(沉湎于爱情)喵喵喵喵喵哇哇哇猫……喵喵喵喵哇哇哇哇猫……

罗贝特和雅克　(同样的表演)喵喵喵哇哇哇……(猫叫)喵喵喵哇哇……

罗贝特爹　规矩都没有啦!

雅克琳娜　可是爸爸,你们只要睁开眼看看,马路上、地铁里,年轻人早就无拘无束啦……

罗贝特妈　不至于是罗贝特要让人看笑话的。

雅克妈　不会是我儿子想出来的……

雅克和罗贝特　(同样的表演)喵喵喵哇哇哇猫……喵呜喵呜……喵呜喵呜……喵呜喵呜……

雅克爹　看笑话也好,不看笑话也好,重要的只有一件事:那就是有所收获……可这一切毫无结果!

雅克妈　(对雅克爹)加斯东,稍微有点耐心,他爸,哎……

雅克爷爷　实际点!

雅克妈　(对雅克爹)你过分紧张啦,想一想,我们也没有呀,记得吗,也不是立马有什么结果的。

罗贝特和雅克　(搂抱在一起)喵喵喵哇哇哇哇猫……喵呜喵呜……喵呜呜……喵呜……

雅克爹　不要替他们辩护……

雅克奶奶　她才没有替他们做什么。

罗贝特爹　(对妻子)我可不会允许她这个样子!

罗贝特妈　（对丈夫）冷静点。

雅克爹　住嘴！

雅克妈　噢，你总是凶巴巴的……可是，你心地是那么好！

罗贝特爹　（对妻子）雅克这个妈，总要瞎叫唤。又没有人要她发表意见。

罗贝特妈　（对丈夫）她最好还是闭嘴……

雅克琳娜　（对罗贝特夫妇）你们说什么？

罗贝特爹　没什么，不过说回来，为了你们好，亲爱的……

罗贝特和雅克　（仍然蹲着搂抱在一起）喵喵喵哇哇哇哇猫……喵呜……喵呜……喵呜……

罗贝特妈　我觉得他们真可爱，两个人都是。

雅克爹　我要责备他们的正是这个，从传统来说……他们已经可爱得够了，可爱得太过分啦……

雅克琳娜　他们只不过如此呀。

雅克和罗贝特　（同样的表演）喵喵哇哇猫……喵呜喵呜喵呜喵呜……

雅克爹　（对罗贝特爹）先生，我们是在三年前订下婚礼的！这么长时间，两个人就待在这里，不停地喵喵叫，而我们呢，就看着他们。一无所获。

雅克妈　辜负了我们的祝福和鼓励。

雅克爹　一无所获。一无所获。我们要的是尽快开花结果。

罗贝特爹　（对雅克爹）我再次告诉你们，这不是我女儿的错。

雅克爹　（对罗贝特爹）难道是我女儿的错吗？您这话什么意思？

罗贝特妈　（对雅克爹）请您不要这样想啊！

雅克和罗贝特　喵呜……喵呜……喵呜……喵呜……

雅克奶奶　要想生好多孩子的话，就要有好汤……要煮好汤，就要有好多孩子……

雅克和罗贝特 （同样的表演）喵喵哇猫！……喵呜喵呜喵呜喵呜……

雅克爹 必须拿定主意！……雅克琳娜，来，出个主意……

雅克和罗贝特 （同样的表演）喵喵喵哇哇哇猫！……喵呜呜喵呜呜喵呜呜……

雅克琳娜 老是叫我！……啊，啊，啦，哩哩啦啦，让我请井（清静）① 些！

雅克爹 （威胁地）雅克琳娜！雅克琳娜！雅克琳娜！

雅克琳娜 （低着头）对不起，爸爸。

罗贝特妈 （对丈夫）哎，他们还要在您面前显摆呢！

雅克琳娜 （对雅克爹）明白，爸爸。好的，爸爸。听您的吩咐，爸爸。

雅克奶奶 多么乖的孩子！

雅克妈 我的女儿呀……可是我最大的安慰哟！

罗贝特妈 （对丈夫）这必须承认。

罗贝特爹、罗贝特妈、雅克爹、雅克奶奶 （将手伸向雅克琳娜，而爷爷的肖像始终一动不动、一言不发）乖孩子！乖孩子！乖孩子！

雅克琳娜 我们先努力把两个人分开来……接下来更好把他们结合在一起！

〔父母稍稍分开。众人，甚至包括爷爷，眼睛都盯着雅克琳娜。

雅克琳娜 （对相爱的那对男女）站气（起）来！

雅克和罗贝特 （同样的表演）喵喵喵喵哇哇哇猫……喵喵喵哇哇

---

① "请井"类似"清静"的变音，剧中此类文字游戏比比皆是。

哇……喵呜呜喵呜呜呜喵呜……喵呜呜喵喵呜喵呜……

雅克琳娜　（拍手。雅克和罗贝特还是没有听见，继续温柔地搂抱在一起，学着猫叫）够啦！！……我说：够啦！……

〔她猛烈地摇晃雅克和罗贝特。

雅克琳娜　好啦！好啦！

〔雅克和罗贝特停止喵呜叫唤，好似从沉睡中艰难地醒来一般，吃惊地看着雅克琳娜，昏沉沉中难以认清她；他们神色不安，困难地站起来，始终搂抱在一起。

雅克琳娜　（旁白）哦，这个女人哪，三只鼻子都在淌水！

〔接着，她一边生硬地拍手，一边奋力地拉开两人的手臂，将他俩分开。

雅克琳娜　这样……就这样……好好站着……

〔雅克父母和罗贝特父母发出满意的呢喃声。

雅　克　我饿。

罗贝特　我饿。

雅克琳娜　你们浑身湿透啦。

雅　克　我冷。嗬嗬嗬！我在发抖！

罗贝特　我冷。嗬嗬！我们在发抖！

〔他俩冷得发抖。

雅克琳娜　活该。

雅克爹　活该。

雅克和罗贝特　我饿！

罗贝特妈　我可怜的小家伙们！

罗贝特爹　（对罗贝特妈）在这个家里，没人给他们饭吃。

雅克琳娜　你们只想着填饱自己的肚子。可你们忽视了生孩子！你们为什么不行动起来？这可是你们的主要责任啊！

雅克爹妈、 雅克奶奶、 罗贝特爹妈　这是你们的责任!

（同时）{ **雅克**（对罗贝特）　真的，亲爱的……
罗贝特（对雅克）　真的，亲爱的……

雅克和罗贝特　这是我们的责任!

雅克爹　（对雅克和罗贝特）因此呢?

雅　克　我饿。

罗贝特　我饿。

雅克妈　哦，我可怜的小鸡仔（动情地），他们饿啦!……哦，小囡囡，小囡囡，小囡囡啊!……可爱的……小宝贝……

罗贝特妈　（对丈夫）她心地真好。

罗贝特爹　（对妻子）不要让步! 罗贝特家族也有自己的骄傲!

雅克奶奶　（端给雅克和罗贝特一只砂锅，两人将用手指去抓，或者就在她手上吃）给，孩子们，这是肥肉烧土豆，奶奶烧法!

〔饿慌了的雅克和罗贝特扑向土豆。

雅克奶奶　吃吧! 吃吧!

雅克妈　吃吧!

雅　克　（突然想起以往什么有所顾虑，不好意思地停止扑向土豆）不……我……

雅克琳娜　（对雅克）咦，你不饿啦?

罗贝特妈　（对雅克）您得吃东西啊!

罗贝特　（对雅克）喵喵哇哇猫……说得是……吃……喵喵哇哇猫! 跟我一样地吃!

雅　克　我饿。

〔他扑向食物。

罗贝特　再吃点土豆。

雅克爹　（对雅克妈）她真能吃。

〔雅克奶奶将肥肉烧土豆递给罗贝特。

雅　克　（对雅克奶奶）再给点肥肉。

雅克爹　（对雅克奶奶）给他吧，肥肉有利于物种繁衍。

〔雅克奶奶给雅克肥肉。

罗贝特　再给点肥肉。

〔给她肥肉。

雅　克　再给点土豆。

〔给他土豆。

雅克爹　够了。

雅克妈　噢！……

雅克爹　我说够了！……

〔雅克爹拿过菜把它放到舞台的某个地方。

罗贝特爹　（对妻子）这是小家子气，不是大家子气！

罗贝特妈　（对丈夫）也许还算是大家子气！

雅克琳娜　（对雅克和罗贝特）你们该拿定主意了……从今以后，你们应该把生育时刻挂在心上。

雅克爹　我发现，我绝对要在这里树立完全的权威。

雅克妈　行啊，我的先生，当然喽，如果你想的话……但请你谨慎、温和！……

罗贝特妈　我们也是，我们有权在这里树立一点我们的权威。

罗贝特爹　如果说不行的话，也不是我们家女儿的错，这不是我们家女儿的错。不是因为她是独生女，她就没有生育能力。

罗贝特妈　（对丈夫）说得好。你不能听之任之。

罗贝特爹　先生！……

雅克爹　那各人都在与自己相关的地方树立起权威。

罗贝特爹　同意。

139

雅克爹 （对儿子）雅克……我们要向你发表最为庄严的声明！

〔众人形成两组。雅克父母、雅克奶奶和雅克琳娜围着雅克；罗贝特父母围着罗贝特，后者被他们稍稍拉到一旁。

罗贝特爹和罗贝特妈跟他们的女儿说话，时不时地听到罗贝特温顺地说："是的，爸爸，是的，妈妈，对，爸爸，对，妈妈，是呀，爸爸，是呀，妈妈。"

雅克爹 （对儿子）雅克！我有一则令人痛心的消息要告诉你。

雅克妈 （哭泣）呜哇！呜哇！呜哇！

雅　克 什么消息呀，爸爸？

雅克爹 看……看看你奶奶。（雅克琳娜在奶奶头上披了一块黑纱）你什么也没注意到？

雅　克 没有，爸爸。我什么也没注意到。

雅克琳娜 再好好看。加把劲。

雅　克 我什么也没看到呀。

雅克妈 儿子……你不懂啊！（对丈夫）真是幸福的年纪！

〔她倚着儿子的肩膀哭。

雅克奶奶 （抽泣）我正在服丧……

雅　克 什么意思？

〔另一边，站在父母中间的罗贝特时不时地一直重复说着：

罗贝特 对，爸爸，对，妈妈……

雅克爹 像你这样的儿子，经过一段时间，纠正年轻时候犯的错误，稍稍让我满意了点儿，你总应该明白……

雅克琳娜 你明白吗？

雅　克 明白什么呀，爸爸妈妈？

雅克爹 简单地说吧，可怕的事实是这样的！……你难道就没有想过为什么再也听不见爷爷唱歌了吗？……

雅克妈　那么爱你、你也很喜欢的爷爷呢？

雅克琳娜　（指着相框）也不想想他为什么在那儿，而不是在这儿，肩并肩地跟我们在一起呢？

〔相框里的爷爷友好地点头，微笑。

雅　克　我没有想过。

〔另一边，罗贝特仍在表示同意，时不时地一直说着：

罗贝特　是呀，爸爸，是呀，妈妈！

雅克爹　（对儿子）如果你从来没有想过的话，现在是想的时候了：想想吧。

雅　克　我在想。

雅克琳娜　你得出什么答案？

雅　克　什么答案都没有。

雅克爹　（对儿子）你想得不够。再想想。

雅　克　什么？

雅克爹　为什么你再也听不见爷爷唱歌了？

雅　克　为什么我再也听不见爷爷唱歌了？为什么呀？

雅克爹　我请你奶奶来说。

雅克奶奶　因为你爷爷死了。

〔雅克毫无反应。

雅克琳娜　（对雅克）爷爷死了。

〔她用胳膊肘狠狠地撞了雅克一下。

雅克爹　你爷爷死了。

〔肘击雅克。

雅克妈　你爷爷死了。

〔同样的肘击。

雅克仍然毫无反应。在罗贝特一家那边，只听见：

罗贝特爹 他爷爷死了。

罗贝特妈 他爷爷死了。

罗贝特 对，爸爸，对，妈妈。

雅克爹 （对儿子）爷爷死了，你难道没听见吗？

雅　克 没有。我没听见说爷爷死了。

雅克妈 （哭哭啼啼）亲爱的孩子，你的心弦难道没有被触动？亲爱的儿子，我们来把它触动吧。

〔雅克倒在雅克琳娜的怀里，雅克琳娜将其扶直。好长时间，他的脸上毫无表情。父母亲、奶奶、姐姐期盼着雅克的脸上出现一丝表情。他们看上去十分担心。雅克妈开口说话。

雅克妈 （对儿子）哭呀！嗨，雅哥①，喂，哭呀！（静场）哭呀！哎，雅哥！

〔静场。

突然，雅克号啕大哭起来。

雅克爹 啊，终于，好啦！好啦！

雅克妈和雅克奶奶 好啦！好啦！

雅克琳娜 好啦！

雅　克 呜呜呜！呜呜呜！可怜的爷爷！

〔他停住，微笑。

雅克妈 再哭！

雅　克 （再哭）呜呜呜！呜呜呜！爷爷啊！爷爷！

〔在罗贝特家那边，罗贝特仍然在说但次数少了许多："是的，爸爸，是的，妈妈。"

雅克妈 （拥抱哭泣的儿子）我亲爱的儿子……他多么伤心

---

① 雅克的昵称。参见第105页脚注②。

哪！……

雅　克　（哭泣）呜呜呜呜！呜呜呜呜！呜呜呜呜！呜呜呜呜！

雅克奶奶　是的，确实是，你爷爷走啦！

〔奶奶呜咽。

雅克爹　大家互相安慰安慰吧！

〔雅克一家全体哭泣。爸爸庄重地擦去眼泪。

可以听见罗贝特一家在说话。

罗贝特妈　过去表示你的掉（悼）念之情。

罗贝特爹　我们也去吧，既然我们现在是一家人。

罗贝特　好的，爸爸，好的，妈妈。

〔罗贝特，走到雅克一家旁边，大声说：

罗贝特　热烈掉（悼）念！

雅克一家　（除了爷爷，异口同声）荣幸！

〔罗贝特爹、罗贝特妈对正朝他们转过身来的罗贝特说：

罗贝特妈和罗贝特爹　我们热烈掉（悼）念！

罗贝特　非常感谢。很荣幸。

〔罗贝特一家三口现在转向雅克爹。

罗贝特一家三口　（对雅克爹）我们热烈掉（悼）念！

雅克爹　朋友们，非常感谢，我愉快地接受掉（悼）念。

罗贝特一家三口和雅克爹　（转向雅克妈，异口同声）我们谨向你们表示热烈的掉（悼）念、掉（悼）念、掉（悼）念、掉（悼）念！

雅克妈　谢谢，谢谢，很高兴，谢谢。

罗贝特一家三口、雅克父母　（对雅克奶奶）掉（悼）念！掉（悼）念！掉（悼）念！掉（悼）念！热烈掉（悼）念！

雅克奶奶　万分感谢！谢谢！谢谢！我一定会转达的，谢谢！很荣幸,谢谢!

罗贝特一家三口、 雅克一家三口 (对雅克琳娜)我们热烈掉(悼)念!掉(悼)念!掉(悼)念!

雅克琳娜 谢谢!谢谢!谢谢!谢谢!谢谢你们!

〔接着,除了雅克爷爷,众人围住了雅克,他在所有人中最为激动,说:"掉(悼)念!热烈掉(悼)念!热烈掉(悼)念!"

雅　　克 (哭)呜呜呜呜!呜呜呜呜!呜呜呜呜!谢——谢!

〔接着,雅克爹说:"别忘了死者。"

雅克爹妈、 雅克奶奶、 雅克、 雅克琳娜、 罗贝特妈、 罗贝特
(众人转过身,背对观众,面朝爷爷相框齐唱)掉(悼)念!掉(悼)念!掉(悼)念!热烈掉(悼)念!诚挚掉(悼)念!掉(悼)念!掉(悼)念!掉(悼)念!

〔应该能够从中分辨出雅克的哭声。

雅克爷爷 (待在相框里,挥手致意,答道)掉(悼)念!掉(悼)念!掉(悼)念!

〔接着,所有人(包括众人转身面对的爷爷在内)齐声说:"掉(悼)念!掉(悼)念!掉(悼)念!掉(悼)念!热烈掉(悼)念!掉(悼)念!"

相框中的雅克爷爷变回一动不动。众人(当然除了爷爷之外)转向雅克,围着他说道:"掉(悼)念!掉(悼)念!掉(悼)念!热烈掉(悼)念!"

雅克回答一两次:"掉(悼)念。"然后哭得很响。他崩溃了,其他人则不停地向他表示哀悼之情。大家把他拉起来,让他坐到一把椅子上。

雅　　克 (号哭)呜呜呜呜!呜呜呜呜!呜呜呜呜!呜呜呜呜!掉(悼)噢噢念!呜呜呜呜!

雅克爹　（捂住耳朵，对着雅克妈叫喊，声音盖过雅克）你把他的心弦拨动得过分啦！停止拨动吧！

雅克琳娜　（对着雅克叫）住嘴！你让大家不舒服啦！

罗贝特妈　（叫喊）他太夸张啦。

〔雅克妈给了雅克一记响亮的耳光。雅克的哭叫戛然而止。

除了雅克爹之外，众人转向雅克妈。

雅克琳娜、罗贝特妈、罗贝特爹、罗贝特齐声唱。

（同时）
- **罗贝特父母**　噢，祝贺，夫人，衷心祝贺。
- **雅克奶奶和雅克琳娜**　好样的，雅哥他妈！好哇！好样的，妈妈！好样的！

雅克爹　够啦！

〔众人立刻停止。静场。大家都看着雅克。

雅克爹　（对雅克）你有权也有责任了解你祖辈去世的情形！

〔相框中的爷爷做了一个手势。

雅克琳娜　爷爷想要说话！（雅克爷爷离开相框并向其他人走近）自从他死了之后，他话说得好多了。

雅克爹　（对雅克）这是你有血有肉的爷爷，他将亲自跟我们讲述他去世的情形。

〔充满敬意的静场。在爷爷走近时，众人把鼻子捂住。

雅克爷爷　（为大家听他说话而十分得意）呃！呃！事情进展得很顺利，去世之事……我正唱着……

〔他想唱歌。

雅克奶奶　你不至于再唱歌吧……你已经死啦。你在服丧。

雅克爷爷　不是……不是……不是……这没关系……我想唱歌……

雅克爹　（对爷爷）要是你都不尊重自己的丧事，谁还会尊重它呢？……说吧，快点！……

雅克爷爷　边唱边说！

雅克奶奶　不许唱。

雅克爷爷　那我就不说。再也不说一句话。一个字也不说。你们再也看不到活着的我啦。哈！

〔爷爷欲重回他的相框。

雅克奶奶　总是这么顽固！他一点都没有吸取教训！

〔相框中的爷爷将显出凝重、赌气的样子，而不再是本剧开始时的快活样子。一直到结束，他都再也不动。

雅克爹　（对雅克）儿子，正如你看到的，大家都走啦！……你是我们唯一的、最大的希望！那些走了的人必须、必须被取代。爷爷死了，爷爷万岁。

众　人　（除了发愣的雅克，齐声）爷爷死了，爷爷万岁！

雅　克　为什么？

雅克爹　必须保证我们的种族后继有人。

雅　克　为什么？

雅克爹　保证我们的种族后继有人……白种人！白种人万岁！

众　人　（除了雅克，一齐鼓掌、高呼）白种人万岁！白种人万岁！

雅克爹　（对儿子）白种人的未来掌握在你手中。白种人必须延续，必须延续，白种人的强权必须扩张！……

雅　克　怎么做呢？

雅克琳娜　要扩张，必须阻止香火熄灭。

雅　克　通过什么手段？

雅克爹　（对儿子）通过生育。一切消失的东西都应该被新的替代，数量更繁多，种类更广泛。该由你来促进生育……

雅克妈　（对儿子）孩子，让我为你骄傲，促进吧，促进生育吧。
　　　　〔罗贝特面色尴尬。
罗贝特爹　我女儿完全胜任，正如我已经正式宣布过的。
　　　　〔罗贝特面色越来越尴尬。
雅克爹　这三年的结果辉煌与否，我们拭目以待！直到目前，还毫无结果！
　　　　〔不过，越来越尴尬的罗贝特却摆出了出格的姿势。
罗贝特妈　（对罗贝特）哎，女儿啊，当着大家的面这样，可不好看。跟妈妈过来，我来教你。只要有一点技巧。一点点。
雅克妈　（对罗贝特妈）要是我的经验可以提供给你们的话……请随时吩咐。
罗贝特妈　好。来者不拒。
雅克奶奶　（对罗贝特妈）我呢，我也来。我会给她唱首摇篮曲……
罗贝特妈　（对罗贝特爹）你呢，你跟女婿留在这里。如果什么要紧东西，需要你的话，会叫你的。（对雅克爹）您也一样，如果需要的话，会跟您要的。
雅克爹　（俯身）听您的吩咐，夫人。
雅克妈　我可有要紧东西，需要的话，我还有储备呢。
　　　　〔罗贝特、罗贝特妈、雅克妈、雅克奶奶从右下。罗贝特下场时做着手势，姿势越来越出格。雅克看见她下去时，似乎向她伸出双手，像个要哭的孩子似的做着怪相，嘴里叫着："唔……唔……唔……"
雅克琳娜　（看着下去的罗贝特等人）她已经显出母亲的样子来啦。她天性如此。
　　　　〔雅克瘫在一把椅子上。

罗贝特爹 （对雅克）我们来看看你到底价值多少。

雅克爹 （对雅克）雅克，儿子，勇敢些。生吧！拿出男人的样子来！

雅克琳娜 （对雅克）来吧，来，兄弟，拿出勇气来。

罗贝特爹 （对雅克）来吧，来，拿出勇气来。开始吧。

雅克琳娜 （对雅克）开始吧。用力。

〔雅克脸上呈现怪相。他瘫在椅子上。

雅克琳娜 （对雅克）来吧……来吧……

罗贝特爹 （对雅克）来吧，来吧，拿出男人的样子来。我们都是这么过来的。

雅克爹 （对儿子，大声）给我赶快，否则我会跟你算账的。

雅克奶奶的声音 怎么样，你们那边可好？

雅克琳娜 （对雅克）快，大家不耐烦啦。用力。

罗贝特爹 （对雅克）用力。

雅　克 （做怪相）这样是出不来的……又不可能按指令出来……我还没有灵感。

雅克妈的声音 我的雅哥，罗贝特准备好啦。你呢？

罗贝特妈的声音 你们不要再说是我女儿的错了。

雅克爹 雅克，别偷懒！

雅克琳娜 （大声喊叫，好让另一边听见）马上好，马上好，稍微耐心点……

雅　克 （在椅子上）快啦……我感觉到快出来啦……

雅克奶奶的声音 雅克，我的小乖乖，快呀，快，我求你啦……罗贝特早就准备好啦。她再也等不及啦。

雅　克 我尽力而为。

雅克爹 你做不了大事。

罗贝特爹 （对雅克）嗨，胆子大点……

雅克琳娜 大胆点，雅克。

罗贝特爹 （对雅克爹）先生，您的儿子呀，可抵不上我的女儿。

雅克爹 先生，事情还没完呢。您过会儿再开口。

雅克琳娜 （对爷爷的相框）爷爷，您请说！

雅克爷爷 （一动不动，讥讽地）啊……啊……啊……不关我事……我不再属于人世……再说，你们不让我唱……会给你们教训……活该……

雅克琳娜 （对爷爷）那好，住嘴吧。

雅克爷爷 （说得很快，愤怒地）我想住嘴就住嘴，不想住嘴就不住嘴，这话是什么意思呢，什么叫尊重死者呀？

罗贝特爹 （对爷爷）先生，闭上您的鸟嘴。

雅克爹 （威胁）闭嘴！

〔雅克爷爷闭嘴。

罗贝特妈妈的声音 那儿啦，好啦啊啊啊！

雅　克 （手捧着肚子）哎哟！哎哟！哎哟！哎哟！

雅克爷爷 （在相框里，笑）嘻！嘻！嘻！

罗贝特爹 （对雅克爷爷）我请您放规——矩点！

雅　克 （手捧着肚子）哎哟！哎哟！哎哟！哎哟！哎哟！

〔叫声越来越尖。

雅克琳娜 （大声地，好让另一边听见）妈妈，妈妈，好啦，他肚子疼要生啦！

罗贝特爹 （叫喊）罗贝特……罗贝特……你可以松开啦！……

〔他从右下。

雅　克 （痛苦地）哎哟！哎哟！哎哟！哎哟！

罗贝特妈的声音 小乖乖，全部松开！……你可以离开啦……

罗贝特的声音 （非常尖细）

　　咯——咯——咯咯哒！咯——咯——咯咯哒！

　　咯——咯——咯咯哒！咯——咯——咯咯哒！

　　咯——咯——咯咯哒！咯——咯——咯咯哒！

雅　克 哎哟！哎哟！哎哟！哎哟！

　　〔罗贝特妈、雅克妈、雅克奶奶从右上。

罗贝特的声音 咯——咯——咯——咯——咯——咯咯哒！

　　〔罗贝特的"咯咯哒"声音很响，雅克在呻吟。

　　罗贝特妈和雅克妈互相拥抱。

罗贝特妈 亲爱的雅克妈夫人……我们的孩子！

　　〔罗贝特妈哭泣。

雅克妈 亲爱的罗贝特妈夫人……我们的孩子！

　　〔雅克妈哭泣。

　　"咯咯哒"声音极响。呻吟的雅克发出"哎哟"声，昏了过去。

（同时）{ **雅克妈** 啊！儿子啊！儿子啊！
　　　　 雅克奶奶 啊！这！这！这可不是时候！

雅克爹 雅克琳娜！你弟弟昏过去了！

　　〔众人围着雅克忙活起来，为他揉太阳穴，轻轻地拍打他的脸。不过，同时可以听到：

罗贝特爹的声音 好啦！拿一只篮子来！

雅克爹 他受不了的！他受不了！

　　〔各种动作，充满焦躁。雅克周围躁动不安，发出"咯咯哒"声音的下场口附近也是。雅克琳娜从右下，手里提着一只空篮子，而雅克神志已经恢复。

雅克妈 孩子！他醒过来啦！

雅　　克　　我在哪儿呀？

雅克妈　　在家里呀，小乖乖，和你亲爱的父母在一起！

罗贝特妈　　在你罗贝特的城堡里！

雅　　克　　（厌恶地）啊，我要离开！

罗贝特爹　　（从右上，手中的篮子里装满了蛋）这些是头生蛋！

众　　人　　（除了瘫在座位上的雅克，爷爷则用一只眼睛在偷看）啊啊啊！啊啊啊！好哇！

〔他们鼓掌，拥抱，互相庆贺。

雅克爹、罗贝特爹　　（互相道喜）衷心祝贺！衷心祝贺！

〔两位母亲哭泣着拥抱，已经把篮子拿到手中的雅克奶奶说："哦！多么漂亮的蛋哪！多么可爱啊！它们大着呢！在我这个年纪，真是快活呀！它们是不是凝固啦？"

现在，众人将围住奶奶抢篮子，这场景发生在舞台前部。

雅克爹　　它们真新鲜，每个值二十法郎呢！可以煮溏心蛋！

罗贝特妈　　我女儿的初生蛋！像我女儿！

雅克奶奶　　才不像呢，简直就是从雅克的模子里刻出来的！

罗贝特爹　　我不这样认为！

雅克妈　　它们可没有三只鼻子！

罗贝特妈　　是因为它们还太小。鼻子会长出来的。

雅克妈　　好啦，两个人都像！

雅克爹　　雅克琳娜人呢？

罗贝特爹　　在罗贝特身边。必须有人照顾她呀。

雅克妈　　我很激动！这是一个伟大的时刻！

雅克爹　　（拿过篮子，和其他人一起走向儿子）看到了吧，这是你们的蛋！

雅　　克　　谢谢。

雅克爹　你要孵它们！

雅克妈　他也许还太累呢！

罗贝特爹　我们家女儿可以自己孵的！

雅克爹　在我们家，这是男人的事！（对雅克）好啦，站起来！

〔众人将瘫在椅子上的雅克扶起，把他朝孵蛋桌拖。

雅克爹　（拖着儿子）把他移到孵化器上！

罗贝特妈　（一边拖着雅克，一边对丈夫）你总是听之任之。太不聪明。

雅克奶奶　（拖着雅克）你成家了，我很欣慰。现在得孵蛋啦！

〔众人将雅克拉上孵蛋桌。

雅克妈　孩子，好好孵！

雅克奶奶　就像你的祖辈们那样！

爷　爷　（在相框中）嘻！嘻！嘻！

〔嘲笑声。

雅克爹　孵吧，为了民族的荣誉和昌盛，为了不朽，孵吧！

〔已经听不见的"咯咯哒"声音再次响起，极为响亮。

罗贝特爹　咱们加紧！蛋要积成堆啦！

〔雅克被置于蛋的上面或蛋中间。雅克琳娜出现，手里拿着第二只篮子。

众　人　（除了雅克和无声地笑着的爷爷）好哇！好哇！哦，它们真漂亮。

罗贝特爹　我去把其他蛋取来！

〔他从右下。

雅克琳娜　那边还有很多呢！

雅克爹　（将俯卧着的雅克扶起，看着说道）再拿蛋来！还有地方！你们别担心！

〔他把篮子里的蛋倒在雅克身上及其周围。

罗贝特妈 拿蛋来！拿蛋来！

雅克爹 快呀，快呀，别停！

雅 克 ……我热……

雅克妈 （对雅克）亲爱的，就是该热，孵蛋呢……要有热度，还要有热情！……

〔她为雅克擦额头上的汗。

雅克爹 （拍手）生育！生育！生育！

雅克奶奶 下蛋！下蛋！下蛋！下蛋！

〔她雀跃、跳舞。

雅克妈 孵吧，孵吧，孩子，孵吧！

〔雅克琳娜带着空篮子下，罗贝特爹拿着第三只满满的篮子上。"咯咯哒"继续响着。

众 人 好哇！好哇！

罗贝特爹 还有呢！

雅 克 （像一台蒸汽机似的大喘着气）突！突！突！突！突！突！

〔他的"突突"声节奏越来越快，正如"咯咯哒"一样。罗贝特爹和雅克琳娜上上下下的节奏同样如此，他们轮流上下，把装蛋的篮子拿走带来，没有停息。其动作可以如此调节，即一个人上时，另一个人下，一上一下，如此等等。

雅克爹 生育万岁！还得是生育！生吧！请生吧！

雅 克 突！突！突！突！

〔另一边传来"咯咯哒"。

雅克妈 （替儿子擦额头上的汗）勇敢些……勇敢些……

雅 克 我热死了，妈妈。突！突！

罗贝特妈 好啦，好啦，别停下来！

雅克爹 （拍手）生育！生育！生育！……

〔众人的动作将加快。罗贝特妈将加入接替罗贝特爹和雅克琳娜拿蛋篮，他们轮流拿来蛋倒在雅克的头上和身上，倒在桌上、地上；雅克身上将被堆满；罗贝特妈在拿回空篮子时说：

罗贝特妈 生育！生育！生育！……

雅克奶奶 （人在舞台中央，也在拍手，转着圈）生育！生育！生育！……

〔动作、噪声继续："咯咯哒""突！突！突！""生育！生育！"犹如合唱曲中的副歌叠句。在表演不中断、人来来往往不断的同时，将会听到下面的对话，声音大到足以盖过一切混乱：

雅克妈 我在想所有这些孩子的未来！

罗贝特妈 我们将让后代成为什么呢？

雅克爹 （继续其表演）想想从肉到香肠！

罗贝特爹 （在两次往返之间）想想从肉到卡车！

雅克奶奶 炒蛋正用得着。

雅克琳娜 （在两次往返之间）把他们培养成运动员！

雅克妈 把他们保护好，好再生育。

罗贝特妈 让面团成形。

罗贝特爹 让面团成馅饼。

雅克爹 要把他们培养成官员，官方的、半官方的。

雅克奶奶 可以放在旁边，随时吃掉。

雅克琳娜 培养成仆人、老板！

雅克爹 外交家。

雅克妈 打毛衣用的毛线。

〔雅克爷爷在相框里可以用手指指挥大家的行动，动作犹如乐队指挥。

罗贝特妈 大葱和洋葱。

罗贝特爹 银行家和猪猡。

雅克爹 城里人和乡下人。

雅克妈 领导和职员!

雅克琳娜 教皇、国王、皇帝。

雅克爹 警察。

罗贝特妈 诉讼代理和神父。

雅克奶奶 炒蛋!许许多多的炒蛋!

雅克琳娜 人文主义者!反人文主义者!

〔从上面这最后一句台词开始,重复的噪声将是:"对,对,对";只有雅克爹一人仍在重复:"生育!生育!生育!"同时一直在拍手。

雅克妈 机会主义者!

罗贝特妈 民族主义者!

罗贝特爹 国际主义者!

雅克爹 革命家!

雅克奶奶 反革命分子!

雅克琳娜 红皮萝卜!萝卜尾!

雅克妈 民粹主义者!

罗贝特爹 股东!

雅克爹 反动派!

雅克奶奶 化学家。

雅克琳娜 消防员、教授。

雅克妈 冉森主义者。

罗贝特妈 自由思想家。

罗贝特爹　马克思主义者。侯爵、马克、副标识。

雅克爹　理想主义者。相对主义者。

雅克奶奶　存在主义者。

雅克琳娜　本质主义者和唯物主义者。

雅克妈　联邦主义者、唯灵主义者。

罗贝特妈　文字主义者。

罗贝特爹　兄弟、假兄弟!

雅克爹　朋友、敌人!

雅克奶奶　搬运工!

雅克琳娜　海关关员、演员!

雅克妈　酒鬼、天主教徒!

罗贝特妈　新教教徒、犹太教教徒!

罗贝特爹　楼梯和鞋子!

雅克爹　铅笔和文具盒。

罗贝特妈　阿司匹林!火柴棒!

雅克奶奶　炒蛋!尤其是要许多炒蛋!

　　　　〔雅克琳娜和罗贝特爹站在舞台中央,手中拿着空篮子。

众　人　(除了雅克和爷爷,齐声)对,对,炒蛋,许多炒蛋。

　　　　〔动作与噪声突然停止。听到雅克声音微弱地说:

雅　克　悲观主义者!

众　人　(愤怒地)什么?他怎么敢?他怎么回事?怎么总是他?从来都不高兴!

　　　　〔众人朝他走近。气氛紧张的静场。

雅　克　无政府主义者。虚无主义者。

罗贝特爹　我早就说过,他这个人靠不住。

雅克爹　(对儿子)你难道丧失了信仰?

罗贝特妈 他没有信仰。

雅克爹 （对儿子）那么，说吧，你想要什么？

雅　　克 我要一眼光明之泉、炽热之水，一簇冰之火、火之雪。

雅克琳娜 （对雅克）别忘了你的承诺。

爷　　爷 （在相框中，对雅克）管好你的蛋！

雅克爹 （对雅克）你只需要去阿尔皮皮斯火地就行！

罗贝特妈 他野心倒不小！

罗贝特爹 那就去梅尔达叶城堡吧！

众　　人

生育万岁！

白种人万岁！

继续！继续！

〔"生育！生育！""咯咯哒"再次疯狂响起，节奏更加快，一片欢腾。相框中的爷爷也在高叫："生吧！生吧！！"其他人喊："我们生吧！我们生吧！！"众人齐叫"咯咯哒"，一齐拍手。

雅克爷爷 和过去一样，未来在蛋中！

〔根据舞台装置技术的可能性，或者可以张开一只陷阱，或者可以让舞台慢慢下沉，人物在不知情的情况下慢慢地沉没、消失，但表演并不停止，或者干脆继续演下去。

幕　落

一九五一年

头 儿

黄晋凯 译

人物表

预言者
年轻的恋人，男（简称恋人男）
年轻的恋人，女（简称恋人女）
男崇拜者
女崇拜者
头儿

该短剧于一九五三年九月在于谢特剧院首演，导演雅克·波利埃里，布景乔治·安年科夫。

〔预言者站在舞台中央,背对观众,紧盯着舞台后部的上场口,守候头儿的到来。

男女崇拜者一左一右贴墙而立,也在守候头儿的到来。

预言者 (片刻的紧张,站在原地)他在那儿!他在那儿!在马路那头!(传来"哇哦"之类的欢呼声)头儿在那儿!……他来了,他走近了!……(后台的欢呼声、掌声)……最好别让他看见我们……(两个崇拜者更加贴紧墙壁)……注意啦!……(预言者激动不已,突然地)哇哦!哇哦!头儿!头儿!头儿万岁!(两个崇拜者身体不动,紧挨墙面,却尽可能地伸长脖子、探出脑袋去看头儿)头儿!头……头儿!(两个崇拜者也一起大喊)哇哦!哇哦!(后台也传出喊声:"哇哦!再来一遍!"喊声渐弱)哇哦!再来一遍!

预言者 (大步冲向台后,停住,欲下,两个崇拜者紧跟着他)啊,真见鬼!他走了!他走了!跟着我,快!咱们追他去!(预言者和崇拜者边喊边下)头儿,头儿!头——儿!

〔这最后一声喊叫传到了后台,就像是颤抖的哭喊。

静场。短暂的空场。恋人女和恋人男分别从左右两侧上,相遇在舞台中央。

恋人男 对不起,是太太还是小姐?

恋人女 先生,我并不认识您!……

恋人男 我也一样,我也不认识您!……

恋人女 我们谁也不认识谁……

恋人男 没错儿，咱们所见略同。不过，在我们之间有一块相连的土地，我们可以共建起我们未来的大厦。

恋人女 我对此毫无兴趣，先生。

〔她做要离去状。

恋人男 噢，亲爱的，我多爱您啊！……

恋人女 亲爱的，我也一样！

〔两人拥抱。

恋人男 亲爱的，我带您走。咱们这就结婚去。

〔他们从左下。短暂空场。

预言者 （从台后上，后随两个崇拜者）头儿说了，他肯定打这儿过。

男崇拜者 您真的能肯定吗？

预言者 是的，肯定！

女崇拜者 这肯定是他要走的路？

预言者 是的，是的。他肯定打这儿过，我跟你们说，这是根据庆典的计划……

男崇拜者 这计划是您亲眼所见、亲耳所闻的吗？

预言者 是他对别人说的，对别的人！

男崇拜者 对谁？别人是谁？

女崇拜者 是确定的人吗？是您的朋友？

预言者 是我熟悉的一个朋友。（突然，在台后又响起了"哇哦"和"头儿万岁"的巨大声浪）他在那儿！这回他就在那儿！哇！哇！哇哦！他在那儿！你们快藏起来！藏起来！

〔像开场时一样，两个崇拜者紧贴墙壁，向后台发出欢呼声的地方伸长脖子；预言者眼盯台后，背对观众。

预言者 头儿到了,他露面了,他完蛋了,他咕咕乱叫。(预言者每说一句,两个崇拜者就蹦一下,他们使劲伸长脖子,他们激动得直哆嗦)他在跳。他过河了。大家和他握手。他在翘大拇指。你们听见了吗?大家在笑。(预言者和两个崇拜者也跟着一起笑)噢!……有人给他一个工具箱。他能用来干什么?啊!……他在给人签名。头儿抚摸一只刺猬,一只棒极了的刺猬!……人群在鼓掌。他跳舞了,手里抱着刺猬。他拥抱他的女舞伴。哇哦!哇哦!(后台响起欢呼声)人们在给他拍照,他一只手搂着舞伴,另一只手抱着刺猬……他向人群致意……他远远地吐了一口痰。

女崇拜者 他上这儿来了吗?他朝我们走过来了吗?

男崇拜者 我们肯定是在他必经之路上吗?

预言者 (头转向两个崇拜者)住嘴,别动,你们会把一切都搅和了……

女崇拜者 可是……

预言者 我说了,住嘴!我不是向你们保证他已经答应了吗,他的路线是由他亲自定的……(他又转向台后高喊)哇哦!哇哦!头儿万岁!(静场)头儿万岁,万岁!(静场)头……头儿万岁,万岁,万万岁!(两个崇拜者再也按捺不住,猛地一起高喊)哇哦!头儿万……万岁!

预言者 (对崇拜者)安静,你们俩!别作声!你们把一切都搅和了!(崇拜者沉默后,他又转向台后)头儿万岁!(夸张地)哇哦!哇哦!他在换衬衫。他消失在红屏风的后面。他又露面了!(可以听到掌声一阵紧似一阵)好啊,好极了!(崇拜者也想跟着喊"好啊",想鼓掌,但他们用手捂住嘴,没有喊出来)他系上了领带!他边喝牛奶咖啡边看报!总是抱着那只刺猬……他靠着栏杆。栏杆断了。他又爬起来……一个人爬起来了！（掌声，"哇哦"声）好啊，真帅啊！他在刷弄脏了的外套。

男崇拜者和女崇拜者 （跺脚）噢！啊！噢！噢！啊！啊！

预言者 （同样的动作）他登上梯凳！他要扶一把，有人递给他一根短稻草，他知道这是在开玩笑，他不在乎，他笑了。

〔雷鸣般的欢呼声和掌声。

男崇拜者 （对女崇拜者）你听！你听！啊，要是我是君王……

女崇拜者 啊！……头儿！

〔上述对话语调夸张。

预言者 （一直背对观众）他登上梯凳，不，他从梯凳上下来了。一个小姑娘向他献上一束鲜花……他要干什么？他接过鲜花……他亲吻小姑娘……对她说"我的孩子"……

男崇拜者 他亲吻小姑娘……对她说"我的孩子"……

女崇拜者 他亲吻小姑娘……对她说"我的孩子"……

预言者 他把刺猬送给她。小姑娘哭了……头儿万岁！头……头……头儿万岁！

男崇拜者 他上我们这边来了吗？

女崇拜者 他上我们这边来了吗？

预言者 （突然跑向台后，欲下）他走了！快一点！咱们快走！

（下，崇拜者跟下，同时一起高喊"哇哦！哇哦！"）

〔前台短暂空场。两个恋人搂抱着从左上，停在舞台中央，分开。恋人女胳膊挎着个篮子。

恋人女 咱们到市场去，那儿可以找到鸡蛋！

恋人男 噢，我像爱你一样爱鸡蛋！

〔她挎起他的胳膊。预言者从右跑上，迅速站到他原来的位置，背对观众；男女崇拜者分别从左右两侧紧随而上，与正准备从右下的男女恋人相撞。

男崇拜者 对不起！

恋人男 噢，对不起！

女崇拜者 对不起！噢，对不起！

恋人女 噢，对不起！对不起！对不起！对不起！

男崇拜者 对不起，对不起，对不起！啊！对不起，对不起，对不起！

恋人男 噢，噢，噢，噢，噢，噢！对不起！先生们太太们！

恋人女 （对恋人男）来吧，阿道夫！（对两个崇拜者）没什么！

〔她拉着恋人男的手下。

预言者 （看着台后）头儿在走过来走过去，有人在给他熨裤子！

〔两个崇拜者各自回到原位。

预言者 头儿在笑。有人在给他熨裤子，他在溜达。他品尝长在小溪里的花朵和水果。他也品尝树根。他让所有的孩子都到他这儿来。他信任所有的成人。他设立了警察。他向法院致敬。他嘉奖伟大的战胜者，他嘉奖伟大的战败者。最后，他还诵诗。在场听众都深受感动。

两个崇拜者 好啊，好极了！（转而呜咽）呜……呜……呜！

预言者 全体民众都在哭泣！（后台响起号啕的哭声，预言者和两个崇拜者也号啕大哭）安静！（两个崇拜者停止大哭，后台也安静下来）裤子还给了头儿。头儿穿上裤子。他很满意！哇哦！（"好啊！"后台响起欢呼声，两个崇拜者也跟着欢呼、雀跃，他们什么也看不见，只是想当然地猜测后台所发生的一切）头儿在翘大拇指！（对两个崇拜者）回到你们的位置上去，回到你们的位置上去，你们站好了，都别动，喊："头儿万岁!"

两个崇拜者 (紧贴墙壁,喊)头儿万岁!万岁!

预言者 住嘴,住嘴,你们要把一切都搅和了!注意,注意,头儿来了!

男崇拜者 (站在原地)头儿来了!

女崇拜者 (同样地)头儿来了!

预言者 注意!住嘴!噢!头儿走了!跟着他!跟着我!

〔预言者从台后跑下,两个崇拜者分别从左右两侧下,此时后台的欢呼声一阵紧似一阵,然后渐弱。

舞台短暂空场。恋人男上场,从台左跑向台右,随后是恋人女。

恋人男 (跑)你追不上我!你追不上我!(下)

恋人女 (跑)等一会儿!等一会儿!(下)

〔舞台空场片刻。然后,又一次,恋人女追着恋人男跑着穿过舞台。

恋人男 你追不上我!

恋人女 等一会儿!

〔他们从右下。

舞台空场片刻。预言者从台后上;女崇拜者从左上,男崇拜者从右上。他们在舞台中央相遇。

男崇拜者 事情搞糟了!

女崇拜者 运气不好!

预言者 是你们的错!

男崇拜者 不是那么回事!

女崇拜者 不是那么回事!

预言者 难道是我的错?

男崇拜者　我们没想这么说!

女崇拜者　我们没想这么说!

　　　　　〔后台响起嘈杂声、欢呼声:"哇哦!"

预言者　哇哦!

女崇拜者　在那儿呢!

　　　　　〔她指向台后。

男崇拜者　对,在那儿呢!

　　　　　〔他指向台左。

预言者　好,跟我来!头儿万岁!

　　　　　〔他从右跑下,两个崇拜者也喊着跟下。

两个崇拜者　头儿万岁!

　　　　　〔他们下。舞台空场片刻。两个恋人从左上;然后恋人男从台后下;恋人女说:"我要得到你!"说完从右跑下;预言者、男崇拜者、女崇拜者从台后上。预言者对两个崇拜者说:"头儿万岁!"崇拜者们跟着重复。预言者又对崇拜者们喊:"跟我来!跟着头儿!"他边喊边从台后跑下:"跟上他!"

　　　　　男女崇拜者分别从右、从左下;在上述过程中,后台的欢呼声根据舞台上的动作节奏时强时弱。很短暂的空场,男女恋人分别从右、从左上,恋人男喊:"我要得到你!"恋人女喊:"你得不到我!"他们边喊边下:"头儿万岁!"预言者、随后男女崇拜者、随后男女恋人从台后边喊边上:"头儿万岁!"所有的人从右鱼贯而下;他们边跑边喊:"头儿!头儿万岁!我们要得到你!打这儿走!你得不到我!"他们利用舞台各个口上上下下;最后,他们从台左、台右、台后聚集到舞台中央,其间后台响着震耳欲聋的掌声和欢呼声,台上的人声嘶力竭地喊叫,歇斯底里地互相拥抱:"头儿万岁!头儿

167

万岁！头儿万岁！"

　　〔突然静场。

预言者　头儿到了。头儿在这儿呢。各回原位。注意！

　　〔男崇拜者和恋人女紧贴右墙；女崇拜者和恋人男紧贴左墙；两对男女紧紧拥抱接吻。

男崇拜者、恋人女　亲爱的，亲爱的！

女崇拜者、恋人男　亲爱的，亲爱的！

　　〔此时，预言者站在原位，背对观众，眼盯台后，在掌声中欢呼。

预言者　安静。头儿喝完汤了。他来了，他来了。

　　〔欢呼声倍加高涨；男女崇拜者、男女恋人都在高喊。

众　人　哇哦！哇哦！头儿万岁！

　　〔头儿一露面，大家就向他扔彩色纸屑。预言者忽地闪到一边让头儿通过；其他四个人原地不动，伸出胳膊撒纸屑，还是喊着："哇哦！"头儿从台后上，径直走向舞台前方中央，犹豫片刻，向左迈一步，然后毅然决然大踏步地从右下；预言者使劲高喊"哇哦"，男女崇拜者和男女恋人也喊"哇哦"，但声音要小得多，而且样子很惊讶。他们吃惊是有道理的，因为头儿尽管戴着帽子却没有头。这很容易装扮：扮演头儿的演员穿一件外套，领子拉到额头上面，帽子盖住上面；一个穿外套、戴帽子、没有头的人，一出场就能引起惊奇，肯定能产生效果。在头儿下场后……

女崇拜者　可是，可是……头儿，没有头！

预言者　他不需要，他是天才嘛。

恋人女　对极了！（对恋人男）您叫什么名字？

恋人男　（对女崇拜者）您呢？

168

女崇拜者 （对预言者）您呢？

预言者 （对恋人女）您呢？

恋人女 （对恋人男）您呢？

众　人 （同时互问）您叫什么名字？

　　　　　　幕　落

车 展

广播短剧

宫宝荣 译

人物表

先生
小姐
销售员

该广播短剧于一九五二年由巴黎广播实验俱乐部首播。

〔传来青蛙的鸣叫声,接着是母鸡"咯咯哒"、公鸡"喔喔喔"以及其他家禽的叫声、一头母牛哞哞叫声。敲门声。

先　生　您好,小姐,这里就是车展吗?

小　姐　是的,先生,您看它是什么呀?

先　生　对不起,我被大灯给照花眼了。(哨声)听听,声音响得多厉害!

小　姐　一旦习惯了,您甚至都感觉不到!

先　生　某种意义上,很遗憾!

小　姐　永远别说"很遗憾",要说"相当遗憾"。永远别像阅读那样说话和写作。

先　生　反之亦然。用的是简单过去时。

小　姐　您到车展来是学法语的吗?六法郎一件,再加半份酸菜。另外,还可以给您提供一个由九名可连选连任的成员组成的董事会和一个鸡蛋。

先　生　不,小姐,多谢了。我到车展来就是为了买车。

〔家禽叫声。

小　姐　称斤两?

先　生　不,整只的。

小　姐　既然这样,我把我的同事介绍给您。咱们找他去。不用了。他就在我们旁边,像个影子一样跟着我们,就在你我中间。

销售员　您好，先生。销售员，就是我，就跟路易十四一样。您是买家吗？您想买什么？

小　　姐　先生想买车。

销售员　公汽车还是母汽车呢？

先　　生　公的母的都要。这样好成双成对。我不喜欢拆散家庭。

小　　姐　请将你们的最新款给先生看看。

销售员　您是要真正的汽车，还是验证过的汽车，或者是暗绿色的汽车？

先　　生　小姐，能不能把您的鼻子借给我，我好看得更清楚些？我走的时候还给您。

小　　姐　（无所谓地）鼻子在这儿呢。您留着吧。

先　　生　谢谢，小姐，一只好鼻子胜过有两只鼻子。

销售员　请跟我来，先生。

先　　生　好的，我的朋友，请相信我，相信我，相信我，相信我，我，我，我，我，哇，哇，哇，哇，哇，哇，哇。

销售员　别叫啦，先生。这是我们的第一款。一辆十五轮的让·拉辛！

先　　生　十五轮？

销售员　对，十五轮，但是您可以方便地添加第四只轮子。

先　　生　不要再重复啦。十五个轮子永远都是十二个。众所周知。别人会很快发现您卖亏了。

销售员　这是一辆好车。捏捏看。（喇叭声）瞧瞧，它的反应不错。

先　　生　我能不能也捏捏呢？

销售员　试试吧，先生，好啊，捏捏看吧。

〔一声马的嘶鸣。

先　　生　哎哟！吓着我啦！

销售员　啊，对不起，先生……这可不是我干的。是公牛干的。

先　　生　它派什么用？

销售员　男高音！……代替一位男低音……请高抬贵手。

小　　姐　先生，先生，先生，把我的鼻子还给我，我再也不能抹鼻涕啦。

先　　生　我不知道您如此浪漫！给，这是您的鼻子，还给您。我们一刀两断。别再指望我什么啦。

小　　姐　（哭泣）啊！我可怜的鼻子，成什么样子哟，您把它抠破头啦！

销售员　先生，如果您愿意，咱们继续参观吧。

先　　生　哟！好漂亮的车！

销售员　这是一辆元类型的、五马力小学教师。

先　　生　多少钱？

销售员　这取决于价格。

先　　生　这一辆母的我也很喜欢。

销售员　这一辆公的！……这是一辆公的汽车！……（某个重物掉在地板上的声音）有证可查。

先　　生　它有膨压拖拉器①吗？

销售员　有，先生。

先　　生　一个不少吗？

销售员　一个不少，先生。

先　　生　状况都好？

销售员　当然啦，先生。我们只有好产品。您自然可以信服这一点。来吧。（打字机的声音）再来一次。（工厂的汽笛声）您瞧瞧，膨压拖拉器都运转正常。不用怕，先生。

---

① 原文 turgo-pertracteur，为作者生造的词。

先　　生　我能不能……？

销售员　我甚至建议您这么做。

〔铁轨声，吉他声，"你好吗"①，锯子声，先生的声音："薄啦，割手"，喇叭声，废铁声，接着又响起身体笨重地倒在地板上的声音。

销售员　您觉得怎么样？

先　　生　看上去是一辆漂亮的汽车……对不起……我想说是一辆漂亮的公汽车！运转正常。不过，我担心内部有制动装置。这相当常见。

销售员　先生，请放心。我跟您担保产品没问题。

先　　生　这辆公汽车有没有四联装置？

销售员　您问什么，先生？

先　　生　它带不带四联装置？

销售员　噢！不带，先生。它是一套出色的逻辑系统，不是四联系统。它不是一辆瑞典车。全都是最法国的。是一款名副其实的笛卡儿车型。

先　　生　制动装置是在固定保险下运转还是全权运转？

销售员　通过血液循环肺炎运转。最新款。您瞧瞧。

〔哨声。钟声。家禽鸣叫声。

先　　生　好的。好极了。我买了。但请别忘了，我要一对。

销售员　好，我要把这款年轻的金发汽车介绍给您。

小　　姐　您好，先生，是我呀。

销售员　她拥有漂亮轮胎（爵士调子），舒服坐垫，十分好看的大腿（军队进行曲），苗条的身材，很棒的引擎（某种故障发动机的声音），舒适的方向盘，全新的车身，可爱的微笑，奔放

---

① 原文为英语：how do you do。

的个性。

先　生　噢！我可是认识她的呀，我认得她，我认识她够够的！就是刚才那位小姐……一直是那位小姐。我很愿意把她买下来。她结实吗？

销售员　她载您不在话下，载您再加上三四个人。

先　生　我买下她了。

小　姐　非常感谢，先生。

销售员　另外一辆也买吧，先生？

先　生　噢！不买了。公的我自己造。

销售员　随您，先生。

小　姐　那么，亲爱的先生，我就是您的车喽？谢谢，先生。把灯打开，我们马上结婚，我准备好了。您有戒指吗？

〔家禽发出十分响亮的声音，青蛙鸣叫声，马嘶鸣声，牛叫声。

先　生　请您告诉我，销售员，所有这些动物到车展来是做什么？

销售员　我不知道，先生。新婚夫妇万岁！……

小　姐　我们不会错过的。

幕　落

职责的牺牲品

伪戏剧

宫宝荣 译

人物表

舒贝尔　　　　　　　勒内-让·肖法尔
马德莱娜　　　　　　齐莉娅·切尔顿
警察　　　　　　　　雅克·莫克莱
尼古拉·窦　　　　　雅克·阿尔里克
夫人　　　　　　　　波利娜·康皮什
马洛（字母 t 结尾）

伪戏剧《职责的牺牲品》于一九五三年二月在拉丁区剧院首演，导演雅克·莫克莱，配乐波利娜·康皮什，布景勒内·阿利奥。

该剧于一九五四年、一九五九年分别在巴比伦剧院和香榭丽舍剧院重演，布景雅克·诺埃尔，深红色为布景主色调。

〔具有小资情调的室内。舒贝尔坐在桌子旁边的一张扶手椅上,读着报纸。他的妻子马德莱娜坐在桌子前面的一张椅子上,在缝补袜子。一阵沉默。

马德莱娜 （停下手中的活计）报上有什么新闻来着?

舒贝尔 从来就没什么事。几颗彗星啦,一种宇宙剧变啦,在宇宙的某个地方。几乎没什么新闻。邻居们挨了罚款,因为他们养的那些狗弄脏了人行道……

马德莱娜 活该。别人要是踩着了有多讨厌哪。

舒贝尔 对住底层的人家来说,早上打开窗,看到这堆东西,一整天都会心烦意乱。

马德莱娜 他们太敏感啦。

舒贝尔 这个时代患了神经官能症。现在的人丧失了从前的镇静。（沉默）啊,还有一份公告。

马德莱娜 什么公告!

舒贝尔 够有意思的。政府号召大城市的居民做出牺牲。说这是我们拯救经济危机、消除精神失衡和生存困局所剩下的唯一手段。

马德莱娜 其余的手段都已经试过啦。毫无结果。也许谁都怪不得。

舒贝尔 眼下呢,政府只是善意地推荐这一上上方案。不过别上当:大家心里十分清楚,推荐总是会变成命令的。

马德莱娜　你总是急于一概而论！

舒贝尔　谁都明白，建议总是会突然间变成规定，变为严格的法律。

马德莱娜　那又怎样，我可怜的朋友，法律是必要的；因为是必要和不可缺少的，所以就是好的，而凡是好的就是令人愉快的。确实，遵纪守法、做好公民、尽职尽责、拥有纯粹的良知是非常令人愉快的！……

舒贝尔　对，马德莱娜。到底是你有道理。法律有它的好。

马德莱娜　当然。

舒贝尔　对，对。牺牲的重大好处在于，它既是政治的又是神秘的，两方面都会产生结果。

马德莱娜　这样可以一石二鸟。

舒贝尔　这就是它的好处所在。

马德莱娜　你明白啦？

舒贝尔　此外，要是历史课的内容我记得没错的话，这种行政体制，也就是牺牲体制，在三个世纪之前就已经试行过，还有五个世纪之前，还有十九个世纪之前，以及去年……

马德莱娜　阳光底下无新事嘛。

舒贝尔　……而且行之有效，针对所有的人群，从城市到乡村（他站起身），针对各个民族，就像我们这样的民族！

马德莱娜　坐下。

〔舒贝尔坐回去。

舒贝尔　（坐着）只不过，确实，它要牺牲个人的一些便利。这总归是令人讨厌的。

马德莱娜　噢，不一定！……牺牲并不都是难事。有各式各样的牺牲。为了改掉某些习惯，即使在最初阶段令人讨厌，但一旦改掉之后，也就结束啦，谁也不会再去细想！

〔沉默。

舒贝尔　你这个人常常看电影，也很喜欢看戏。

马德莱娜　当然啰，跟常人一样。

舒贝尔　比常人更喜欢。

马德莱娜　对，是更喜欢。

舒贝尔　你怎样看当今的戏剧，又有哪些戏剧观点呢？

马德莱娜　又是你那戏剧！你被戏剧迷住了心窍，都要患上强迫症了。

舒贝尔　你真的认为戏剧可以搞新名堂吗？

马德莱娜　我再跟你说一遍，阳光底下无新事。哪怕没有阳光！

〔沉默。

舒贝尔　有道理。对，你说得有道理。从古至今，所有写成的剧本从来都只是警匪戏。戏剧历来只是写实的、警匪的。任何一部戏剧都是一场结局圆满的侦查。有一个谜，直到最后一场戏才向我们揭晓。有时，在此之前。有寻找，就有发现。这样呢，戏从一开始就一目了然。

马德莱娜　朋友，你应该举些例子。

舒贝尔　我想到的是圣母阻止那个女人被活活烧死的奇迹。要是忽略与内情毫无干系的神力干预的话，则有一条社会新闻：一个女人让两个过路的凶手杀了女婿，原因不明……

马德莱娜　并且不可告人……

舒贝尔　……警察赶到，着手调查，抓获罪犯。这就是警匪戏。自然主义戏剧。安托万①的戏剧。

---

① André Antoine（1858—1943），法国戏剧演员、导演，戏剧活动家，自由剧团的创办者，自然主义戏剧的先驱。

马德莱娜　正是。

舒贝尔　戏剧本质上从来没有变化。

马德莱娜　令人遗憾。

舒贝尔　你瞧,这不就是猜谜戏剧吗,警匪戏就是猜谜。从来都是这样。

马德莱娜　可古典主义戏剧呢?

舒贝尔　那是高雅的警匪戏。一如所有的自然主义戏剧。

马德莱娜　你的想法很独特。也许是对的。不过你还是得征求权威人士的意见。

舒贝尔　哪些人士?

马德莱娜　电影爱好人士、法兰西公学院教授、有影响的农学研究所成员、挪威人、某些兽医等等,这些人士当中就有权威。兽医在这方面尤其有许多想法。

舒贝尔　人人都有想法。缺少的不是想法。可要紧的是事实。

马德莱娜　事实,除了事实就没有别的。总可以问问他们吧。

舒贝尔　必须问问他们。

马德莱娜　必须给他们思考的时间。你有时间……

舒贝尔　这个问题令我激动。

〔沉默。

马德莱娜补袜子。

舒贝尔读报纸。

传来一阵敲门声,声音并非来自舒贝尔和马德莱娜所在的房间。不过舒贝尔还是抬起头。

马德莱娜　是隔壁,门房。她从来都不在。

〔再一次传来门房那边的敲门声,门房显然住在同一楼面。接着:

警察的声音　门房！门房！

〔静场。再一次敲门，接着又传来：

警察的声音　门房！门房！

马德莱娜　她老是不在！服务真差！

舒贝尔　真该把门房钉在他们的位置上。也许是在找大楼里的人。我去看看？

〔他站起来，又坐下。

马德莱娜　（平静地）跟我们没关系。朋友，我们又不是门房。在这个社会里，每个人都有明确的社会分工！

〔短暂的沉默。舒贝尔读报。马德莱娜补袜子。

〔右边门上传来怯生生的敲门声。

舒贝尔　这下呢，敲的可是咱家。

马德莱娜　你可以去看看，朋友。

舒贝尔　我去开门。

〔舒贝尔站起身，朝右边的门走去，开门。门口出现警察。他很年轻，臂下夹着一只公文包。他身穿一件淡褐色大衣，头上没戴帽子，一头金黄头发，态度温和，极其腼腆。

警察　（站在门口）晚上好，先生。（然后冲着已经站起身、也朝门口走来的马德莱娜）晚上好，夫人。

舒贝尔　晚上好，先生。（对马德莱娜）是警察。

警察　（腼腆地向前走，只一小步）对不起，夫人，先生，我想向门房打听一件事，可门房不在……

马德莱娜　自然喽。

警察　……你们知道她在哪里，知道她会不会马上回来吗？噢，对不起，对不起，我……我要是找得到门房的话，肯定不会敲你们家的门，肯定不敢打扰你们……

舒贝尔　先生,门房应该会回来的,很快的。原则上,她只是星期六晚上出去,跳舞去。自从把女儿嫁出去之后,她每个星期六晚上都要去跳舞。既然现在是星期二晚上……

警　察　非常感谢您,先生。我这就走,先生,我到过道去等她。向您致敬。夫人,请接受我的敬意。

马德莱娜　(对舒贝尔)多么有教养的年轻人啊!彬彬有礼。问问他想知道什么,你也许可以告诉他。

舒贝尔　(对警察)先生,您想知道什么?也许我可以告诉您。

警　察　打扰你们真让我过意不去。

马德莱娜　您一点也没打扰我们。

警　察　是一桩很简单的事……

马德莱娜　(对舒贝尔)那就让他进来吧。

舒贝尔　(对警察)先生,劳您驾进来吧。

警　察　噢,先生,我,真的,我……

舒贝尔　先生,我太太请您进来。

马德莱娜　(对警察)亲爱的先生,我先生和我请您进来。

警　察　(看了看手表)我发现没时间了。要知道,我已经迟到啦!

马德莱娜　(旁白)他戴的是金表!

舒贝尔　(旁白)她已经注意到他戴的是金表!

警　察　……好吧,就五分钟,既然你们一定要……可是我不能……这么着……我进来,条件是你们让我马上离开……

马德莱娜　亲爱的先生,请放心,我们不会强留您……您还是进来休息一会儿吧。

警　察　谢谢。非常感谢。你们真好。

〔警察又朝房间里走进一步,停住,敞开大衣。

马德莱娜　（对舒贝尔）多么漂亮的栗色套装，崭新的！

舒贝尔　（对马德莱娜）多么挺括的鞋！

马德莱娜　（对舒贝尔）多么漂亮的一头金发！（警察伸手摸自己的头发）他长着一双漂亮的眼睛，眼神温和。你不觉得吗？

舒贝尔　（对马德莱娜）他为人和气，叫人信任。他长着一张娃娃脸。

马德莱娜　别站着，先生。您请坐。

舒贝尔　请坐。

〔警察又朝前走一步。他没有坐下。

警　察　你们就是舒贝尔夫妇，是吗？

马德莱娜　正是，先生。

警　察　（对舒贝尔）听说您喜欢戏剧，先生？

舒贝尔　呃……呃……是的，我喜欢。

警　察　您有头脑！我呢，先生，我也喜欢戏剧。可惜呀，我不大有时间上剧院。

舒贝尔　有些戏正在上演！

警　察　（对马德莱娜）我想，舒贝尔先生也是支持"牺牲制"这一政策的？

马德莱娜　（稍微有点吃惊）是的，先生，确实是。

警　察　（对舒贝尔）先生，很荣幸我与您的态度一致。（对夫妇俩）很遗憾占用了你们的时间。我只是想了解一下你们之前的房客是不是叫马洛（Mallot），字母 t 结尾；或者叫马罗（Mallod），字母 d 结尾。就这事儿。

舒贝尔　（毫不犹豫地）马洛，字母 t 结尾。

警　察　（更冷静）我正是这么想来着。（警察一言不发地直接走进房间，马德莱娜和舒贝尔随其左右，但落后半步。警察走向桌子，拿过两把椅子中的一把，坐下。马德莱娜和舒贝尔则在其身边站着。警察将公文包放在桌上，摊开。他从口袋里掏出一大盒香烟，并不给主人敬烟，而是不紧不慢地点燃一根，跷起二郎腿，吐出一口烟，开口）那么说你们认识马洛一家喽？

〔他说这句话时抬起眼睛先是看着马德莱娜，然后更长时间地盯着舒贝尔。

舒贝尔　（有点困惑地）不。我不认识他们。

警　察　那您是怎么知道他家的姓是字母 t 结尾的！

舒贝尔　（十分吃惊）啊，是啊，确实……我是怎么知道的？我是怎么知道的？……我是怎么知道的？……我不知道我是怎么知道的！

马德莱娜　（对舒贝尔）你真了不起！回答呀。就我俩的时候，你可不是这么吞吞吐吐的。你的话说得又快又多，你施行语言暴力，你大叫大喊。（对警察）这方面您不了解。噢，私下里，他的脑筋可比现在活络得多。

警　察　我注意到了。

马德莱娜　（对警察）不过，我还是很爱他。毕竟是我丈夫，对吧？（对舒贝尔）好啦，说说，我们认识还是不认识马洛一家？开口呀！动动脑筋，想想……

舒贝尔　（在默想了一阵之后，马德莱娜显然对此不满意，警察则不动声色）我想不起来！我认识还是不认识他们？

警　察　（对马德莱娜）夫人，请替他拿掉领带，也许领带妨碍了他。拿掉后会好些。

舒贝尔　（对警察）谢谢，先生。（对正在替他解领带的马德莱娜）谢谢，马德莱娜。

警察　　我问你，你是在什么时候认识他的，他又跟你说了些什么？

舒贝尔　我什么时候认识他的？（双手抱头）他跟我说了些什么？他跟我说了些什么？他跟我说了些什么？

警察　　请回答！

舒贝尔　他跟我说了些什么？……他跟……可我是什么时候会认识他的呢？……我第一次见到他是什么时候？最后一次见到他又是什么时候呢？

警察　　可不是由我来回答。

舒贝尔　是在哪里？哪里？……哪里？……花园里？……我儿时的老屋？……学校里？……军队里？……他结婚的那天？……我结婚的那天？……我是他的证婚人吗？……他是我的证婚人吗？……不是。

警察　　你不愿意回忆起来吗？

舒贝尔　我是不能……可是，我想起……海边的某个地方，黄昏时分，天气潮湿，很久以前，昏暗的岩石……（头朝马德莱娜出去的方向转去）马德莱娜！总督先生的咖啡！

马德莱娜　（走进来）咖啡可以自个儿磨。

舒贝尔　（对马德莱娜）哎，马德莱娜，你应该看着的。

警察　　（一拳打在桌子上）你人很好，但这跟你没关系。还是管你自己的事吧。你刚刚说到海边的某个地方……（舒贝尔不语）你听见我说话了吗？

马德莱娜　（被警察的举止和威严所触动，夹杂着害怕、欣赏，对舒贝尔）先生问你听见他说话了吗？喂，回答呀。

舒贝尔　听见了，先生。

警察　　那么？答案呢？

舒贝尔　是的，我应该是在这个地方认识他的。我们当时应该很年轻！……

〔马德莱娜在回来时已经改变了姿态，甚至声音，脱掉了旧裙子，换了件大开领连衣裙。她变成了另外一个人，声音也变了，变得温柔甜美。

舒贝尔　不，不，我不是在那里见到他的……

警　察　你不是在那里见到他的！你不是在那里见到他的！你们听见了吧！那又是在哪里？小酒馆？酒鬼！还是个结了婚的男人！

舒贝尔　仔细想想，我认为字母 t 结尾的马洛应该住在楼底下，最底下……

警　察　那就下去。

马德莱娜　（声音甜美地）最底下，最底下，最底下，最底下……

舒贝尔　底下应该很暗的，什么也看不见。

警　察　我给你引路。你只要按照我说的去做，这又不难，你只要让自己滑下去就是。

舒贝尔　噢！我已经很低了。

警　察　（生硬地）还不够！

马德莱娜　还不够，亲爱的，我的爱人，还不够！（她以慵懒的、几乎是下流的动作抱住舒贝尔；接着又跪在他面前，逼迫他屈下膝盖）腿不要僵！小心，不要打滑！台阶潮湿着呢……（马德莱娜站起来）握紧栏杆……下去……下去……如果你要我的话！

〔舒贝尔抓住马德莱娜的手臂，就像抓住楼梯上的栏杆一样；他做着下台阶的动作；马德莱娜抽回手臂，舒贝尔没有发觉，继续握住想象的栏杆；他朝着马德莱娜方向下楼梯，脸部表情猥琐。突然，他停了下来，伸出一只手臂，看着地板，接着打量四周。

舒贝尔　应该就在这儿。

警　察　眼下是这儿。

舒贝尔　马德莱娜！

马德莱娜　（向沙发方向倒退过去，同时声音甜美地）我在这儿……我在这儿……下来吧……下一个台阶……一步……下一个台阶……一步……一个台阶……一步……一个台阶……一步……一个台阶……咕咕……咕咕……（她在沙发上躺下）亲爱的……

〔舒贝尔神经兮兮地笑着向她走去。随即，沙发上的马德莱娜笑嘻嘻、色眯眯地朝舒贝尔张开双臂，唱道：

马德莱娜　啦，啦啦啦啦……

〔站在沙发近旁的舒贝尔双臂向马德莱娜张开，好像她还离得很远似的；他笑，笑得怪异，在原地轻轻摇晃；场景持续了几秒钟，其间马德莱娜中止了唱歌，代之以刺耳的笑声，舒贝尔用压低的嗓音叫她：

舒贝尔　马德莱娜！马德莱娜！我来啦……是我呀，马德莱娜！是我……马上……马上……

警　察　他已经下完了第一段台阶。现在他必须再往下。到目前为止，还行。

〔警察的讲话打断了这段情欲场面。马德莱娜站起身，还将保持一段时间甜美的嗓音，但越来越不淫荡，直到后来恢复到先前那种偶尔急躁的声音。马德莱娜起身以后将朝舞台后部走去，但略微靠近警察；舒贝尔双臂垂在身体两侧，脸上毫无表情，机器人似的向警察走去。

警　察　（对舒贝尔）你还得下去。

马德莱娜　（对舒贝尔）下去吧，亲爱的，下去……下去吧……下去……

舒贝尔　光线好暗。

警　察　想想马洛，把眼睛睁大。把马洛找到……

马德莱娜　（几乎在唱）找到马洛，马洛，马洛……

舒贝尔　我踩在淤泥里。淤泥粘住鞋底……我的两只脚真叫沉！我怕滑倒。

警　察　别害怕。下去，开出一条道来，往右拐，往左拐。

马德莱娜　（对舒贝尔）下去，下去呀，亲爱的，亲爱的，好好下去……

警　察　下去，右拐，左拐，右拐，左拐。（舒贝尔听凭警察指挥，继续其梦游者般的动作。与此同时，马德莱娜转身背对观众，抢起一块披肩披在肩膀上；她突然变成驼背，从背后看上去很年迈。她双肩因无声抽泣而耸动）径直往前走……

〔舒贝尔转向马德莱娜并跟她说话。他双手合掌，表情痛苦。

舒贝尔　真是你吗，马德莱娜？真是你吗，马德莱娜？多么不幸啊！怎么会这个样子的呢？这怎么可能呢？从来没有发现……可怜的小老太，可怜的旧布娃娃，可确实是你。你变得多么厉害啊！可这是什么时候发生的事呀？怎么没有人阻止呢？今天早上，我们的路上有鲜花。天空充满阳光。你的笑声清脆。我们穿着簇新的衣服，身边围满了朋友。没有死过一个人，你也从来没有落过泪。冷不防冬天降临。大道空无人烟。其他人哪里去了呢？进了坟墓，就在路边。我要的是欢乐，我们曾经被偷窃过，曾经被洗劫一空。哎呀！哎哟！

不知道我们是否能够迎来幸运之光①。马德莱娜，请相信我，我跟你发誓，不是我把你变老的！不……我不愿意，不相信，爱情永远是年轻的，爱情永远不会死。我没有变。你也没有变，你是在装。噢，不过真的，我不能自欺欺人，你是老了，你老得多厉害啊！谁让你变老的呢？老啦，老啦，老啦，老啦，小老太，老娃娃。我们的青春，抛在了路上。马德莱娜，我的小姑娘，我会给你买新裙子、首饰、花草。你的脸庞将恢复朝气，我要这样，我爱你，我要这样，我求你，相爱就不会老。我爱你，重返青春吧，扔掉你的面具，用你的眼睛看着我。必须笑，笑啊，我的小姑娘，好消除皱纹。噢，要是我们能够边跑边唱多好啊！我还年轻。我们还年轻。

〔他背对观众，拉起马德莱娜的手，两个人做奔跑状，声音十分苍老地唱了起来。他们的声音颤抖，夹杂着呜咽。

舒贝尔 （隐约有马德莱娜伴音）春天的源泉……新生的绿叶……欢快的花园沉浸于夜色，陷落于淤泥……我俩的爱情于夜色，我俩的爱情于淤泥，于夜色，于淤泥……我俩的青春已逝，泪水变成纯净的源泉……生命之源，不朽之源……鲜花在淤泥中盛开……

警　察 不是这个，不是这个。你在浪费时间，你忘掉了马洛，你停步不前，你拖拉延迟，懒鬼……你的方向错了。如果你不是在树林里或者泉水边见到马洛的话，就别耽误，继续下去。我们没时间了。他呢，就这段时间里，谁知道跑哪儿去了。你呢，自作多情，自我陶醉，停滞不前，永远不要自作多情，不要停滞不前。（警察开口说这席话不久，马德莱娜和舒贝尔渐渐地停止唱歌。对已经转过身并站立起来的马德莱

---

① 原文直译为"蓝灯"，借用的是格林童话《蓝灯》中的意象。

娜）他一旦多情起来，便止步不前。

舒贝尔　我不再多情了，总督先生。

警　察　咱们等着瞧吧。下去，转弯，下去，转弯。

〔舒贝尔重新走步，马德莱娜回到上一场景之前的状态。

舒贝尔　我下得够低了吧，总督先生？

警　察　还不够。继续下。

马德莱娜　鼓起勇气来。

舒贝尔　（双眼闭着，双臂前伸）我倒下，站起来，倒下，站起来……

警　察　别再站起来。

马德莱娜　亲爱的，别再站起来。

警　察　找马洛，字母 t 结尾的马洛。看见马洛了吗？看见马洛了吗？……你靠近他了吗？

马德莱娜　马洛……马洛——

舒贝尔　（眼睛仍然闭着）我白白睁大了眼睛……

警　察　我不是叫你用眼睛看的。

马德莱娜　下去，让自己滑下去，亲爱的。

警　察　要的是碰到他、抓住他，伸出手臂，摸索……摸索……什么都别害怕……

舒贝尔　我在找……

警　察　他又不是在海底一千米。

马德莱娜　下去，嘿，别害怕。

舒贝尔　隧道堵住了。

警　察　就地钻下去。

马德莱娜　亲爱的，往下钻。

警　察　你还能说话吗？

舒贝尔　泥已经到我下巴了。

警　察　还不够。不要怕泥。你离马洛还远着呢。

马德莱娜　亲爱的，往深底里钻。

警　察　下巴往下钻，像这样……嘴巴……

马德莱娜　还有嘴巴。（舒贝尔发出听不清的牢骚声）好啦，往下钻……再往下，往下，一直下……

〔舒贝尔发牢骚。

警　察　鼻子……

马德莱娜　鼻子……

〔与此同时，舒贝尔模仿在水里下沉的动作，做溺水状。

警　察　眼睛……

马德莱娜　他在泥里睁开了一只眼睛……一根睫毛超过了……（对舒贝尔）额头再低下去点，亲爱的。

警　察　叫得响些，他听不见……

马德莱娜　（对舒贝尔使劲喊）额头再往下低，亲爱的！……下去！（对警察）他一直有点耳背。

警　察　还能看见他的耳朵根在往下钻。

马德莱娜　（对着舒贝尔叫）亲爱的……把耳朵钻下去！

警　察　（对马德莱娜）看得见他的头发。

马德莱娜　（对舒贝尔）你的头发还露在外面……再往下去。手臂在淤泥里伸直，手指撑开，往深处游，抓住马洛，不惜一切代价……下去……下去……

警　察　必须碰到底。当然是。你老婆说得对。只有在深处你才能发现马洛。

〔沉默。舒贝尔确实已经很低。他艰难地往前走，双眼闭着，犹如在水底一般。

马德莱娜　听不见他的声音了。

警　　察　他越过了音障。

〔暗场。听得见人物的声音,但眼下看不见他们。

马德莱娜　噢!可怜的老公,他让我担心。再也听不到他可爱的声音了……

警　　察　(对马德莱娜,生硬地)他的声音会回来的,不要哭哭啼啼,把事情弄得糟糕。

〔灯光。舞台上只有马德莱娜和警察。

马德莱娜　看不见他啦。

警　　察　他越过了视阈。

马德莱娜　他处境危险!他有危险!我真不该玩这个游戏。

警　　察　他会回到你身边的,马德莱娜,你的宝贝,也许会迟一些,但肯定会回到你身边的。他给我们吃的苦头还没完呢。这个倔老头。

马德莱娜　(哭泣)我不应该。我做错了。他该在什么处境当中啊!我可怜的宝贝……

警　　察　(对马德莱娜)住口,马德莱娜!你怕什么,你和我在一起呢……就只有我们两个,我的美人儿。

〔他心不在焉地抱住马德莱娜,然后松开。

马德莱娜　(哭泣)我们都做了些什么呀!但必须这么做,对吗?这一切都合法吗?

警　　察　那是,当然合法啰!什么都不要怕。他会回到你身边的。勇敢些。我也很爱他呀。

马德莱娜　真的?

警　　察　他会回到我们身边的,绕个道……他会在我们身上复活的……(从后台传来呻吟声)你听见了吧……他的呼吸声……

马德莱娜　对,他可爱的呼吸声。

　　　〔暗场。灯光。舒贝尔穿过整个舞台。另两个人物已经不在台上。

舒贝尔　我发现……我发现……

　　　〔他的话被呻吟声堵住了。他从右下,马德莱娜和警察则从左上。上场的这两个人已经发生了变化,在演下面场景时变成了与前面不同的人物。

马德莱娜　你这个无耻的东西!你侮辱了我,败坏了我的一生。你在道义上破了我的相。你把我变得苍老。你毁了我。我再也受不了你了。

警　察　你又打算怎样?

马德莱娜　自杀,服毒。

警　察　你是自由的。我不会拦你。

马德莱娜　你要把我甩掉,好不得意!是不是,你想甩掉我!我知道!我就知道。

警　察　我不愿意不惜一切代价地甩掉你!但是我可以很容易地离开你,还有你的哭哭啼啼。一句话,你让人讨厌。你对生活一窍不通,人见人厌。

马德莱娜　(呜咽)畜生!

警　察　别哭,哭让你比平时更丑!……

　　　〔舒贝尔再上,在远处看着这一场面,一言不发,似乎无能为力,双手拧在一起。人们最多能听见他喃喃自语:"父亲、母亲,父亲、母亲……"

马德莱娜　(不由自主地)太过分了。我再也忍受不了啦。

　　　〔她从上身掏出一只小瓶,放到嘴边。

警　察　你疯啦,你不要这样做!别这么做!

〔警察走向马德莱娜，抓住她的手臂不让她喝毒药，接着，突然，他的脸部表情发生变化，他强迫她喝下药。

舒贝尔发出一声叫喊。暗场。灯光再亮起。他独自在台上。〕

舒贝尔 八岁那年的一个晚上。母亲牵着我的手，走在轰炸之后的布洛梅街上。沿途都是废墟。我心中害怕。母亲的手在我的手中颤抖。不时从断墙残垣里窜出人影来。黑暗中只有他们的眼睛在放光。

〔马德莱娜悄悄出现。她向舒贝尔走过去。她成了母亲。〕

警　察 （出现在舞台的另一端，一步步非常缓慢地走近）在这些人影中间，也许就有马洛，看……

舒贝尔 他们的眼睛闭上……一切都回归黑暗，除了远处的一个天窗。天色是那样黑，以至于我再也看不见母亲了。她的手没在黑暗里。我听见她的声音。

警　察 她该是跟你谈起过马洛吧。

舒贝尔 她伤心地、伤心地说："你会流很多很多的泪，我要离开你了，我的孩子，我的小宝贝……"

马德莱娜 （声音中充满了温柔）我的孩子，我的小宝贝……

舒贝尔 夜色里、淤泥中，我将独自一人……

马德莱娜 我可怜的孩子，夜色里、淤泥中，独自一人，我的小宝贝……

舒贝尔 唯有她的声音，一种气息，在指引着我。她说……

马德莱娜 应该原谅，我的孩子，这是最困难的……

舒贝尔 这是最困难的。

马德莱娜 这是最困难的。

舒贝尔 她还说……

马德莱娜　……当流泪的时候到来，当后悔的时候、悔罪的时候到来，应该与人为善。如果你不与人为善，如果你不原谅别人，你就会痛苦。当你见到他的时候，要服从他，拥抱他，原谅他。

〔马德莱娜悄悄地下。

舒贝尔站在警察面前，警察面对观众，坐在桌边，双手抱头，就这样一动不动。

舒贝尔　声音没了。（舒贝尔对警察说话）父亲，我们相互之间从来没有理解……你还能听见我说话吗？我会服从你的，请原谅我们，我们已经原谅了你……把你的脸露出来吧！（警察一动不动）你过去强硬，但也许并不太坏。也许不是你的错。我恨的不是你，而是你的暴力，你的自私。对于你的弱点，我没有怜悯。你总是打我。可是我比你还要强硬。我的蔑视给你的打击更大。是我的蔑视杀了你。是不是？听着……我要为母亲报仇……我有这个责任……我的责任在哪里？我真该这样做吗？……她已经原谅了，可是我继续负责为她报仇……报仇又为了什么？痛苦的总是报仇者……你听见我说话吗？露出你的脸来。伸出你的手。我们原来可以做好朋友的。我比你坏得多。你是个体面人，这又能怎样呢？我蔑视你是错的。我并不比你好。我有什么权利惩罚你呢？（警察仍然一动不动）我们讲和吧！讲和吧！把手伸给我！好啦，跟我来，一起见见同学！大家一起喝一杯。看着我，看呀。我像你。你不愿意……要是你愿意看我，你就会发现我是多么像你。我身上有着你所有的缺点。（沉默。警察的姿势依旧）谁会怜悯我，无情的人哪！即使你原谅了我，我也永远不会原谅我自己！

〔尽管警察的姿势没有变化,但是事先录好的警察的声音响了起来,从舞台对面的一个角落传来。① 在下面的独白过程中,舒贝尔一动不动,双臂自然下垂;他面无表情,时不时地有短暂而绝望的苏醒。

警察的声音 我的孩子,我是好多家商业公司的代表。我的职业让我不得不在全世界流浪。唉,我每年总是十月到三月在北半球,四月到九月在南半球,以至于我的生活当中只有冬天。我的薪水可怜,穿着寒酸,身体不好。我始终生活在愤怒中。我的敌人变得越来越强大,越来越富裕。我的靠山们纷纷破产,然后一个个丧生,不是死于可耻的疾病就是死于可笑的车祸。我遭受的只有挫折。我做的好事变成了坏事,而别人对我做的坏事并没有变成好事。后来,我参了军。迫于命令,我参与了屠杀,杀害了成千上万的敌军士兵、妇女、老人和儿童。后来,我的老家城市连带整个郊区都被夷为平地。和平时期,贫穷依旧,我厌恶人类。我图谋可怕的复仇。我憎恶地球,憎恶太阳,憎恶星球。我真想躲到另一个宇宙去。但它不存在。

舒贝尔 (姿势依旧)他不愿意看我……他不愿意跟我说话……

警察的声音 (而警察自身依旧姿势不变)你出生了,我的儿子,就在我准备炸掉地球的时候。是你的出生拯救了它。至少,你阻止了我在心中杀人。你让我和人类和解了,你把我和人类历史、人类的不幸、罪恶、希望、绝望密不可分地联结在一起。我为人类的命运……也为你的命运颤抖。

舒贝尔 (姿势同上,警察的姿势依旧)我从来都不知道。

警察的声音 是的,你刚从混沌中出现的时刻,我感觉到自己软

---

① 表演时,警察也可以抬起头自己讲。这种处理更好。——原注

弱无力，连气都喘不过来，既高兴又悲伤，我那颗石头之心变成了海绵、软布，我头昏目眩，一想到我先前没有要后代的意愿并且试图阻止你来到人世，心中便有一股莫名的悔意。你原本有可能不存在，你原本有可能不存在！我感到一种巨大的后怕，还对有可能来到人世却没有出生的亿万个孩子、为无以计数却永远也不可能得到抚摸的小脸、为那些永远也不会有父亲的手搀扶的小手、为那些永不会呢喃细语的嘴唇感到一种揪心的悔恨。我多么想用存在去充实空虚。我试着想象所有那些差一点来到人世的小生灵，我要在脑海里把他们创造出来，为的是至少能够哭悼他们，就像哭悼死者一样。

舒贝尔 （姿势相同。警察姿势依旧）他老是一言不发！……

警察的声音 可是，与此同时，有一种无边的快乐充溢着我的心，因为你来到了人世，我亲爱的孩子，你，犹如一颗飘荡在黑暗洋面的颤抖之星，一座被虚无包围的小岛，你的存在抵消了虚无。我一边哭着一边亲吻你的眼睛，叹息道："我的上帝！我的上帝！"我对上帝心存感激，因为要是没有上帝创世，要是没有创造宇宙历史，世世代代，就不会有你，我的儿子，你正是整个世界历史的结果。如果没有无边的因果之链，其中包括所有的战争、所有的革命、洪水、一切的天灾人祸，就不会有你来到人世；因为一切都是整个宇宙一系列原因之结果，而你呢，我的孩子，也同样如此。我对上帝心存感激，为我所有的贫困，为千百年来的贫困，为所有的不幸，为所有的幸福，为所有的侮辱，为所有的暴行，为所有的苦恼，为大悲恸，你在这一切之后来到人世，在我看来解释并且救赎了历史上的一切灾难。为了你的爱，我原谅了整个人类。一切都得到了拯救，因为没有任何东西能够把你出生的事实从宇宙存在中勾销。我在想，即使有一天你将不再存在，也没有任何东西能够阻止你曾经存在过。你来到过人世，便永远地载于宇宙之册，牢牢地固定在上帝那永恒记忆之中。

舒贝尔　（姿势相同。警察姿势不变）他一直不开口，一直不开口，一直不开口……

警察的声音　（变换语气）可你呢……我越是为你骄傲，越是爱你，你越是蔑视我，把一切罪恶都算在我头上，我做过的也好，没有做过的也好。还有你母亲，可怜人。可是谁又能够了解我们之间发生的事，是她的错，还是我的错，是她的错，还是我的错……

舒贝尔　（姿势相同。警察姿势不变）他不再说话，是我的错，我的错！……

警察的声音　你白白否定我，白白为我脸红，白白侮辱我的记忆。我并不记恨你。我再也不会仇恨。我原谅一切，不由自主。我欠你的要多过你欠我的。我不愿意你受苦，不愿意再让你有负罪感。忘记那些你自以为是你犯的错误吧。

舒贝尔　父亲，你为什么不开口，为什么不回答？……可惜啊，你的声音再也听不到，永远听不到，永远听不到……永远，永远，永远……我永远不能……

警　察　（突然站起来，对舒贝尔）在这个国家，父亲有着母亲般的心肠。哭哭啼啼毫无用处。你的个人故事，别人才不在乎呢！管管你的马洛吧。追踪他的足迹。其他什么也别想。一切的一切，只有马洛才有意义。跟你说，其余的你不用操心。

舒贝尔　总督先生，我还是很想知道，您瞧……是否……毕竟是我父母……

警　察　啊，你的那些情结啊！你总不会为这些东西来烦我们吧！你的爸爸，妈妈，孝道！……这不关我的事，我干的可不是这一行。继续走你的路。

舒贝尔　还得下去吗，总督先生？……

〔他一脸茫然地用脚探路。

警　察　你把看到的跟我们描述一下！

舒贝尔　（茫然地，犹豫着往前走）……右边台阶……左边台阶……左边……左边……

警　察　（对从右侧上来的马德莱娜）夫人，小心台阶……

马德莱娜　谢谢，亲爱的朋友。我差点跌倒……

〔警察和马德莱娜变成了剧院观众。

警　察　（急忙走向马德莱娜）挽住我胳膊……

〔警察和马德莱娜入座；舒贝尔步子犹豫地走远，在昏暗中消失了一阵子；他将重新出现在舞台另一端的一个台子或一个小舞台上。

警　察　（对马德莱娜）请坐。咱们坐下吧。马上就要开始了。每天晚上他都演戏。

马德莱娜　您预定了位置，做得对。

警　察　请坐这个位置。

〔他把两把椅子并排放在一起。

马德莱娜　谢谢，亲爱的朋友。这两个位置好吗？是最好的位置？能看得全吗？听得清吗？您有望远镜吗？

〔舒贝尔在小舞台上全然现身，摸索着往前走。

警　察　是他……

马德莱娜　噢，他让人印象深刻，演得好！他真是瞎子吗？

警　察　没法知道。像极了。

205

马德莱娜　可怜人！要是好给他两根白色棒子，一根短棒，警察用的，可以自己指挥交通，一根长一点，盲人用的……（对警察）我要不要把帽子摘掉？不用，对吧，亲爱的朋友。又不妨碍谁。我个子又不太高。

警　　察　他说话啦，您安静，听不见。

马德莱娜　（对警察）也许他还是聋子……

舒贝尔　（在小舞台上）我在哪里？

马德莱娜　（对警察）他在哪里？

警　　察　（对马德莱娜）别着急。他会告诉您的。这是他的角色。

舒贝尔　……各种马路……各种小道……各种湖泊……各种人……各种夜色……各种天空……某种世界……

马德莱娜　（对警察）他说什么？……各种什么？

警　　察　（对马德莱娜）各种种类……

马德莱娜　（高声，对舒贝尔）听不见！

警　　察　（对马德莱娜）安静！不许说话。

舒贝尔　……影子苏醒过来……

马德莱娜　（对警察）什么！……难道我们只有资格付钱和鼓掌吗？（对舒贝尔，声音更大）再响点！

舒贝尔　（继续表演）……思乡，撕裂，宇宙的残片……

马德莱娜　（对警察）这是什么意思？

警　　察　（对马德莱娜）他说："宇宙的残片……"

舒贝尔　（同样的动作）一个张开大口的洞……

警　　察　（在马德莱娜耳边）一个张开大口的洞……

马德莱娜　（对警察）他不正常。生病了。他头重脚轻。

警　　察　（对马德莱娜）他脚重着呢。

马德莱娜　（对警察）是哦！真是这样的！（羡慕地）您理解得真

快，亲爱的朋友！

舒贝尔　（继续表演）忍受……忍受……光线昏暗……星光暗淡……我遭受着一种莫名的痛苦……

马德莱娜　（对警察）扮演这个角色的演员叫什么？

警　察　舒贝尔。

马德莱娜　（对警察）不是音乐家吧①，我想？

警　察　（对马德莱娜）您放心吧。

马德莱娜　（对舒贝尔，特别高声地）声音别放轻！

舒贝尔　我满脸泪水。美在哪里？善在哪里？爱在哪里？我失去了记忆……

马德莱娜　还不是时候！没有提词员！

舒贝尔　（带着绝望的腔调）我的玩具……变成碎块……我的破碎玩具……我儿时的玩具……

马德莱娜　孩子气！

警　察　（对马德莱娜）我觉得您的看法在理。

舒贝尔　我老啦……我老啦……

马德莱娜　他并不显得多么老。他说得过分啦。想博得别人的同情。

舒贝尔　从前呢……从前……

马德莱娜　又怎么啦？

警　察　（对马德莱娜）亲爱的朋友，他在回忆过去，我猜想。

马德莱娜　如果大家都来回忆过去，会是什么结果……谁都有话说……可我们克制不说。出于谦虚，出于羞怯。

舒贝尔　……从前……刮起一阵大风……

〔他大声地呻吟。

---

① 奥地利作曲家舒伯特（Franz Schubert, 1797—1828）姓氏的法语发音与 Choubert（舒贝尔）相同，故有此一问。

207

马德莱娜　他哭啦……

警　察　（对马德莱娜）他在模仿森林里的……风声。

舒贝尔　（继续表演）风吹动森林，闪电劈开茫茫黑暗，在暴风雨的深处，在地平线，一块巨大的灰暗幕布升起……

马德莱娜　什么？什么？

舒贝尔　（继续表演）……在黑暗的深处，在梦幻般的静谧之中，在暴风雨的包围之中，出现了一座神奇的城市，光明灿烂……

马德莱娜　（对警察）一座什么？

警　察　城市！城市！

马德莱娜　听懂了。

舒贝尔　（继续表演）……或者一个神奇的花园，一口喷涌的泉眼，一些喷水池，黑夜中的火花……

马德莱娜　他肯定自以为诗人啦！蹩脚的巴那斯主义-象征主义-超现实主义！

舒贝尔　（同样的表演）……在那些雪之海洋上，一座冰焰的宫殿，几尊灿烂的雕像，炽热的海洋，黑夜中燃烧的大陆！

马德莱娜　这是个蹩脚演员！一个蠢货！不可接受！他是个骗子！

警　察　（对着舒贝尔叫喊，一半回到了警察角色，另一半仍然是一个吃惊的观众）你看见他在光线下的黑影了吗？或者说，看见他在黑暗中的明亮剪影了吗？

舒贝尔　灯光不太明亮，宫殿不太灿烂，光线变暗啦。

警　察　（对舒贝尔）至少告诉我们你感觉如何？……你有什么感觉？说！

马德莱娜　（对警察）亲爱的朋友，晚上剩下的时间还不如去小酒馆……

舒贝尔 （继续表演）……痛苦的……快乐……撕心裂肺……平平静静……充实的……空虚的……绝望的希望。我感觉强大，我感觉弱小，我感觉痛苦，我感觉良好，可是我更感觉……我还有感觉，我正在感觉……

马德莱娜 （对警察）这一切无不充满矛盾。

警察 （对舒贝尔）然后呢？然后呢？（对马德莱娜）亲爱的朋友，等一会儿，对不起……

舒贝尔 （大叫）会不会熄灭？熄灭了。黑夜包围着我。只有一只明亮的蝴蝶沉重地飞起……

马德莱娜 （对警察）亲爱的朋友，这样的恶作剧……

舒贝尔 那是最后的星火……

马德莱娜 （小舞台上的幕布关闭，鼓掌）太一般了。原本应该更好看……或者至少更有意义，对吧，可您瞧瞧……

警察 （对此刻被幕布遮住的舒贝尔）不，不！你要走起来！（对马德莱娜）他误入歧途了。我们来让他回到正道。

马德莱娜 我们给他提个醒。

〔两人鼓掌。

舒贝尔的头从小舞台上的幕布之间探出，一会儿便消失。

警察 舒贝尔、舒贝尔、舒贝尔。请好好理解我的意思，必须找到马洛。生死攸关。这是你的责任。全人类的命运系于你的身上。这又不是多么困难的事，只要你回忆，回忆起来，一切就都会一目了然……（对马德莱娜）他下得太低了。必须再往上……一点儿……在我们看来。

马德莱娜 （腼腆地，对警察）可他感觉良好啊。

警察 （对舒贝尔）你在吗？在吗？

〔小舞台消失。舒贝尔从另一处出现。

舒贝尔　我在搜肠刮肚。

警　察　要搜刮得法。

马德莱娜　（对舒贝尔）要搜刮得法。听好别人跟你说的。

舒贝尔　我来到了海面。

警　察　好，我的朋友，好……

舒贝尔　（对马德莱娜）你想起来了吗？

警　察　（对马德莱娜）你看到了吧，已经好多啦。

舒贝尔　翁弗勒尔……大海多么湛蓝……不……是在圣米歇尔山……不……是迪耶普……不，我从来没有去过……戛纳……也不是……

警　察　特鲁维尔，多维尔……

舒贝尔　我从来没有去过。

马德莱娜　他从来没有去过。

舒贝尔　科利乌尔。建筑师们在海浪上造了一座庙。

马德莱娜　他胡扯！

警　察　（对马德莱娜）别再玩你那愚蠢的文字游戏啦。①

舒贝尔　没有蒙贝利亚尔的任何痕迹……

警　察　真的，他还有一个绰号，叫蒙贝利亚尔。你还说不认识他！

马德莱娜　（对舒贝尔）瞧瞧。

舒贝尔　（十分吃惊）啊！哈，确实如此……真的……真是好笑。

警　察　到其他地方去找。哎，快呀，城市里……

舒贝尔　巴黎、巴勒莫，比萨、柏林、纽约……

警　察　小山谷、高山……

---

① 马德莱娜所说的"胡扯"（divaguer）与舒贝尔所说的"海浪"（vague）法语单词近似，故有文字游戏一说。

210

马德莱娜　高山，缺的可不是山……

警　察　安第斯山，瞧瞧，安第斯山……你去过吗？

马德莱娜　（对警察）从来没有，先生，您以为……

舒贝尔　没有，可是我对地理有足够的了解，可以……

警　察　不要臆想。要把他找到。哎，朋友，稍稍努力一下……

马德莱娜　稍稍努力一下。

舒贝尔　（痛苦地努力）t 结尾的马洛，d 结尾的蒙贝利亚尔，t 结尾的，d 结尾的……

〔按导演的喜好，之前在台前左端出现过的人物在舞台另一端的光亮中重新出现，除了胸前的编号之外，手上拿着一根登山棒，套着一根绳子或者滑雪板；这次还是，人物几秒钟之后就消失。

舒贝尔　在海浪的冲击下，我越过了海洋。在西班牙上岸。走向法国。海关人员向我致敬。纳博讷，马赛，艾克斯，被毁灭的城市。阿尔勒，阿维尼翁，教皇，骡子，宫殿。远处，勃朗峰。

马德莱娜　（开始逐渐暗戳戳地与舒贝尔的新路线、与警察作对）森林将你分隔开来。

警　察　还是往前走吧。

舒贝尔　我深入林地。多么新鲜！是晚上吗？

马德莱娜　森林很深……

警　察　不要害怕。

舒贝尔　我听到了泉水声。有翅膀碰到我的脸。草一直没到了腰。再也没有路。马德莱娜，帮我一把。

警　察　（对马德莱娜）可不要帮他。

马德莱娜　（对舒贝尔）不帮，他不愿意。

警　　察　（对舒贝尔）你自己一个人设法脱身。看着！把眼睛抬起来！

舒贝尔　太阳在林间闪耀。蓝色之光。我快快地往前走，树枝往两旁退去。二十步之外，樵夫在干活，吹哨……

马德莱娜　也许不是真正的樵夫……

警　　察　（对马德莱娜）安静！

舒贝尔　灿烂的阳光指引着我。我走出了森林……来到一个玫瑰村庄。

马德莱娜　我最喜爱的颜色……

舒贝尔　低矮的房子。

警　　察　看到人了吗？

舒贝尔　还太早。百叶窗都关着呢。广场上空无一人。一眼泉水，一尊雕像。我奔跑，传来木屐的声音。

马德莱娜　（耸肩）木屐！

警　　察　往前走。你会找到的……一直往前走。

马德莱娜　一直，一直，一直，一直。

舒贝尔　地是平整的。慢慢地向上。我走几步。我来到了山脚下。

警　　察　上啊。

舒贝尔　我开始攀登。陡峭的小径，我紧紧抓牢往上攀登。我将森林抛在身后。村庄在很底下了。我往前走。右边有一片湖泊。

警　　察　上去。

马德莱娜　叫你上去，要是你行的话。要是行的话！

舒贝尔　多么陡峭啊！还有荆棘、碎石。我越过了湖泊。我看见了地中海。

警　　察　上去，上去。

马德莱娜　上去,叫你上去。

舒贝尔　一只狐狸,最后的动物。一只瞎眼猫头鹰。再也没有一只飞鸟。再也没有泉水……没有人烟……没有回音。我环顾四周。

警　察　你看到他了吗?

舒贝尔　是一片沙漠。

警　察　再高些。上去。

马德莱娜　再往上,既然必须上。

舒贝尔　我抓住石头,脚下打滑,紧紧握住荆棘,手脚并用往上爬……啊!我受不了这高度……为什么我总要登山……为什么总是强迫我做无法做到的事……

马德莱娜　(对警察)无法做到的事……是他这么说的。(对舒贝尔)你也不感到羞耻。

舒贝尔　我渴,我热,我流汗。

警　察　别停下来擦额头。待会儿再擦。待会儿。上去。

舒贝尔　……真累啊……

马德莱娜　已经叫累啦!(对警察)总督先生,请相信我,这不稀奇。他不行。

警　察　(对舒贝尔)懒鬼。

马德莱娜　(对警察)他一直是个懒鬼。从来都是一事无成。

舒贝尔　没有一个阴凉角落。骄阳似火。烤炉。我气难喘,受煎熬。

警　察　他不会很远了,你看,你热得发烧。

马德莱娜　(警察没有听见)我可以派别人代替你……

舒贝尔　又一座山出现在我面前。一堵没有缝隙的墙。我气透不过来了。

213

警　　察　　再往上，再高些。

马德莱娜　　（说得很快，时而对警察，时而对舒贝尔）再高些。他气透不过来了。再高些。他不该爬得太高过我们。你还是下来更好。再高些。再低些。再高些。

警　　察　　上去。上去。

马德莱娜　　再高些。再低些。

舒 贝 尔　　我手出血了。

马德莱娜　　（对舒贝尔）再往上。再往下。

警　　察　　抓住。往上爬。

舒 贝 尔　　（继续往上，一动不动）人生在世真难哪！啊，要是我有个儿子！

马德莱娜　　我更喜欢女儿。儿子那么忘恩负义！

警　　察　　（跺脚）这些看法，以后再说。（对舒贝尔）上去，别浪费时间。

马德莱娜　　再高些。再低些。

舒 贝 尔　　说到底我只是个人。

警　　察　　要坚持到底。

马德莱娜　　（对舒贝尔）坚持到底。

舒 贝 尔　　不——！……不！……我膝盖都提不起来了。我受不了啦！

警　　察　　来，再做最后一次努力。

马德莱娜　　最后一次努力。试试。别试了。试试。

舒 贝 尔　　好了，好了。我到了。平地！……仰望天空，没有蒙贝利亚尔的一丝痕迹。①

---

①　在雅克·莫克莱导演的版本里，舒贝尔往上爬是这样表演的：舒贝尔先是在桌子底下，然后爬上桌子，然后爬上放在桌子上面的一把椅子。他是从第211页"我深入林地……"那句台词开始走动的。——原注

马德莱娜 （对警察）总督先生,他将在我们的掌控之外。

警　察 （没有听见马德莱娜说话,对舒贝尔）找呀,找呀。

马德莱娜 （对舒贝尔）找呀,别找了,找呀,别找了。（对警察）他将脱离我们。

舒贝尔 再也没有……再也没有……再也没有……

马德莱娜 没有什么?

舒贝尔 没有城市,没有森林,没有山谷,没有海洋,没有天空。就我一个人。

马德莱娜 我们会有两个人在这里。

警　察 他在胡说些什么?他什么意思?马洛呢!蒙贝利亚尔呢!

舒贝尔 我不走了,我跑了。

马德莱娜 他要飞啦……舒贝尔!听着……

舒贝尔 就我一个人。我跌倒了。我头不晕……我不再害怕死亡。

警　察 这一切不关我事。

马德莱娜 想想我们。孤独不好。你不可以甩下我们……可怜见,可怜见!（她变成了乞丐）我没有面包给孩子们吃。我有四个孩子。我丈夫关在监狱里。我刚出医院。我的好先生……好先生……（对警察）他可让我吃苦头了!……总督先生,现在,您理解我了吧?

警　察 （对舒贝尔）听听人类团结的声音。（旁白）我把他逼得太过了。现在他要脱离我们。（叫）舒贝尔,舒贝尔,舒贝尔……我的朋友,我亲爱的,我们两个都迷路了。

马德莱娜 （对警察）我早就跟您说过。

警　察 （打马德莱娜一记耳光）我没问你。

马德莱娜 （对警察）对不起,总督先生。

警　察 （对舒贝尔）你的任务是寻找马洛,你的任务是寻找马

215

洛,你不能背叛朋友。马洛,蒙贝利亚尔,马洛,蒙贝利亚尔!看啊,喂,看哪。瞧,你没在看。你看到了什么?……看着你前面。听,回答,回答……

马德莱娜 回答呀。

〔为了让舒贝尔下来,马德莱娜和警察向他介绍了日常生活和社会生活的所有好处。警察和马德莱娜的表演越来越滑稽,直至变成某种小丑表演。

舒贝尔 这是六月的一个早晨。我呼吸着一种比空气更轻的气息。我比空气还轻。阳光融化在一种比阳光更灿烂的光线之中。我从一切之中穿过。形式消失了。我上升……往上……一种四射的光……我往上……

马德莱娜 他逃啦!……我早就跟您说过,总督先生,我早就跟您说过……我不愿意,不愿意。(朝着舒贝尔的方向)至少带着我呀。

警　察 (对舒贝尔)你可不能这样对待我……呀!呀!……混蛋……

舒贝尔 (没有动作,自言自语)我可以从……上面……冲过去……可以……轻盈地……跳过去……一步……

警　察 (走行军正步)一、二、一、二……我教会了你使用武器,以前你是连里的后勤兵……你别装聋作哑,你不是逃兵……你不会不尊重你的军士长!……纪律!(他吹响军号)……见证你出生的祖国需要你。

马德莱娜 (对舒贝尔)我只为你而战。

警　察 (对舒贝尔)你生命无限、前途无量!你将富有、幸福和愚蠢,当上多瑙河地区的总督!这是你的委任状!(他向舒贝尔递过一张纸,舒贝尔视而不见,现在真的轮到警察和马德莱娜表演了。他对着马德莱娜）只要他不飞，什么都没损失……

马德莱娜　（对一直不动的舒贝尔）这是金子，这是水果……

警　　察　你那些仇敌的头颅，将会盛在盘子里供你享有。

马德莱娜　你将随心所欲地报仇，残酷地复仇！

警　　察　我将让你成为大主教。

马德莱娜　教皇！

警　　察　随你所愿。（对马德莱娜）也许做不到……（对舒贝尔）如果你愿意，你可以重新开始你的人生，人生的第一步……你将会明白……

舒 贝 尔　（对两个人既不看也不听）我在天桥上滑行，非常高，我可以飞啦！

〔警察和马德莱娜紧紧抓住舒贝尔。

马德莱娜　快啊！……还得再多一点力压住他……

警　　察　（对马德莱娜）管好你自己的事吧……

马德莱娜　（对警察）这也许有您的一点错，总督先生……

警　　察　（对马德莱娜）是你的错。我没有得到支持。你没有理解我。给我这么一个笨手笨脚的合作者，一个可怜的笨蛋……

〔马德莱娜哭泣。

马德莱娜　噢！总督先生！

警　　察　（对马德莱娜）一个笨蛋！……对，笨蛋……笨蛋……笨蛋……（突然转向舒贝尔）我们山谷里的春天很美，冬天暖和，夏天从来不下雨……

马德莱娜　（啼哭状，对警察）总督先生，我尽力了。我尽了自己一切能力。

警　　察　（对马德莱娜）蠢货！笨蛋！

马德莱娜　您说得对，总督先生。

警　　察　（对舒贝尔，语调绝望）找到马洛的人会有怎样的报酬啊！我告诉你，你虽然有可能丧失名誉，但会留下财富、身份、地位！……你还能要什么呢？

舒贝尔　我可以飞翔。

马德莱娜与警察　（紧紧抓住舒贝尔）别！别！别！别飞！

舒贝尔　我沐浴在阳光里。（舞台上一片漆黑）阳光透进我身体。我惊奇于存在，惊奇于存在……惊奇于存在……

警察作为胜利者的声音　他无法越过惊奇之屏。

马德莱娜的声音　当心，舒贝尔……别忘记你头晕。

舒贝尔的声音　我是阳光！我飞翔！

马德莱娜的声音　跌下来，哎！熄灭。

警察的声音　好哇，马德莱娜！

舒贝尔的声音　（突然变得不安）噢！我犹豫……我痛苦……我冲！……

〔只听见舒贝尔发出一声呻吟。

舞台上灯光亮起。

舒贝尔瘫在一只大纸篓里。马德莱娜和警察站在他旁边。出现了一个新的人物，夫人，坐在左侧墙边的一张椅子上，她对台上发生的事漠不关心。

警　　察　（对舒贝尔）怎么啦，孩子？

舒贝尔　我在哪里呀？

警　　察　把头转过来，傻瓜！

舒贝尔　咦，您在这儿，总督先生？您怎么会进入我的记忆的？

警　　察　我一步一步……跟踪你……幸亏如此！

马德莱娜　噢！是啊，幸亏如此！

警　　察　（对舒贝尔）好啦！站起来！（他扭住舒贝尔的两只耳朵，

使其站起来）要是我不在的话……要是我没有留住你的话……你太反复无常，太轻浮，你没有记忆，忘掉了一切，忘记了自己，忘记了自己的责任。这就是你的过错。你太沉，又太轻。

马德莱娜　我认为他更多是太沉。

警　　察　（对马德莱娜）我不大喜欢别人反驳我！（对舒贝尔）我呢，会把你治好的……我就为这个而来。

舒贝尔　可我还以为到达了顶峰。甚至还超过了。

〔舒贝尔的行为举止越来越像一个低龄儿童。

警　　察　要你做的不是这个！

舒贝尔　噢……我走错道了……我觉得冷……两只脚都湿了……背发冷。您有没有一件干透的毛衣？

马德莱娜　啊！他的背发冷，哎！……

警　　察　（对马德莱娜）这一切都是因为他的坏脑筋。

舒贝尔　（孩子似的自卫）不是我不好……我到处找。没找到……不是我的错……你们跟着我的，看得很清楚……我没有耍赖。

马德莱娜　（对警察）这是思维贫乏的表现。我怎么会嫁给这样一个丈夫！他年轻时给人的印象可要好多了！（对舒贝尔）明白了吗？（对警察）总督先生，我早跟您说过，他人滑头，阴险！……可是他又很虚弱……必须给他多吃，让他长胖些……

警　　察　（对舒贝尔）你思维贫乏！她怎么会嫁给这样一个丈夫？你年轻时给人的印象可要好多了！明白了吗？我早跟你说过，你为人狡猾，阴险！……可是你又很虚弱，你得长胖些……

舒贝尔　（对警察）马德莱娜刚才说的一模一样。总督先生，您在学她的舌……

马德莱娜　（对舒贝尔）你这样跟总督先生说话不害臊吗？

警　　察　（勃然大怒）我来教你懂礼貌！可恶的家伙！可怜的窝囊废！

马德莱娜　（对并不听她说话的警察）不过，先生，我会做一手好菜。他胃口可好呢！……

警　　察　（对马德莱娜）您可不要来教我医术，夫人，我懂行。您那孩子，要么蔫头耷脑，要么迷迷糊糊。他没有毅力！他肯定要发胖……

马德莱娜　（对舒贝尔）你听见医生说的了吧？算你还有运气，跌下来时屁股落地！

警　　察　（越来越愤怒）完全还是在原地踏步！从上到下，从下到上，从上到下，如此反反复复，恶性循环！

马德莱娜　（对警察）哎呀，他是恶贯满盈呢！（以一种歉疚的口气对刚才上场的夫人，夫人不动声色，保持沉默）是吧，夫人？（对舒贝尔）你不会再老着脸跟总督先生说这不是出于恶意吧。

警　　察　我已经跟您说过。应该轻的时候他很沉，应该沉的时候又太轻，失去了平衡，脱离了实际！

马德莱娜　（对舒贝尔）你没有现实感。

舒贝尔　（哭丧着脸）大家还叫他马里于斯，马兰，卢加斯泰克，佩皮尼昂，马舍克罗什……他最后的名字是马舍克罗什！……

警　　察　瞧，你是知情的，骗子！可我们要抓的是他，下流坯！你得恢复体力，还要去把他找到。你得学会单刀直入。（对夫人）是吧，夫人？（夫人不答，再说也没有人问她）我呢，要教会你不要在路上浪费时间。

220

马德莱娜　（对舒贝尔）就在这个时候，他呢，马舍克罗什，在逃跑……他没有浪费时间，他不偷懒，将会是头一名。

警　　察　（对舒贝尔）我呢，会给你力量。我要教你学会听话。

马德莱娜　（对舒贝尔）必须始终听话。

〔警察再次坐下，把椅子弄得摇晃。

马德莱娜　（对夫人）是吧，夫人？

警　　察　（叫得很响，对马德莱娜）你还端不端咖啡给我？

马德莱娜　这就端来，总督先生！

〔她朝厨房走去。

警　　察　（对舒贝尔）轮到咱俩啦！

〔与此同时，马德莱娜下。也在同时，尼古拉从舞台后部的玻璃门上。尼古拉人高，长着一大把黑胡子，双眼因困倦而肿胀，头发蓬乱，衣服皱皱巴巴；他的外表看起来就像一个和衣而睡、刚刚醒来的人。

尼古拉　（上）大家好！

舒贝尔　（语气既不表示希望，也不表示担心或惊讶，只是一种中性的简单确认）咦！尼古拉！你诗作完了！

〔相反，警察看上去对这个新人物的出现很不满；他惊得一跳，斜眼看尼古拉，心怀不安，从椅子上站起身，又朝下场口看了一眼，好像隐约有种逃跑的想法。

舒贝尔　（对警察）这位是尼古拉·窦。

警　　察　（有些惊慌）俄国沙皇？

舒贝尔　（对警察）噢，不是，先生。窦是他的姓，dòu，窦。（对不作声的夫人）是吧，夫人？

尼古拉　（说话时手势很多）继续说，继续说，不要因为我停下来！别不好意思！

〔他走到一边，坐到红沙发上。

马德莱娜上，手里端着一杯咖啡，她不看任何人。她把咖啡杯放在餐柜上，再次下。她如此动作来回多次，没有停顿，越来越快，杯子越堆越多，直到餐柜上堆满。①

警察对尼古拉的态度很满意，舒了一口气，开始微笑；在下面两人简短对话时，他静静地把公文包翻过来又折过去。

舒贝尔　（对尼古拉）你对自己的诗满意吗？

尼古拉　（对舒贝尔）我睡觉来着。这样休息更好。（对不动声色的夫人）是吧，夫人？

〔警察再次眼睛盯住舒贝尔，将从公文包内抽出的一张纸揉成一团，扔在地板上。舒贝尔做像是要捡起来的动作。

警　察　（冷淡地）不必。不用捡。留在那儿很好。（面对面审视舒贝尔）我要给你力量。你找不到马洛，因为你记忆有缺陷。我们要把你记忆的缺陷给补好！

尼古拉　（轻咳）对不起！

警　察　（对尼古拉使了一个眼色，像同伙一般，接着谄媚地）不错。（还是对尼古拉，谦卑地）您是诗人，先生？（对不动声色的夫人）这是一位诗人！（接着从公文包里拿出一大片面包皮，递给舒贝尔）吃吧！

舒贝尔　我刚吃过晚饭，总督先生，我不饿，我晚上吃得不多……

警　察　吃吧！

舒贝尔　我不想吃。我说真的。

警　察　我命令你吃，好有力气，好修补你记忆的缺陷！

---

① 不要怕杯子数量多。要在餐柜上放上几十个，一个叠一个堆满，或者就堆在桌子上（要是没有餐柜的话），就像巴黎演出时那样。——原注

舒贝尔 （哀怨地）啊！要是您命令我……

〔他一脸厌恶，慢慢地将面包皮往嘴里送，哼哼唧唧。

警　察　快点吃，来，再快点，我们已经像这样浪费够多的时间啦！

〔舒贝尔十分痛苦地啃着粗硬的面包皮。

舒贝尔　这是树皮，橡树皮，很像。（对不动声色的夫人）是吧，夫人？

尼古拉　（待在原位，对警察）您对放弃、牺牲有什么想法，总督先生？

警　察　（对尼古拉）待会儿……对不起。（对舒贝尔）好吃的，很卫生。（对尼古拉）我呢，亲爱的先生，您是知道的，我的职责仅仅就是执行。

舒贝尔　这很不容易！

警　察　（对舒贝尔）好啦，别没事找事，别做鬼脸，快吃，嚼！

尼古拉　（对警察）您不仅仅是一个公务员，您也是一个有思想的人！……就像芦苇……您是一个人……

警　察　我只是一个兵，先生……

尼古拉　（并无讽刺地）祝贺您。

舒贝尔　（哼哼唧唧）真叫费劲哪。

警　察　（对舒贝尔）嚼！

〔舒贝尔，孩子似的，对继续进进出出、往餐柜上放杯子的马德莱娜说话。

舒贝尔　马德莱娜……马德莱——娜……

〔马德莱娜下场、上场，下场、上场，并不以为意。

警　察　（对舒贝尔）让她清静点！（在原位上通过动作指挥舒贝尔咀嚼）上下颌动起来！让你的上下颌动起来！

舒贝尔　（哭泣）对不起,总督先生,对不起。我求求您!……

〔他咀嚼。

警　　察　眼泪打动不了我。

舒贝尔　（不停地咀嚼）我的牙齿咬碎了,出血啦!

警　　察　再快点,来,加紧,嚼,快嚼,吞下去!

尼古拉　我就戏剧革新的可能性思考了很多。戏剧怎么能有新东西呢?您是怎么想的,总督先生?

警　　察　（对舒贝尔）快,来!（对尼古拉）我听不懂您的问题!

舒贝尔　哎哟!

警　　察　（对舒贝尔）嚼!

〔马德莱娜上场下场的频率越来越快。

尼古拉　（对警察）我梦想着一种非理性的戏剧。

警　　察　（对尼古拉,一边监视着舒贝尔）一种非亚里士多德戏剧?

尼古拉　正是。（对不动声色的夫人）夫人,您怎么看?

舒贝尔　我的上颚都破啦,我的舌头裂开啦!……

尼古拉　事实上,眼下的戏剧仍然是旧形式的囚徒,并没有超越一个保罗·布尔热[①]的心理学……

警　　察　正是,一个保罗·布尔热!（对舒贝尔）吞下去!

尼古拉　您想想,亲爱的朋友,当今的戏剧与我们时代文化的风格不相符,与我们时代精神的总体表现不一致……

警　　察　（对舒贝尔）吞!嚼!……

尼古拉　然而,还是有必要考虑新的逻辑,某种新的心理学带来的新发现……某种对立心理学……

[①] Paul Bourget (1852—1935),法国小说家、评论家,著有多部心理分析小说,评论作品以《当代心理学论集》最具代表性。

警　察　（对尼古拉）心理学，是的，先生！……

舒贝尔　（嘴里塞满）新……的……心理……学……

警　察　（对舒贝尔）你归你吃！等吃完了再说话！（对尼古拉）您请讲。一种超现实主义化的戏剧？

尼古拉　就超现实主义是梦幻的而言……

警　察　（对尼古拉）梦幻的？（对舒贝尔）嚼！吞下去！

尼古拉　我得到启发……（对不动声色的夫人）对吗，夫人？（转而对舒贝尔）我从另一种逻辑和另一种心理学得到启发，我会将矛盾引入非矛盾，将非矛盾带入常人认为矛盾的东西之中……我们将舍弃身份和性格一致性的原则，运用动作、某种具有活力的心理学……我们不是我们自己……个性不存在。我们身上只有矛盾或非矛盾的力量……另外你们读一读卢帕什库[①]的杰作《逻辑与矛盾》会大有益处……

舒贝尔　（哭泣着）哎哟，哎哟！（对尼古拉，边咀嚼边呻吟）你们就此抛弃……整一……整一律……

警　察　（对舒贝尔）这跟你无关……吃……吃吧……

尼古拉　性格在其无形的形成中失去了形式。每个人物都不比其他人物更是自己。（对不动声色的夫人）对吧，夫人？

警　察　（对尼古拉）这样呢，他甚至更是……（对舒贝尔）吃呀……（对尼古拉）……不是自己的另一个人？

尼古拉　这很清楚。至于行动和因果律，就别谈了。我们应该彻底把它们抛弃，至少是其过于粗陋、过于明显和虚假的旧形式，正如一切明显的东西一样……不再有正剧，也不再有悲剧：悲剧性表现出喜剧性，喜剧性就是悲剧性，如此生活变得快活……生活便快活起来……

---

①　Stéphane Lupasco（1900—1988），罗马尼亚裔法国哲学家。

警　察　（对舒贝尔）吞下去！吃……（对尼古拉）我并不完全赞同您……尽管我高度赞赏您这些天才的观点……（对舒贝尔）吃！吞！嚼！（对尼古拉）至于我呢，仍然坚守亚里士多德的逻辑，忠实于自己，忠实于责任，尊敬上级……我不相信荒诞，一切都是和谐的，一切都是可以理解的……（对舒贝尔）吞下去！（对尼古拉）……经过人类思想和科学的努力。

尼古拉　（对夫人）夫人，您怎么看？

警　察　先生，我呢，我一步一步向前走，我不放过离经叛道的东西……我要找到字母 t 结尾的马洛。（对舒贝尔）快，快点，再吃一块，来，嚼，吞下去！

〔手持杯子的马德莱娜上下场越来越快。

尼古拉　您不赞同我的观点。我并不怨您。

警　察　（对舒贝尔）快，吞下去！

尼古拉　反而，我注意到您对问题很了解，钦佩之至！

舒贝尔　马德莱——娜！马德莱——娜！

〔他嘴巴塞满，脸涨得通红，绝望地叫着。

警　察　（对尼古拉）是的，这也是我特别关心的问题。它深深地吸引着我……不过思考这个问题太累了……

〔舒贝尔再次啃面包皮，将一大块放进嘴里。

舒贝尔　哎哟！

警　察　吞下去！

舒贝尔　（嘴巴塞满）我试试……我努……努力……我吃……不消……

尼古拉　（对全神贯注于让舒贝尔吃东西的警察）您是不是也思考过如何具体实践这种新戏剧？

警　察　（对舒贝尔）不对，你做得到的！你不愿意罢了！人人都做得到！要有意志，你完全做得到！（对尼古拉）亲爱的先生，对不起，我这个时候不能跟您谈这个问题，我没有权利，我是在工作时间！

舒贝尔　让我一小块一小块地吞吧！

警　察　好吧，但要加快，快点，更快点！（对尼古拉）我们以后再谈！

舒贝尔　（嘴巴塞满，智力只相当于一个两岁婴儿的水平，抽泣）马——马——马——德——莱——莱——娜！

警　察　别找事！住口！吞下去！（对因陷入沉思而没有听他说话的尼古拉）他有厌食症。（对舒贝尔）吞下去！

舒贝尔　（手在额头上擦汗，一阵恶心）马——德——莱娜！

警　察　（声音尖锐刺耳）小心，尤其不能吐，吐了也没用，我会让你吞回去的！

舒贝尔　（双手捂住耳朵）您把我的耳朵叫穿啦，警……督先生……

警　察　（仍然尖叫）……总督！

舒贝尔　（嘴巴塞满，双手捂耳）……总督先生！

警　察　舒贝尔，好好听我跟你讲，听着，放开你的耳朵，不要捂，否则我来替你捂，我呢，用耳光替你捂……

〔他用力让他把双手放下来。

尼古拉　（在上面最后几段对白进行时，似乎怀着极大的兴趣在看热闹）……哎……哎……你们在干什么呢，你们在干什么呀？

警　察　（对舒贝尔）吞！嚼！吞！嚼！吞！嚼！吞！嚼！吞！嚼！吞！

舒贝尔　（嘴巴塞满，不知所云）呃……您……知……妈……主子……娘……亮……

警　　察　（对舒贝尔）你在说什么？

舒贝尔　（将嘴里的东西吐在手里）您知道吗？庙里的柱子和姑娘们的膝盖有多么漂亮！

尼古拉　（在自己的位置上，对一直忙于自己的活儿并不听他说话的警察）您对这个孩子在干什么呢？

警　　察　（对舒贝尔）净干蠢事，却不吞下去！吃饭的时候不许说话！您瞧瞧这个毛孩子！不知道难为情！不再是小孩啦！吞回去！快点！

舒贝尔　好的，总督先生……（他把吐在手里的东西塞回嘴里；然后，嘴里塞满，眼睛与警察对视）……啊……吞……下去了……！

警　　察　还有这个！……（他把另一块面包塞进他的嘴里）嚼！……吞下去！……

舒贝尔　（痛苦地努力咀嚼并吞咽，吞不下去）……头……块……

警　　察　什么？

尼古拉　（对警察）他说是木头，是铁块。永远也咽不下去。您没有看到吗？（对不动声色的夫人）是吧，夫人？

警　　察　（对舒贝尔）这可是他恶意所为！

马德莱娜　（再一次手持杯子上场，把杯子放在桌上；谁也不会碰这些杯子，谁也没有在意这些杯子）这是咖啡！这是茶！

尼古拉　（对警察）不过，他还是尽力了，可怜的孩子！这木头、这铁块，可是堵住了他喉咙啊！

马德莱娜　（对尼古拉）如果他要反抗的话，他自己一个人就可以！

〔舒贝尔试图叫喊，但喊不出，喘不过气来。

警　　察　（对舒贝尔）我告诉你，吞快点，再快点，快把全部都吞下去!

〔警察恼怒地走向舒贝尔,撑开他的嘴,准备把拳头伸进他的喉咙;在此之前,他先把袖子往上卷起。

尼古拉突然站起来,一言不发,向警察靠近,带有威胁地,到他面前,站定不动。

马德莱娜 (吃惊地)他这是怎么啦?

〔警察放开舒贝尔的头,舒贝尔没有离开座位,他看着舞台,没有停止咀嚼,没有说话。警察对尼古拉的干预目瞪口呆;警察的声音突然变成另一种,变得颤抖,几乎是哭泣状对尼古拉说话。

警 察 可是,尼古拉·窦先生,我只是尽我职责!我在这里不是要为难他!我无论如何要知道字母 t 结尾的马洛躲在哪里。没有别的办法。我别无选择。至于您的朋友,也将是我的朋友,我希望,总有一天……(他指着坐着的舒贝尔,舒贝尔脸涨得通红,一边看着一边嚼呀嚼)……我敬重他,是的,真诚地!您也一样,我亲爱的尼古拉·窦先生,我也敬重您。我时常听人说起您的著作,您本人……

马德莱娜 (对尼古拉)尼古拉,先生敬重你。

尼古拉 (对警察)您在撒谎!

警察和马德莱娜 噢!

尼古拉 (对警察)事实是我并不写书,我呀,只是自吹自擂!

警 察 (震惊地)噢,先生,不对,不对,您写书的!(越来越害怕)应该写书呀。

尼古拉 没用。我们有的是尤内斯库,足够啦!

警 察 可是,先生,总是有话要说呀……(他害怕得发抖,转而对夫人)是吧,夫人?

夫　　人　不对！不对！不是夫人，是小姐！……

马德莱娜　（对尼古拉）总督先生说得对。总是有话要说呢。既然现代世界正在解体，你可以成为解体的见证人！

尼古拉　（声嘶力竭地）我管它呢！……

警　　察　（抖得越来越厉害）噢，要管的，先生！

尼古拉　（当面嘲笑警察）我才不在乎您敬不敬重我呢！（他抓住警察上装的翻领）您没发现您疯了吗？

〔舒贝尔以英雄般的坚强意志咀嚼着、吞咽着。他看着这种场面，也被吓坏了。他一脸的罪恶感，由于嘴里塞得太满而无法介入。

马德莱娜　哎，哎，哎……

警　　察　（愤怒、震惊至极，坐下，又站起，把椅子弄翻、砸坏）我吗？我吗！……

马德莱娜　请喝咖啡吧！

舒贝尔　（叫起来）我不再难受啦，都吞下去了！我把全部都吞下去了！

〔在下面的对话中，谁也不注意舒贝尔。

尼古拉　（对警察）是的，您，就是您自己！……

警　　察　（泪流满面）噢！……太过分了……（一边哭，一边对正在整理桌上杯子的马德莱娜说）谢谢，马德莱娜，谢谢您的咖啡！（他再次泪流满面）伤人哪！不公平！……

舒贝尔　我不再难受啦！都吞下去了！不再难受啦！

〔他站起身来，快活地在舞台上走动，蹦蹦跳跳。

马德莱娜　（对尼古拉，他似乎对于警察越来越危险）你总不见得要毁掉待客之道吧！

警　　察　（对尼古拉，自我辩解）我没有想过为难您的朋友！……

我向您发誓！……是他硬让我进来的……我呢，我并不愿意，我有急事……他们坚持，他们两个……

马德莱娜 （对尼古拉）他说的是真的！

舒贝尔 （与刚才的表演相同）我不再难受啦，都吞下去了，我可以去玩啦！

尼古拉 （残酷而冷静地，对警察）放明白点。我不是由于这个原因才对您不满的！

〔他说话的这种语气使得舒贝尔停止了又蹦又跳。所有的动作都停止，众人目光盯住尼古拉，这一状况的仲裁者。

警　察 （吐字困难）那，那又是为什么，我的上帝呀？我什么都没碍着您！

舒贝尔 尼古拉，我从来想不到你会有这样的仇恨。

马德莱娜 （充满了对警察的怜悯）可怜的小东西，你的大眼睛完全被恐惧给点燃了……你的脸是多么苍白……你那些可爱的线条都毁啦……可怜的小东西，可怜的小东西！……

警　察 （惊恐地）马德莱娜，我谢过您的咖啡了吗？（对尼古拉）先生，我只是一个工具，一个被服从、被工作绑住的兵，我是一个规矩人，诚实、体面、体面！……再说……我只有二十岁，先生！……

尼古拉 （面无表情地）我才不管呢，我四十五岁！

舒贝尔 （扳着手指算）超过两倍……

〔尼古拉拿出一把巨大的刀。

马德莱娜 尼古拉，行动之前仔细想想！……

警　察 我的上帝，我的上帝呀……

〔他咬牙。

舒贝尔 他在发抖，该是受凉啦！

警　　察　　是的，我冷……啊！

〔他叫起来，因为尼古拉挥舞着刀慢慢绕着他在转。

马德莱娜　　可是，暖气运转得好极了……尼古拉，别犯傻！……

〔恐惧到了极点的警察快要瘫倒，发出一阵声响。

舒贝尔　　（大声地）真难闻……（对警察）拉在裤裆里可不好！

马德莱娜　　（对舒贝尔）难道你还不了解情况？设身处地，替他想想吧！（看着尼古拉）怎样的眼神啊！他可不是闹着玩！

〔尼古拉举起刀。

警　　察　　救命哪！

马德莱娜　　（一步也不动，舒贝尔亦然）尼古拉，你满脸通红，注意，小心脑中风！瞧瞧，尼古拉，你是可以当他父亲的人呀！

〔尼古拉用刀砍了一下警察，警察身子在转。

舒贝尔　　太迟啦，拦不住他……

警　　察　　（转动着身子）白种人万岁！

〔疯狂的尼古拉嘴巴扭曲着，砍第二下。

警　　察　　（身子还在转动）我希望……身后获得追授勋章……

马德莱娜　　（对警察）你会有的，亲爱的。我会给总统打电话……（尼古拉砍下第三刀。马德莱娜惊跳）住手，住手啊！……

舒贝尔　　（斥责）喂，尼古拉！

警　　察　　（最后一次转动身子，尼古拉则一动不动，手中始终握着那把刀）我是……职责的……一个牺牲品！……

〔接着，他满身是血地瘫倒在地。

马德莱娜　　（冲向警察的尸体，察看死者）正中心脏，可怜的小东西！（对舒贝尔和尼古拉）帮帮我啊！（尼古拉扔掉手中带血的刀，接着三个人在不动声色的夫人眼皮底下将尸体搬上沙发）这事发生在我们家真是太遗憾了！（尸体被放在了沙发上。马德莱娜抬起死者的头，把一只垫子放在头颈下）就这样吧！可怜的小家伙……（对尼古拉）如今，我们会想念他的，这个被你杀害的小伙子……哎，你呀，你对警察的恨简直莫名其妙……我们该怎么办？谁将帮助我们找到马洛呢？谁？谁啊？

尼古拉　我也许快了点……

马德莱娜　你现在承认了，你们都是这样子……

舒贝尔　是啊，我们都是这样子……

马德莱娜　你们做事不动脑筋，事后就悔之莫及！……我们必须找到马洛！（指着警察）他的牺牲不该白费！可怜的职责牺牲品！

尼古拉　我会给你们找到马洛的。

马德莱娜　好哇，尼古拉！

尼古拉　（对警察的尸体）不会，你的牺牲不会白费。（对舒贝尔）你要帮我。

舒贝尔　啊！不行！我不想再来了！

马德莱娜　（对舒贝尔）你这个没良心的，我们必须为他做点事啊，对吧！

〔她指着警察。

舒贝尔　（像一个不开心的孩子似的跺脚，哭哭啼啼）不！我不愿意！不！我不愿意！

马德莱娜　我不喜欢不听话的丈夫！你这些怪腔怪调什么意思？羞不羞！

〔舒贝尔仍旧哭，但表现出忍让的样子。

尼古拉　（坐在警察原来的位置上，递给舒贝尔一块面包）好啦，吃，吃吧，好修补你记忆的缺陷！

舒贝尔　我不饿!

马德莱娜　你没长良心?听尼古拉的话!

舒贝尔　(拿过面包,咬上去)难——受啊!

尼古拉　(用警察的声音)别啰唆!吞!嚼!吞!嚼!

舒贝尔　(嘴巴塞满)我呢,我也是职责的牺牲品!

尼古拉　我也是!

马德莱娜　我们都是职责的牺牲品!(对舒贝尔)吞!嚼!

尼古拉　吞!嚼!

马德莱娜　(对舒贝尔和尼古拉)吞!嚼!嚼!吞!

舒贝尔　(边咀嚼,边对马德莱娜和尼古拉)嚼!吞!嚼!吞!

尼古拉　(对舒贝尔和马德莱娜)嚼!吞!嚼!吞!

〔夫人走向三人。

夫　人　嚼!吞!嚼!吞!

〔就在所有人物互相命令吞与嚼的时候,大幕落下。①

幕　落

一九五二年九月

---

① 从尼古拉·窦上场开始,表演应该非常生动和夸张,始终在喜剧的高潮。尼古拉有关戏剧的言论应该伴随动作、伴随谈话说出,谈话则在夸张表演允许的范围内尽量显得自然。

夫人戴着一顶帽子,拿着一把伞。她默默坐着时,嘴里吃着花生。——原注

待嫁姑娘

致皮埃尔·黑希特尔①

官宝荣　译

人物表

先生　　　　　　让·勒弗隆
夫人　　　　　　克莱尔·奥利维耶
女儿-先生　　　　雅克·波利埃里

该短剧于一九五三年九月一日在于谢特剧院首演,导演雅克·波利埃里,布景乔治·安年科夫。

---

[1] Pierre Hechter (1905—1979),罗马尼亚裔医生,欧仁·尤内斯库和罗迪卡·尤内斯库夫妇的朋友。他的弟弟是罗马尼亚作家米哈伊尔·塞巴斯蒂安(Mihail Sebastian),本名约瑟夫·门德尔·黑希特尔(Iosif Mendel Hechter, 1907—1945)。——原编者注

〔夫人头戴一顶饰有一只大发夹和花朵的帽子,拎着一只手提包,身穿一袭长裙和一件紫色束腰上装。

先生身穿礼服、假领,下巴挂着白须,系一根黑色领带,戴着袖套。

公园的一张长凳上。

夫　人　告诉您吧,我女儿她已经出色地完成了学业。

先　生　我并不知道,但已经料到。我明白她是一个要强的孩子。

夫　人　我没什么好埋怨的,就像许多为人父母一样。她一直都令我们十分满意。

先　生　都是您的荣耀。您懂得培养孩子。模范孩子极其稀少,尤其是在我们这个时代。

夫　人　确实如此!……

先　生　在我那个年代,孩子们要听话得多,更加亲近他们的父母,理解他们的牺牲、忧虑、物质上的困难……另一方面来说,他们不知道这些更好。

夫　人　说得是!……他们也更加……

先　生　他们人数也更多。

夫　人　确实如此。听说法国的出生率在下降。

先　生　有升也有降。目前,出生率更多的趋势是上升。可它还是填补不了小年的亏空!……

夫　人　肯定不行,情况确实是这样!想想看!

先　生　你又能怎样？眼下这个时代，养孩子难哪！……

夫　人　的确如此，你又跟谁说去？生活费用越来越高！他们什么不需要？什么缺少得了？

先　生　我们的方向在哪里？……如今呢，便宜的就只有人命了！

夫　人　是的！哎呀呀！……千真万确，哎……您完全有道理……

先　生　还有地震啦，车祸和种种交通事故啦，空难啦，流行病呀，自杀呀，原子弹啊……

夫　人　啊！原子弹，哎……据说它改变了我们的时代！什么季节啊，已经不知道是什么东西啦，一切都颠倒啦！……如果光只有这个的话，也就算了，可是呢，喏，您听听，您知道我听说了什么吗？……

先　生　噢！……说的东西可多着呢！要是相信人们所说的一切的话！

夫　人　这倒是真的……话是没完没了！确实如此！……报纸也是，谎话，全是谎话，谎话连篇！……

先　生　夫人，就像我这样，谁也不要去相信，什么也不要去相信，脑袋瓜不要被别人的话给填满喽！……

夫　人　说得是。最好不要。确确实实。的的确确，您出的是好主意。真的。

先　生　噢，我只不过有点小常识罢了！

夫　人　说得是！……不是每个人都会这么说的……

先　生　您瞧瞧，夫人，如今哪，各种各样的娱乐、消遣、刺激、电影、税收、歌舞、电话、广播、飞机、大商场……

夫　人　啊，是啊，就是这么说嘛！

先　生　……监狱啦，林荫大道啦，社会保险啦，一切的一切……

夫　人　说得是……

先　生　一切让现代生活充满魅力的东西，一切都把人类改变得面目全非！……

夫　人　可以这么说，改变得并不有利于人类。

先　生　不过，否定每天都可以看到在进步的进步也是徒劳的……

夫　人　说得是……

先　生　……在技术领域，在应用科学领域、在机械领域、在文学艺术领域……

夫　人　肯定的。必须公正。不公正的话可不漂亮。

先　生　甚至可以说由于所有国家的共同努力，人类文明朝着一种有利的方向在不断地进步……

夫　人　确实如此。我支持您的说法。

先　生　自从我们的祖先居于洞穴、相互吞噬、以羊皮为食以来，又是走过了怎样的历程啊！……走过了多少历程啊！

夫　人　啊！是呀！……还有中央暖气，先生，您是怎样看待中央暖气的？洞穴里有吗？

先　生　噢，亲爱的夫人，当我还是小孩子的时候……

夫　人　那个年龄，可讨人喜欢啦！

先　生　……我住在乡下；我还记得，人们靠太阳取暖，无论冬夏；人们用煤油点灯——那个时候确实也不贵，有时也点蜡烛！……

夫　人　现在还是，当电力出现故障的时候，也会发生点蜡烛的事。

先　生　机器呢，它也是有缺陷的。它是由人发明的，有着所有的缺陷！

夫　人　别跟我说什么男人①的缺陷，好啦，哦哟哟！我明白这个，他们并不比女人更有价值，他们个个都一样，没有什么好选的。

先　生　当然。可是为什么要让人去完成连机器也完成不了的任务呢？……

夫　人　我没有想到，跟您说实话……是啊，仔细想想的话，说到底这也是可能的，为什么不呢？……

先　生　瞧瞧，夫人，人类的前途在于未来，而对动物和植物来说正好相反……不过，不能以为机器是能够取代进步和上帝的神器，而不需要我们出任何力。相反，夫人……

夫　人　我没说过这个！

先　生　相反，我要说，人依然是最好的机器！指挥机器的是人……因为人有思想。

夫　人　说得正是。

先　生　……机器，就是机器，除了自动计算的计算器之外……

夫　人　真的，这个，它自动计算，您的说法很正确……

先　生　这只是一个证实规律的例外……哎，刚才谈到了煤油、蜡烛。在那个年代，一苏②就是一个鸡蛋，不会多一个子儿！……

夫　人　不可能！

先　生　信不信由您！……

夫　人　我可没有怀疑您的话！

先　生　那个时候，二十苏吃顿晚饭，食物一点都不贵……

夫　人　现在不同啦！

---

① 法语单词 homme 既可以泛指人类，也可以仅指男人，这是作者运用一词多义进行的文字游戏。

② 苏为法国旧时最小的货币单位。

先　生　……一双好皮鞋，而且是优质皮，只要三法郎七十五生丁……今天的年轻人可没见识过这个！

夫　人　年轻人身在福中不知福！他们如此忘恩负义！

先　生　今天，一切都成千倍地贵。在这种情况下，是否还能肯定地说机器是一项幸福的发明、进步是一件好事呢？

夫　人　肯定不能！

先　生　您得跟我说进步有好有坏，就像犹太人有好有坏，德国人有好有坏，电影有好有坏一样！……

夫　人　噢，不，我可不会这么说！

先　生　为什么不呢？您可以这么说，这是您的权利！

夫　人　同意！……

先　生　我尊重各种观点。我有着现代的看法！法国大革命、十字军东征、宗教审判、纪尧姆二世、教皇、文艺复兴、路易十四和那么多无谓的牺牲可不是白发生的！……为了能够把脑子里想到的说出来而不遭人嘲笑，我们可付出了相当大的代价……

夫　人　确实！……我们是主人！……不应该让别人闯到我们自己的居所来烦我们……

先　生　还有贞德呢？你们是否想过如果她看到这一切会说什么呢？

夫　人　我可不止一次地想过这个！

先　生　她住在一个旧茅屋里……无线传送！变化这么大，她会认不出来的！

夫　人　噢，肯定认不出，她不会认出来的！

先　生　也许她还是会认出来的！

夫　人　说真的，会的，也许她还是会认出来的。

先　　生　她可是活生生被英国人烧死的,英国人后来却成了我们的盟友……

夫　　人　谁想得到呢?

先　　生　也有好英国人……

夫　　人　更多的是坏英国人!

先　　生　如果您认为科西嘉人更好的话!

夫　　人　我没有这个意思!……

先　　生　不过,至少呢,科西嘉人还能派点用场。他们当邮递员。如果没有邮递员的话,谁来给我们送邮件呢?

夫　　人　他们是必要的祸害。

先　　生　祸害从来都不是必要的。

夫　　人　同意,说得是!

先　　生　别以为我蔑视邮递员这个职业。

夫　　人　没有愚蠢的职业!

先　　生　(站起来)夫人,您刚才发表的是了不起的言论!它们值得变成格言警句。请允许我向您表示祝贺……(吻她的手)这是颁给您的奖章!

〔他在夫人的胸前别上一枚学生奖章。

夫　　人　(不知所措地)噢!先生……说到底,我只是个女人!……不过,要是您诚心诚意的话!

先　　生　夫人,我向您保证这一点。真理可以从任何一个脑袋里蹦出来……

夫　　人　噢,您抬举我啦!

先　　生　(重新坐下)夫人,您指出了我们这个社会的主要恶习,我对之一古脑儿地憎恶并加以谴责,但也并不愿意与社会决裂……

242

夫　人　不必要。

先　生　夫人，我们的社会不再尊重职业，瞧瞧那些往四处扩张的城市大规模迁移的农村人……

夫　人　是的，先生，我明白。

先　生　……社会不再尊重职业，不再尊重孩子，而孩子可是——如果您不嫌用词过于强烈的话——幼小的人类。

夫　人　您说得有道理。

先　生　也许孩子们呢，他们也不再知道如何让人尊重！

夫　人　也许吧。

先　生　然而，必须尊重孩子，因为如果没有孩子，人类将在短时间内灭亡。

夫　人　这正是我所想的！……

先　生　从缺乏尊重到缺乏尊重，结果便是不再信守诺言！

夫　人　真可怕！

先　生　诺言是神圣的，犹如圣言，人们无权加以轻视，因此事情就变得更加严重……

夫　人　我完全同意您的说法。喏，由于这个原因，我想让女儿接受一种坚实的教育，得到一个受人尊重的职业，好让她体面地、自食其力地谋生，让她知道从自己做起尊重他人。

先　生　您做得好。她学了些什么呢？

夫　人　她学习得很深入。我一直梦想成为一名打字员。她也是。她刚刚拿到文凭。她将会被一家渎职事务所录用……

先　生　她该既自豪又满足。

夫　人　她从早到晚都在快乐地跳舞。可怜的小姑娘，她用了多少功啊！

先　生　她的辛劳获得了回报……

夫　　人　　我剩下的就是给她找一个好丈夫。

先　　生　　是个好姑娘。

夫　　人　　（朝侧幕看去）啊，瞧瞧，这正是我家姑娘。我把她介绍给您。

〔夫人的女儿上场。这是一个三十来岁的男人，雄壮有力，浓密的黑色胡须，灰色西装。

女儿-先生　　你好，妈妈。

〔声音很响，很男性化。他拥抱夫人。

先　　生　　她跟您很像，夫人，就像一个模子刻出来的。

夫　　人　　（对女儿-先生）跟先生问好。

女儿-先生　　（屈膝行礼之后）您好，先生！

先　　生　　你好，我的小姑娘！（对夫人）她确实教养很好。她几岁啦？

夫　　人　　九十三岁！

先　　生　　那已经是成年人了？

夫　　人　　不是，因为她还欠我们八十岁。这样她不超过十三岁。

先　　生　　好啦，这些年岁会跟其他年岁一样很快过去的！（对女儿-先生）这么说，您是未成年人？

女儿-先生　　（声音十分响亮）对，但请别忘记：对未成年人，需要未成年人加半！

〔先生和夫人惊骇地站起来。众人面面相觑。夫人的双手合掌。

幕　落

梦呓性感冒或药店小姐

桂裕芳　译

人物表

顾客
小姐
医生

〔故事发生在一家药店里。药店的门打开了:铃铛声。

顾　客　您好,小姐。
小　姐　您好,先生。
顾　客　您这里的确是药店吗?
小　姐　您不是看见我们橱窗里的药管了吗!
顾　客　是的……那么……小姐……请您……能……能……能……您……能……能……能……能……
小　姐　您要什么?
顾　客　我不知道……我没有……我不知道……我没有……我不知道……我没有……
小　姐　来,使把劲,说。您要什么?我听着呢。
顾　客　是不是……呃……呃……呃……您是不是高兴?
小　姐　那您呢?
顾　客　呵,我只是您的顾客。我来是为了……为了……为了……为了……为了……
小　姐　为了什么?我猜得到。
顾　客　不,不,请别猜。
小　姐　勇敢点,瞧您!您又不是小婴儿,您多大了?
顾　客　(故作媚态)我四十岁!
小　姐　那您没有借口!……该成为男子汉了,我知道……
顾　客　(打断她)对了,我正想问您靠药店能养活男人、他的妻儿、侄女和兔子吗？您出生在哪里，在哪个省份，告诉我实话……您父亲……他有马吗？有袜子，有骆驼吗？[1]

小　姐　听我说，先生，您想问我的不是这个。下定决心，勇敢些。我这就让您自在些。到这里来，到橱窗里来，靠近药管。我这就亲吻您。

〔一声巨响：难以置信的、夸张的长吻声。

顾　客　谢谢，小姐，但这没有解决问题。街上的人肯定看见我们了。

小　姐　就该这样。在药店里非这样不可。这是广告……好吧，您现在好些了，鼓起勇气，告诉我您为什么来这里。

顾　客　还是不行。我说不出。

小　姐　您擤擤鼻涕。（顾客擤鼻涕的声音，像是吹喇叭）我希望您现在能告诉我您为什么来……

顾　客　不，我还是不能。

小　姐　我看我不得不动用对付胆小的人的噪音玩意了。（尖细的嘎嘎声）

顾　客　不！不！（刺耳的声音）不！不！

小　姐　能行！能行！……来，我来帮您！我担保您是想问我能不能卖给您一些……

顾　客　一些……一些……

小　姐　一些？……来吧！一些……

顾　客　一些药！

小　姐　这个救星字眼终于说出来了……我当然能卖给您……您瞧，架子上满是药。

---

[1] 这里马、袜子、骆驼三个词在法语原文中分别是 chevaux、chaussettes、chameaux，都是以 ch 开头，发音上有相似性。

顾　客　我不敢问您要，不敢一上来就问！

小　姐　我看出来您不敢，这种胆怯很自然。我早知道您想要什么。

顾　客　是真的？

小　姐　当然啦，大傻瓜，胆怯的不只是您。几乎所有的顾客都和您一样，特别是第一次来的时候。一旦习惯了，他们就买阿司匹林、小苏打，毫不拘束，大大方方，再也不感到别扭了。您怎么解释这最初的拘束呢？

顾　客　来药店买药就是这样。气氛中有某种科学的东西，它让你走不动路，迈不开步，说不出话，总之，您是理解的！

小　姐　可您比别人还更羞涩。

顾　客　不，不，您看错了。我并不总是这样犹犹豫豫的……

小　姐　越犹豫就越下不了决心！

顾　客　我并不总是这样羞涩。您知道，那天我突然闯进了一家肉店，而且立刻毫不犹豫，当着大家的面，大声问道：您能卖我一条三角裤吗？我很清楚肉店是不卖这种商品的。但没关系，我心里想，既然我没有三角裤，又需要三角裤，我可以大胆地问。我做得对。肉店老板立刻将手中的大刀插在那块肥肉上，去到他的冷冻室脱衣服，回来时将他自己的三角裤交给我。

小　姐　您现在穿的就是这条三角裤，因为您身上有热猪血肠的气味。

顾　客　呵，小姐，您真是无所不知！

小　姐　什么都逃不过药剂师的眼睛。真正的药剂师也会算命。

顾　客　再见了，小姐，多谢多谢！

小　姐　您别就这样走哇。您又羞涩起来了。

顾　客　我没……我……我没……没想走……我对您说再见只是为了等我……等我走时不再重复，呵，我会很晚才走，不会在您的药店关门以前走……再说，再说，即使我想马上走，您也没有权利阻止我。

小　姐　我没有权利？

顾　客　（胆怯地）没有，您没有权利。

小　姐　可我为您做了这么多事，还这样？让您看看我有没有这个权利！（四记耳光的声音）

顾　客　（冷静，语调平淡）您说什么？（又是四记耳光的声音，同样平淡的语调）您说什么？（四记耳光的声音，同样的语调）您这么想？（四记耳光的声音，仍然是同样的语调）可能您是对的。我留下来。（他打她一记耳光，她跌坐在地上）

小　姐　（坐在地上）既然您坐着，我们利用这个机会，您告诉我想要什么药。

顾　客　随便什么药，在您身后的药架上随便拿一种吧，我不挑剔。

小　姐　您哪里不舒服？

顾　客　呵，我不好意思……

小　姐　可别又来了，亲爱的，说吧。

顾　客　我也不知道有什么毛病。简单说说这事吧：我感到鼻子不通气，接着我突然感到在流鼻涕，一直流到嘴唇上，我用舌头去舔，是咸味……我用一条小毛巾擦去了痕迹。

小　姐　用手绢？

顾　客　呵，别用这个词，让我觉得别扭。

小　姐　古怪的症状！古怪！古怪！这会是什么病呢？这里是您的药。然后我们再看看您得的是什么病。

顾　客　谢谢。

小　姐　请您打个喷嚏。

顾　客　这不太礼貌吧。可是拒绝您也不礼貌。

小　姐　来吧，别拘束。

顾　客　对不起了。（拖长的变调而刺耳的猫叫声）

小　姐　没有什么不正常。您的喷嚏和大家一样。再来一次。

顾　客　对不起了。（鸽子的咕咕声）

小　姐　我真不明白您为什么流鼻涕。（店门推开时发出的铃铛声）呵，瞧，医生来了。他会告诉我们他的看法。

医　生　你们好，先生们夫人们夫人们！

小　姐　您好，医生！

顾　客　为什么您说夫人们夫人们？

医　生　在流行病时期最好重复夫人这个词，它有免疫效果。

顾　客　那您为什么不说先生们先生们呢？

小　姐　对，为什么？

医　生　因为两个否定等于一个肯定。这是人人皆知的原理。

小　姐　您真博学，医生。

顾　客　如果这样，小姐，您能不能问他……

小　姐　我正这样想呢。医生，您能告诉我这位先生得的是什么病吗？

医　生　不了解他的症状我也不知道。

小　姐　可您是医生呀。

医　生　您弄错了，我不是医生！

小　姐　别开玩笑！

顾　客　那人们为什么称呼您医生呢？

医　生　那是我的姓。

小　　姐　这么说您的姓与您的职业不相符？

医　　生　我也没有办法。

顾　　客　哎呀，这是什么怪事！

小　　姐　可这是习俗。例如我吧，我是药剂师，我姓法尔玛西恩①，路易丝·法尔玛西恩。我的药店叫药店，我的衬衣叫衬衣，我舅舅雅克姓费尔曼，这是很正常的。

医　　生　是这样，但这毕竟只是习惯，法典里可没有。

小　　姐　（对顾客）那您呢，先生，您贵姓？

顾　　客　我没有职业，我没有姓。

小　　姐　可您有朋友，有老家吧。

顾　　客　也没有。

小　　姐　那我就当您的老家吧。（对医生）多克特先生，总得让他弄到一张结婚证吧，总得弄清这位先生的鼻子为什么不好……或者好得过分。

医　　生　我们给病人听诊吧。我身上带着潜望镜。您听见了吗？

（尖利但有规律的声音）

小　　姐　给他听诊吧，两人一起或三人一起听。

顾　　客　呵，嘻嘻，您弄得我发痒！

小　　姐　多克特，您没有权利听诊，既然您不是医生。

医　　生　不，我有权利，我有学士学位。再说，什么也听不见。（拖长的工厂汽笛声）不，什么也听不见。（对顾客）您打个喷嚏，好吗？

小　　姐　他已经打过了。

医　　生　让他再来一次。

---

① 法语 pharmacienne 意思是女药剂师，作为姓名音译为法尔玛西恩；与此相仿，法语 docteur 有医生、大夫的意思，作为姓名音译为多克特。

小　　姐　这不会对我们有多少帮助的。

医　　生　没关系，来吧。

顾　　客　注意，我打喷嚏了。（猫叫声）

小　　姐　这会传染的，我早就告诉您了。（她也发出猫叫声）

医　　生　这就是职业风险。（他也发出猫叫声）

小　　姐　我们都在打喷嚏。（猫叫声）

医　　生　对，但我至少明白他为什么流鼻涕了。（猫叫声）

顾　　客　为什么，我得了什么病？（猫叫声越来越响）

医　　生　他得的是梦吱性感冒。

小　　姐　梦吱性？那我们都来梦吱吧！（洪亮的猫叫声）

幕　落

您认识他们吗？

桂裕芳 译

人物表

妇人
青年

布景：乔治·安年科夫

〔一位妇人横穿过舞台,一会儿后面跟着一位青年。

青　年　夫人,夫人,喂,夫人,对不起,夫人,夫人,夫人!……求求您!

〔妇人在第三声"夫人"时正进入后台,这时又走了出来。

妇　人　您有什么事,先生?

青　年　十分抱歉,夫人。这显然不合适,显然……但必须如此,夫人,您明白我吧,我必须知道……为什么……您别以为我常常和人搭讪……在……街上……无缘无故……

妇　人　您有什么事?

青　年　要求您回答我的问题!

妇　人　如果并非不得体的问题!……

青　年　哦!不,不,夫人,不,不……我向您担保!……您别害怕……

妇　人　我没有多少时间,先生。

青　年　哦,请原谅,夫人,请原谅,夫人……问题很短……几个字……夫人,只有几个字……

妇　人　究竟是什么?

青　年　好的,是这样,您认识他吗?您认识她吗?或者您不认识他们吗?

妇　人　是谁呀,先生?

青　年　我问您:您认识他吗?您认识她吗?您不认识他们吗?

妇　人　什么，先生？

青　年　请您回答：您认识他吗？您认识她吗？或者您不认识他们吗？

妇　人　谁呀，先生？什么呀，先生？

青　年　我求您了，夫人：您认识他吗？您认识她吗？或者您不认识他们吗？

妇　人　先生，您在开玩笑！

青　年　我……哦！夫人……要是您知道……您怎能以为……（他哭泣）

妇　人　瞧您，先生，平静下来……说清楚些！您要我做什么？

青　年　回答我的问题。

妇　人　什么问题？

青　年　您知道，您很清楚，夫人！

妇　人　什么，先生？

青　年　您认识他吗，夫人，您认识她吗，或者您不认识他们吗？

妇　人　先生，您真是在愚弄我！我不喜欢别人在街上嘲弄我！

青　年　哦！夫人！

妇　人　玩笑开够了，先生！再见！

青　年　（倒下）可怜可怜吧，夫人，可怜可怜我，可怜可怜我……

〔他倒下时抓住妇人的裙子，裙子扯掉下来了，妇人穿着衬裙待在那里，仿佛什么事也没有发生。

妇　人　再见！（她穿着衬裙朝出口走去）

青　年　（倒在地上，绝望地哭泣）您认识他吗？您认识她吗？或者您不认识他们吗？

妇　人　谁？什么？（她想离开）

青　年　（跳起来抓住她，又摔倒，拖住她的双脚）可怜可怜我，夫人，可怜可怜我。我还年轻，才二十岁。救救我。

妇　人　先生，放开我！

〔她终于抽回了一只脚，但是青年手中仍握着那只鞋。

青　年　夫人，发发善心吧，夫人，您认识他吗？您认识她吗？或者您不认识他们吗？

妇　人　先生，我无法回答您的问题。

〔她抽回了另一只脚。

青　年　（又站起身）啊！啊！啊——！您的冷漠要我的命！您会因为我而良心不安的！

妇　人　您要讲理。我回答不了是因为缺乏足够的材料……您得承认您的问题难以理解，又不完整……

青　年　不，我不承认，我不承认，因为这是错误的。

妇　人　怎么错误？

青　年　您故意使这件事复杂化，夫人……

妇　人　呵！先生……

青　年　是这样的，夫人。问题多么清楚，您只要简简单单地告诉我，是不是……是不是……您认识他？您认识她，或者您不认识他们吗？

妇　人　我不愿意因为任何人而良心不安，先生，可是……

青　年　……可是，我不是一条狗，夫人，狗只能看到二十米远，它们只分得清黑与白……

妇　人　是的，但它们远远地就能闻见、听见……

青　年　那么，您认识他们吗，您认识她吗？或者您不认识他们吗？

妇　人　这都是蠢话！

〔她将第二只鞋递给他,想走开。

青　年　（接过鞋,举到唇边、鼻子前）真香!真香!多么好闻!我崇拜您!啊!夫人!

妇　人　（受感动）哦,先生!……听我说,您确实太年轻……我很愿意为您做一点事……

青　年　（迅速地）那么回答我:您认识他吗?您认识她吗,或者您不认识他们吗?

妇　人　先生,您使我毫无办法……

青　年　这能怪谁,夫人?

妇　人　怎么,怪谁?

青　年　夫人,您认识他吗?

妇　人　（脱去衬裙）又来了!

青　年　您认识她吗?

妇　人　请您别再说了!

〔她将衬裙扔到青年头上,态度自然,并无怒气。

青　年　或者您不认识他们吗?

妇　人　还是老样子,求求您,相信我……

青　年　夫人您认识他吗?……

妇　人　我很想帮您……但是我不知道您说的是谁……

青　年　夫人,夫人,您认识她吗?……

妇　人　我不知道您说的是谁……我不知道您说的是谁……

〔她将手袋扔给青年,解开罩衣。

青　年　或者您不认识他们吗?

妇　人　……您说的是谁?

青　年　（越来越强硬,而妇人越来越软弱）夫人,夫人,夫人,您认识他吗?

妇　人　我能告诉您什么呢，亲爱的朋友，我能告诉您什么呢……真的……我……我……

青　年　您别作弄我。您认识她吗？

妇　人　我自己也想知道……喏，喏，亲爱的朋友！……（她将罩衣扔给他，他双臂上堆着她所有的衣服，她身上只剩胸罩和三角裤，头上戴着发针扣帽和短面纱）我求您了，给我补充一些细节，让我能够回答……

青　年　（坚定、威严地）夫人，在这种情况下，您说说，您认识他吗？

妇　人　到底是谁呀，亲爱的，是谁？我只愿意认识你！（她扑上去抱住他的脖子）我什么都给了你，就差把我自己给你了！

青　年　（推开她）您认识她吗？

妇　人　（跪在青年膝下）认识……认识……认识谁？

青　年　或者您不认识他们吗？

妇　人　（在地上流泪）我不知道……我不能……是谁呀？……谁呀？……（她抽泣）

青　年　您认识吗？您认识吗？您认识吗？您认识吗？您认识吗？您认识吗？

妇　人　（同样的表演）谁？认识谁？谁？

认识谁？谁？认识谁？

谁？认识谁？谁？

青年（坚定而严厉）与妇人　（在地上或跪着哭泣）

您认识他吗？

谁？认识谁？

您认识她吗？

谁？认识谁？

261

或者您不认识他们吗?

谁?认识谁?

青　年　(歌唱般地)或者您不认识他们吗,吗!吗——?

〔他走开。

妇　人　(哭着,唱着)你别走,亲爱的,我爱你……

青　年　(手臂上挂着妇人的衣服,唱着下场)您认识吗……识吗……识吗……或者您不……识吗……或者不……或者不……识吗……

妇　人　亲爱的,请你告诉我这些人的名字,至少我可以回答你……他们的名字……求求你……

〔青年已下场。

妇　人　他走了。我现在这个样子……甚至无法跟着他……

幕　落

大热天

改编自扬·卢卡·卡拉迦列①同名剧作

桂裕芳 译

人物表

仆人
一位先生

---

① Ion Luca Caragiale (1852—1912),罗马尼亚剧作家、小说家,代表剧作有《一封遗失的信》《暴风雨之夜》《狂欢节》等。

〔一九〇〇年左右一座小城的街道。左面是一座房屋或一座房屋的大门，在几级台阶顶处的屋门上挂着十分明显的门牌号：11号乙。天气很热，阳光烤人。

幕启时舞台上是空的。可以听见出租马车发出的马蹄声。车夫的声音。可以听见出租马车停了下来，接着，一位先生从右边上场，一面擦着额头上的汗。他走得很慢，仿佛暑热使他变迟钝了。

在下面的整场戏中，这两个人物始终保持一贯的冷静和尊严。

先　生　（在台阶下）对，这里是11号乙！

〔他喘息着走上台阶。寂静。他按门铃，长久地、不间断地，用上全身的力气。长久的寂静！他再按门铃。终于，仆人来开门了。

先　生　你主人在家吗？

仆　人　是的……先生告诉我要是有人来就说他去乡下了。

先　生　好的，好的，你只要对他说是我……

仆　人　不可能，先生。

先　生　不可能？为什么？

仆　人　因为……因为先生锁上了他的房门。

先　生　你敲呀，他会开门的。

仆　人　不行，先生，先生把钥匙带走了。

先　生　那么说他走了？

仆　　人　没有，先生。先生没有走。

先　生　朋友，你真傻。

仆　　人　不，先生。

先　生　你说他不在家。

仆　　人　他在，先生，先生在家。

先　生　你不是说他走了吗？

仆　　人　不，先生，先生没有走。

先　生　那么他在家啰？

仆　　人　不，先生，先生没有去乡下，他只是出去了。

先　生　去了哪里？

仆　　人　他出去了，就这样，上街去转转。

先　生　上街，去哪里了？

仆　　人　这里走走，那里走走！

先　生　好，那么你告诉他我来过。

仆　　人　好的，先生。您贵姓？

先　生　这和你有什么关系？

仆　　人　我好告诉我家先生。

先　生　告诉他什么？既然我还没有告诉你该对他说什么，你不可能知道该对他说什么。别恼火，等我跟你说……等他回来，你对他说我来找过他。

仆　　人　谁，先生？

先　生　我，还会是别人吗？

仆　　人　您贵姓，先生？

先　生　这就不必了……他认识我……你主人。

仆　　人　很好，先生。

先　生　你明白了吗？

仆　人　是的，先生，我明白了。

先　生　噢！我还忘了……对他说我绝对必须与他见一面。

仆　人　在什么地方，先生？

先　生　他很清楚……他必须见，嗯！

仆　人　什么时候，先生？

先　生　尽早。

仆　人　好的，先生。

先　生　你真明白了？

仆　人　是的，先生，明白了。

先　生　噢！……如果他想见见我们共同的朋友……

仆　人　哪位朋友，先生？

先　生　你主人知道的……告诉他他感兴趣的那件事没办成……我和那一位谈过了。千万别忘了。

仆　人　不会忘的，先生。

先　生　……那一位对我说现在太迟了，他该及时提出来的……如果他早点去，至少早几天，事情就会完全不同，可能就办成了……别忘了……

仆　人　不会忘的，先生。

先　生　……因为当时她还在那里，就是那人的婶婶，她是去向少年的监护人付钱的，可是你家先生还不知道，因为那位夫人的侄子还没有对你家先生说一个字，他几乎把一切都安排好了，如果你家先生再耐心等等，至少等到星期一晚上，那时去办抵押的律师肯定会回来，但是现在，他感到很遗憾，这事不可能了，好几种原因……这你主人知道。你就告诉他这些。

仆　人　很好，先生……

〔先生走下一两级台阶……仆人要关门……先生又上了两级台阶。

先　生　不，听我说……还是什么也别告诉他吧……我怕你不能准确说出这些人的名字……今晚我再过来告诉他……若望先生几点钟回来？

仆　人　哪位若望先生，先生？

先　生　你的主人……

仆　人　对不起，先生，谁的主人，先生？

先　生　你的主人……若望先生……

仆　人　先生，我家先生不叫若望……他是房主。

先　生　这并不妨碍他……是房主又怎么样呢？

仆　人　我主人姓杜邦。

先　生　还有呢？

仆　人　怎么，还有什么？

先　生　就是说……杜邦，房主……好，那还有呢？

仆　人　我不知道，他什么也没有对我说。

先　生　他不是叫皮埃尔·杜邦吗？

仆　人　不是，先生。

先　生　不可能。

仆　人　可能的，先生。

先　生　你，你很清楚！

仆　人　清楚什么，先生？

先　生　清楚他叫皮埃尔！

仆　人　不……是保罗……

先　生　保罗？……不可能……嗯，这里是什么街？

仆　人　11 号乙，先生……

先　生　我问的不是 11 号乙……

仆　人　我家先生不愿意要 13 号，因为先生说那不吉利……

先　生　我不是说 13 号……我问你这是什么街？……这条街是什么街？

仆　人　耐心街，先生。

先　生　耐心街？不可能！……

仆　人　不，先生，这是耐心街！……

先　生　那不是这条街！……

仆　人　是的，先生，就是这条街！……

先　生　那不是这条街！……

仆　人　是的，先生……

先　生　不是的，不是的……相反，我找的是智慧街①，11 号乙，智——慧——街，保罗·杜邦先生。

仆　人　啊！是这样！……

先　生　对，是这样！……

仆　人　那就不是这里了，先生。

先　生　很好……

〔先生走下台阶，朝后台右边走去。仆人关门，不见了。

先　生　车夫！！！

车夫的声音　（有气无力）没空，先生，我在等我的客人……

先　生　哪位客人？

车夫的声音　我也不知道……一位客人……

先　生　不就是我吗？……

---

①　前后街名的变化是作者的文字游戏，法语 patience（耐心）发音中前两个辅音颠倒，即音同 sapience（智慧）。

车夫的声音 呵,对了!就是您,先生!好,先生。

车夫的声音 什么街……(鞭子的声音,马开始跑起来)上车吧,先生。

先　　生 送我去耐心街……

车夫的声音 就是这条街,先生。

先　　生 不可能……不是这条街……

车夫的声音 是的,先生,就是这条街……

先　　生 啊!!……(在舞台中央)这里是11号乙……那么我是在杜邦先生家门口……耐心街……可那仆人是怎么胡说的……他疯了!

〔他再次走上台阶,使劲地、长久地按门铃。

幕　落

侄女-妻子

法律剧

桂裕芳 译

人物表

子爵
仆人
男爵
律师,皮皮斯泰尔大人
侄女-妻子,或子爵夫人
男爵夫人

〔子爵从左边上场。仆人从右边上场，端着一个托盘。

仆　人　您好，子爵先生！今天可是好天气，子爵先生！

子　爵　昨天的天气可糟透了。

仆　人　今天可是好上加好。

子　爵　来杯维希矿泉水①，维克托……

仆　人　（将手中托盘上的一杯水递给他）这水是维泰勒牌②的，子爵先生。

子　爵　那我不喝。

仆　人　子爵先生……

子　爵　你怎么了？为什么脸色阴沉？

仆　人　我不敢请子爵先生帮个忙。

子　爵　大胆点，朋友，大胆点……

仆　人　子爵先生今天下午能给我两个小时的假吗？

子　爵　你要出门，为什么？

仆　人　去履行公民的责任。我得去投票。

子　爵　朋友，自你服侍我以来，难道你还不明白子爵的仆人是不投票的吗？他凑合活着！③

仆　人　从前子爵先生的父亲思想很开放。

---

① Vichy，法国矿泉水品牌，产自法国中部温泉小镇维希。
② Vittel，雀巢公司旗下矿泉水品牌，水源取自法国东北部小镇维泰勒，中文又译伟图水。
③ 在法语中，"投票"是 voter，"凑合活着"是 vivoter。剧中人常在字词前加 vi，作为文字游戏。

子　　爵　　那不是我父亲。子爵是没有父亲的,他们有的是蛇蝎①……

仆　　人　　(旁白)呵,我发怒,我转向②!……(他想离开)

子　　爵　　告诉我,维克托,子爵夫人醒了吗?

仆　　人　　醒了,子爵先生……她来了!(子爵夫人上)子爵夫人来了!……(仆人下)

子　　爵　　早上好,我亲爱的妻子!(他亲吻子爵夫人的手)睡得好吗?做美梦了吗?

子爵夫人　　谢谢,我亲爱的丈夫,谢谢!(行屈膝礼)我恰好梦见我洗脚。

子　　爵　　整只脚?脚鼻子③?脚脖子?

子爵夫人　　(笑)只是脚底,亲爱的朋友,只是脚底,和普通人一样……

子　　爵　　(旁白)多么纯洁的心灵!

子爵夫人　　它让我痒痒!(笑)

子　　爵　　有意思……是右脚还是左脚?

子爵夫人　　左脚……我亲爱的丈夫……因为它离心脏更近……我是您的仆人!(屈膝礼)

子　　爵　　我是您的仆人……(屈膝礼)既然是左脚,那是好兆头……您的好心给您带来好运。再说,我亲爱的妻子,您的梦想将实现。我高兴地向您宣布一个消息,对您是极好的消息。什么消息呢?

子爵夫人　　什么消息?

---

①② 与前文同样加 vi 的文字游戏:法语 père(父亲)、vipère(蛇蝎);rage(发怒)、virage(转向)。

③ un pied de nez,法语惯用短语,意思是将拇指顶着鼻尖同时摇动其余四指以示轻蔑的手势,此处作者将短语中的两个名词 pied(脚)、nez(鼻子)位置颠倒,生造短语。

〔仆人从舞台后部上，朝舞台中央走了一两步，然后面朝观众后退着下。

子爵夫人 什么消息？

子　爵 什么消息？对，什么消息？

子爵夫人 什么消息？

子　爵 我做了一个决定，是关于您的。您愿意成为我的侄女吗？

子爵夫人 嗬！嗬！多么意外的惊喜！（她拍手，握住子爵的手，行屈膝礼）多么意外的惊喜！当然啦，我很愿意！这不成问题，我感激您。您是最好的丈夫……

子　爵 我也会是最好的叔叔……

〔子爵行屈膝礼，子爵夫人行屈膝礼，子爵与子爵夫人相互吻抱，仆人进来撞见了。

仆　人 （上）噫！噫！噫！

子爵夫人 哦，天哪！（对仆人）小冒失鬼！（亲切地）肥仔！醉鬼！

仆　人 （用手指着）我也一样，我当子爵时，也有过一位子爵夫人！（大声喊）也有过一位子爵夫人……

子　爵 （大声喊）这与我无关！……你的过去与我无关。重要的是现在！

仆　人 子爵先生，您的朋友男爵先生要求见您……

子　爵 他一个人？

仆　人 还有男——男爵夫人……

子爵夫人 呵，他们是最好的朋友！

子　爵 他们来，我们总是在家的……（对子爵夫人）对吧，我亲爱的妻子……哦，对不起……我该说，我亲爱的侄女……（行屈膝礼）

仆　　人　　怎么，先生！您在说什么？

子　　爵　　（对仆人）我不是对你说话……你不是我的侄女……

仆　　人　　哦！哦！

子爵夫人　　（对仆人）别做出这副傻样，虽然它对你再合适不过了……

仆　　人　　可是，夫人……（对子爵）能这样对我说话吗？能这样……能这样……（大声地）这是不允许的……（行屈膝礼）我想知道……（再次大声地）我认为我有权利……和义务！因为（微妙地）谁有权利也就有义务！……

子爵夫人　　别横加责备……等一会儿向你解释……

仆　　人　　（对子爵）我盼着，子爵先生，我热切地盼着……

子　　爵　　（对仆人）现在你请男爵先生进来，然后也请，也请男——男爵夫人！

〔仆人下。

子爵夫人　　这些仆人真可怕……他们总是什么都想知道。像猴子。

子　　爵　　还像樱桃……

子爵夫人　　一点不错，亲爱的……亲爱的……我亲爱的丈夫和叔叔……

〔男爵上，后面是男爵夫人。

男　　爵　　先生们夫人们！

〔无数的屈膝礼，正面的、背面的、侧面的，同时既是正面、背面又是侧面的，当然这不可能，但是没有关系。

子　　爵　　您好，亲爱的男爵！

子爵夫人　　您好，亲爱的男爵夫人！

〔无数的屈膝礼，正面的、背面的、侧面的。

男爵夫人背对观众行屈膝礼时臀部发出一个清脆的响声，

每次发出清脆的响声时，男爵夫人的臀部就有微弱的绿光或红光一闪一闪，如同五角那样。

屈膝礼的游戏停止了片刻。

子　爵　（对男爵夫人）您在说什么，夫人？

男　爵　她什么也没有说，她在放屁！

〔男爵夫人行屈膝礼，众多的屈膝礼。

子　爵　（对男爵）我亲爱的男爵，我向您介绍我的侄女……

男　爵　（十分惊奇）怎么？怎么？您说什么？说什么？不可能！我听错了！请您再说一遍！

〔男爵夫人的臀部发出一个清脆的响声，微光。

男　爵　（对男爵夫人）我不是对您说话！（对子爵）请您原谅，子爵，您刚才说什么？

子　爵　（指着子爵夫人）我向您介绍我的侄女！

〔侄女行屈膝礼，然后用拇指顶着鼻尖摇动其余四指以示嘲讽，然后抛去一个飞吻。

男　爵　（大笑）哈哈哈哈哈！不，我根本不信，我不大信！

子爵夫人　（对男爵）我讨厌您的笑！

子　爵　我亲爱的朋友，我亲爱的男爵，我不是开玩笑！从今天早上起，我的妻子就成了我的侄女！

男　爵　不可能！我简直不相信我的耳朵！但我不得不相信您的耳朵！（对男爵夫人）他的侄女！他的侄女！（旁白，气愤地）他妈的！他妈的！（温柔地）哦，对不起，见鬼，我们从前说见鬼，不说他妈的（对男爵夫人）我正要说他妈的，幸好及时克制住了！（男爵夫人做了一个动作，将手放在臀部）别再继续了，照我的榜样，您也要克制自己。（对子爵）怎么是"您的侄女"，这是什么意思？

子　　爵　　我想给她一个更好的地位。我让她做我的侄女。这种侄女是很少见的,少见的,少见的……

子爵和子爵夫人　　(同时唱了起来,但唱走调了)……不,少见的,少见的……不,少见的,哩啦啦哩,哩啦啦啦。

男　　爵　　(自我宽解)请允许我恭喜你们。(他们相互庆贺)恭喜您,亲爱的朋友。恭喜您,亲爱的女——女——朋友。(对男爵夫人)您也要恭喜他们。(男爵夫人屈膝,发出一个清脆的声音)嗬,夫人,您小题大做!(凑到子爵夫人耳边,此时子爵向男爵夫人飞吻)可是亲爱的,您把他迷住了,您是怎样做到的?

子爵夫人　　(对男爵耳语)归功于性器官的同步作用……

男　　爵　　(对子爵夫人耳语)谁的性器官?

子爵夫人　　(对男爵)当然是我的!

〔众人彬彬有礼地行屈膝礼,正面,背面,侧面。

男　　爵　　(对子爵夫人耳语)哦!我理解您!呵,我理解您!(大声对子爵)您做得对……(若有所思状)……很……很……很对!(对男爵夫人)高贵的伴侣,您怎么看?

〔男爵夫人的臀部发出同样的清脆响声。

男　　爵　　(对子爵)当然,这是个好主意,子爵夫人显然配得上这份报偿……她值得提升为有继承权的侄女……只不过……

子爵和子爵夫人　　(同时)只不过!只不过!

仆人的声音　　(在后台)只不过?

男　　爵　　(很诡诈地)只不过,我不知道这是否合乎规矩,是否合法……我甚至担心法律会强烈反对……

子　　爵　　他们不敢!他们不敢!他们不敢!

男　　爵　　法律什么都敢!

子　爵　嚇！愚蠢的民主！打倒共和制！这种情况，如果法律真是反对的话，我就反对法律！以暴制暴……我的剑！

〔全体行屈膝礼，弯腰，相互祝贺，音乐，屈膝礼突然停止。

男　爵　（对子爵）危险，因为这也是反对派的法律……所有的人都会反对您……

子　爵　那我得想一想……

子爵夫人　（对男爵耳语）恶棍！你想报复！你再别想碰我的身体了！

男　爵　（对子爵夫人耳语）您要我怎么办？……既然您的性器官是同步的？……而且，而且……如果您是他的侄女，我们就再不能让他戴绿帽子了……

子爵夫人　（旁白）这，这可是麻烦事！

子　爵　我不会反悔！我不会反悔！（他一面来回走一面这样说。）虽然我很想反悔。唉，我是子爵所以不能……如果没有别的办法，她将是我不合法的侄女了。

子爵夫人　谢谢，叔叔！（行屈膝礼）

仆　人　（上，行屈膝礼）子爵先生，有一个家伙要见您，皮皮斯泰尔大人……

子　爵　来得巧。他是我们最好的律师。我们听听他的想法。

子爵夫人　想法也会是忠告！

仆　人　哦哦哦！亲爱的！那当然！

子　爵　（对仆人）你闭上嘴！

男　爵　（呢喃）这家伙来干什么！

子爵夫人　（拍手，蹦跳，十分快乐）我高兴！我高兴！我高兴！

男　爵　（辛酸地旁白）女人都一个样！（讽刺地对子爵夫人）别

跳了，您会气喘的。

仆　　人　（羡慕地，旁白）美妙的气喘！

子　　爵　（对仆人）请皮皮斯泰尔大人进来。

仆　　人　好的，先生！

男爵、　子爵、　子爵夫人　（对仆人）你刚才说什么？

仆　　人　我说好的，先生，先生！

子　　爵　你说了好的就好。

仆　　人　我请皮皮斯泰尔大人进来。（下）

子　　爵　我们要亲切地接待他！……还要狡猾地！

男　　爵　（旁白）还要傻傻地①！

〔皮皮斯泰尔大人在舞台后部门口探探头。

皮皮斯泰尔大人　咕咕②！……

〔他消失了。

子爵夫人　（赞赏地）他很出众！

〔皮皮斯泰尔大人又在门口出现，在右边，仍然只是探探头。

皮皮斯泰尔大人　咕咕！

〔他再次消失。

男　　爵　他为什么这样做？他又不是狗！

子　　爵　只是为他的到场做准备！……

皮皮斯泰尔大人　（在门口左边做同样的动作）咕咕！

〔他又消失了。

子　　爵　（对男爵）他只能这样做。他是律师。在法院必须这样。

〔皮皮斯泰尔大人这次从舞台后部的门进来，真正上

---

①　作者的文字游戏，仿法语名词 carotte（胡萝卜）至副词 carotteusement（狡猾地）的变形，由 cornichon（醋渍小黄瓜或笨蛋、傻瓜）生造副词 cornichoneusement（傻傻地）。

②　仿布谷鸟的叫声，也是法国玩捉迷藏时的暗语。

场了。

皮皮斯泰尔大人 （穿着律师袍）我荣幸地向你们致意，女士们，先生们！

〔他鞠躬，众人行屈膝礼，背面、正面、侧面，男爵夫人的臀部发出一个清脆的响声。

皮皮斯泰尔大人 （对男爵夫人）您说什么，夫人？

〔男爵夫人又发出一个清脆的响声。

皮皮斯泰尔大人 （对男爵夫人）长命百岁！夫人！……您伤风了？

男　爵 她总是忘记关她的房门！（对男爵夫人）这位是皮皮斯泰尔大人，律师界的名人。

〔皮皮斯泰尔大人亲吻男爵夫人的手，后者又发出一个清脆的响声。

男　爵 （旁白）她实在是太敏感了！（对皮皮斯泰尔大人）我是男爵！（鞠躬）

皮皮斯泰尔大人 幸福的丈夫！（鞠躬）

子　爵 （对律师）我亲爱的大人和反大人①（鞠躬）很高兴接待您！这位是我的侄女！

〔子爵夫人行屈膝礼，抛去飞吻。

皮皮斯泰尔大人 可，可，可……她是您妻子呀！

男　爵 他刚刚让她成为有继承权的侄女。我告诉他法律是不允许的。

皮皮斯泰尔大人 呃！呃！呃！唔！实际上……总之……呃……其实……呃……也许……呃……呃……呃……（笑）

---

① 作者的文字游戏，剧中法语 maître（大人）是对律师的尊称，加表示相反、反对意思的前缀 contre- 变成名词 contremaître，词义转为工头、领班，此处按与 maître 的关联性直译为"反大人"。

嘻!……嘻……嘻!……

子　爵　大人,我们急切地等待您高超的法律思维的成果……

子爵夫人　(献媚地)甚至还怀着一点焦虑……

皮皮斯泰尔大人　呃……嗯,从原则上说,法律并不反对……

男　爵　您说的!

皮皮斯泰尔大人　人有权既是叔叔又是侄子,既是婶婶又是侄女,既是父亲又是母亲,既是公鸡又是母鸡,既是狗又是猫……

子　爵　如此等等……

皮皮斯泰尔大人　……是的,为什么不能既是妻子又是侄女呢?从法律上讲,我不明白为什么就不可以……

子　爵　为什么不可以……

子爵夫人　为什么不可以……

男　爵　为什么不可以……

皮皮斯泰尔大人　为什么不可以……

子　爵　为什么不可以……

子爵夫人　为什么不可以……

男　爵　为什么不可以……

皮皮斯泰尔大人　为什么不可以……(短暂的屈膝礼)

子　爵　啊!真让我宽慰!……我亲爱的朋友,我亲爱的大人,您想不到您让我多么高兴……

皮皮斯泰尔大人　(学究气)等等……等等……这事应该更仔细地研究,并不这么简单,不是这样就解决了……

男　爵　啊!

皮皮斯泰尔大人　法律有各种各样的修正条款,因此,根据法律普遍性和案件特殊性这一基本原则,每个案件都有特殊的解决办法。

男　爵　对不起，皮皮斯泰尔反大人！我对法律稍有了解，因为……因为……（洋洋得意）我也学过法律……

子爵夫人　（对男爵）你是有意学的，对吧？……

男　爵　（对子爵夫人）这是我自己的事……

子爵夫人　（对男爵，轻声地）坏蛋！

男　爵　怎么？

子　爵　我们很清楚……

男　爵　我不能容许……我是坏蛋？

子　爵　我们不清楚……

子爵夫人　我没有说坏蛋，我说的是生菜[①]和狗屎堆……

男　爵　那就算了……对不起……我不必埋怨……（众人行屈膝礼，短暂地）

男　爵　（对皮皮斯泰尔大人）不过……如果叔叔和侄女结婚，那就是乱伦了，要是侄女是收养的……

子爵夫人　他在玩弄字眼……这不严肃……

子　爵　我们来看看……

男　爵　而乱伦是践踏法律的，如果我没记错的话。

皮皮斯泰尔大人　对不起！……只有当乱伦者之一是被迫的，乱伦行为才是践踏法律。如果其中一方，更不用说双方都是自愿的，例如眼前的情况，对吧……眼前的情况……

子　爵　当然，我们是自愿的！……（对子爵夫人）对吧，亲爱的！

子爵夫人　当然，我们俩都是自愿的……（对子爵）亲爱的……

皮皮斯泰尔大人　如果双方都是自愿的……那么……

子爵夫人　那么？

[①] 法语 Salaud（坏蛋）与 Salade（生菜）发音相近。

子　　爵　　那么？

男　　爵　　那么？

皮皮斯泰尔大人　　那么他们没有践踏法律……

子　　爵　　哈！

子爵夫人　　哈！

〔子爵夫人鼓掌，笑着送飞吻，子爵和律师彬彬有礼地鞠躬，亲吻子爵夫人的手，男爵与男爵夫人一动不动。

男爵夫人　　（发出一个清脆的声音）先生在说什么？（她又发出一个清脆的声音）

男　　爵　　（对男爵夫人）您太心不在焉了，亲爱的朋友，所以您什么都不明白！（对皮皮斯泰尔大人）请别怪我坚持，亲爱的反大人……眼前这件事，还是有点困难……

子　　爵　　您觉得困难在哪里……

子爵夫人　　在哪里？是啊，在哪里，哪里？

〔男爵夫人的亲吻与清脆的声音。

男　　爵　　（对律师）因为他们已经结婚了……叔叔确定是可以娶侄女的，条件是已经不是她的丈夫了……换句话说，如果他已经是她的丈夫，那他就犯了重……重……重婚罪①，受刑法的惩处……

子爵和子爵夫人　　（噘着嘴，几乎哭了出来，扭着双手）哎！哎！

皮皮斯泰尔大人　　（对子爵和子爵夫人）镇静点！（对男爵）您大概不知道立法者已预见到这种情况。因此，刑法第1789号条款（对子爵微笑）……和大革命的年代相同……

子　　爵　　（突然大怒）别对我讲这个！

---

① 法语原文中，bigamie（重婚）先被说成了bigaminie，形似表示二、双、重等意思的前缀 bi-加 gamine（女童、女孩子），然后才被纠正。

男　爵　（旁白）这个蠢人！

皮皮斯泰尔大人　（意识到自己干了一件蠢事）……呃……第1789号条款，还有第1815号条款（对子爵和男爵，微笑着，稍稍躬身）……与王朝复辟的年代一样……

子　爵　（握住皮皮斯泰尔大人的手）亲爱的皮皮斯泰尔，您永远不知道我多么……

男　爵　（旁白）唯利是图！

子爵夫人　（旁白，打量男爵）笨蛋，听之任之吧！

皮皮斯泰尔大人　第1815号条款，我说的可是1815号（眨眨眼）在附注中规定了对配偶的收养或联结收养①，允许丈夫将自己的侄女收养为自己的妻子，或者将自己的妻子收养为自己的侄女……总之是收养……

子爵夫人　（对子爵）亲爱的！

子　爵　（对子爵夫人）亲爱的！

男　爵　（强烈地）这是滥用权利！

皮皮斯泰尔大人　哎，并不完全如此……看上去似乎是这样，其实不然。这完全不是一回事。在法律上，这就是人们称作的虚假的滥用权利。我自己写过研究文章……

子爵和子爵夫人　（佩服地）啊！啊！

皮皮斯泰尔大人　（骄傲地）……很可能成为经典的文章……

子爵夫人　像鸵鸟一样经典？

皮皮斯泰尔大人　甚至更经典！关于法国法律和国际法中虚假滥用权利的理论……

男　爵　那么，如果这是虚假的滥用权利，那么夫妻就可能因虚假而受指控……

---

① 作者的文字游戏，法语名词 conjoint（配偶）与形容词 conjonctif（联结的）音形近似。

男爵夫人 他在说什么？他在说什么？

皮皮斯泰尔大人 当然……当然……如果您给他们挑刺的话。实际上，法庭对此闭眼不看，特别是当法庭犯困的时候……

男爵夫人 他在说什么？他在说什么？

男　爵 我，我会把他们叫醒的，因为我要申诉……

男爵夫人 他在说什么？他在说什么？

子爵和子爵夫人 （扭着双手，皱着眉）哎！哎！

子　爵 （对男爵）您会有什么好处？

男爵夫人 他在说什么？他在说什么？（清脆的响声）

子爵夫人 呵！这女人一直在跑气！

男　爵 （对子爵）哎！哎！哎！这是我的事！……

子爵夫人 （对子爵）我知道为什么！他在嫉妒！他告诉过我。他想占有我的身体！

子　爵 别瞎扯！

男爵夫人 他在说什么？他在说什么？

男　爵 这是真的，我承认……可惜，侄女与叔叔之间没有身体分离。

皮皮斯泰尔大人 的确。法律没有这样规定。

男爵夫人 他在说什么？他在说什么？

子　爵 我该怎么做？

男爵夫人 他在说什么？他在说什么？

皮皮斯泰尔大人 我们可以绕过困难。（对男爵）您可以向子爵提出娶子爵夫人为妻的要求，子爵作为叔叔和法定监护人有权将她让给您……

男　爵 求婚……这太不够了！

男爵夫人 他在说什么？他在说什么？

皮皮斯泰尔大人　然后，作为夫妻，他们完全可以分居……

男　　爵　我觉得这很复杂！

男爵夫人　他在说什么？他在说什么？

子　　爵　这不可能，实际上这会否定联结收养。

男爵夫人　他在说什么？他在说什么？

子爵夫人　（对子爵）实际上会这样，但是在法律上可能不会，亲爱的！

男爵夫人　他在说什么？他在说什么？

皮皮斯泰尔大人　的确，在法律上不……

男　　爵　对我来说，法律与实际是一回事……

子　　爵　（对男爵）简直是猪！（男爵与子爵相互行屈膝礼，背面、正面，并亲吻。）

皮皮斯泰尔大人　总能找到办法……来满足所有的人。

男　　爵　（怀疑地）办法？什么办法？

子　　爵　（对皮皮斯泰尔大人）您说吧，我们在听……

子爵夫人　我们在听……

男爵夫人　他在说什么？他在说什么？

男　　爵　谁最后说谁说得最好。

子爵夫人　可是谁来说呢？谁？谁来说？

男爵夫人　他在说什么？他在说什么？

皮皮斯泰尔大人　我亲自来说。我会让所有的人都满意。就这样：在场的这位男爵……（男爵鞠躬）和子爵夫人（子爵夫人鞠躬）在子爵（子爵鞠躬）的郑重保证下可以签订一份通奸合同。

男　　爵　通奸合同只有当执达员在场时签订才有效……

皮皮斯泰尔大人　我们可以请来十六位执达员，八位德国执达员、八位瑞典执达员。

男　　爵　（想得出神）是的……是的……嗯……是的……

子　　爵　（对男爵）那么，亲爱的，您同意了？

子爵夫人　同意？……

男爵夫人　他在说什么？他在说什么？

男　　爵　原则上也许吧。不过，我很抱歉要提醒你们一件事：如果通奸合同是在晚上十点钟至早上六点钟之间签订的，它被视作无效……

皮皮斯泰尔大人　（对男爵）这没有关系。我们可以在喝开胃酒时签。我们要签一份有效期为十年的通奸合同……

男爵夫人　他在说什么？他在说什么？

男　　爵　（旁白）这比我要的时间长！太长了！

皮皮斯泰尔大人　（对男爵）您满意了吧？（对子爵和子爵夫人）你们呢……你们呢？

男爵夫人　他在说什么？他在说什么？

子　　爵　这似乎是一份合乎程序的、牢靠的合同。您是一位大法学家！

皮皮斯泰尔大人　（局促而快乐）呵！……呵！……（将一个指头放进嘴里）尽力吧。我还可以做得更好……

子　　爵　您真了不起！

子爵夫人　我真高兴！真高兴！（雀跃）

男　　爵　（屈尊地，旁白）他算是了不起！

子　　爵　（对男爵）他真了不起！

男爵夫人　他在说什么？他在说什么？

子爵夫人　（对子爵）签合同就解决一切了！

子　　爵　（对律师）您真了不起……

皮皮斯泰尔大人　是的，我是了不起……

子　　爵　（对皮皮斯泰尔大人）这么说，亲爱的大人，您肯定我将保留对我妻子的全部权利？

男爵夫人　他在说什么？他在说什么？

皮皮斯泰尔大人　对子爵夫人的权利，是的，我向您担保！

男　　爵　但从实际上讲，她将属于我！

男爵夫人　他在说什么？他在说什么？

皮皮斯泰尔大人　仅仅如此……但您有机会向她施加您的全部影响！

男爵夫人　什么……

皮皮斯泰尔大人　（对男爵夫人）别作声！

〔男爵夫人沉默了，皱着眉，大张着嘴，静静地哭泣。

男　　爵　太好了……我会尽全力施加影响的……

子　　爵　从多到少！……

男　　爵　同意！

〔他们彬彬有礼地相互鞠躬、行屈膝礼，男爵夫人一心在静静地哭泣，没有一起行屈膝礼，接着她发现别人在行屈膝礼，便仓促地加入进去，当其他人已经停止时，她仍然继续了一会儿屈膝礼，左面、右面、背面、侧面。

皮皮斯泰尔大人　我很高兴你们取得了一致。不好的协商也强过好的官司。

子爵夫人　（对子爵）叔叔，那我能够马上去男爵家过夜吗？

子　　爵　那当然，亲爱的，既然这不会妨碍您是我的侄女……

男　　爵　我也一样，我不必再自责了？

皮皮斯泰尔大人　绝对不必。一切都由法律解决了。

子　　爵　（对男爵）好好地开心吧！

男　　爵　（对子爵夫人）那么我向您伸出双臂，我们去开心……

皮皮斯泰尔大人　等等……等等，先得履行礼节……

子　　爵　（喊仆人）我的仆人去哪里了？维克托！

〔仆人上。

仆　　人　子爵先生叫我？

子　　爵　履行礼节，维克托……

仆　　人　已经装满①了，先生。

子　　爵　倒空，重新来过。

仆　　人　我们的酒不够，先生。

子爵夫人　你想想办法吧，朋友，想想办法……

仆　　人　好的先生，好的夫人，我去找我们的供货商……

子爵夫人　那我们可以亲吻了……

皮皮斯泰尔大人　你们可以……

男　　爵　真是求之不得……

〔男爵最先亲吻子爵，亲吻、彬彬有礼的屈膝礼。仆人正要下场时，人们听见一声清脆的巨响。

男　　爵　（对男爵夫人）哦，亲爱的，您真叫人恶心……您缺乏想象力，让我倒胃口……

男爵夫人　（气愤地）这一次不是我……不是我……是皮皮斯泰尔大人。（用手指着他）

皮皮斯泰尔大人　不是我，我可是法学家……（谴责地用手指着子爵）多半是您！

子　　爵　不是我……（严厉地对子爵夫人）是您吧，侄女？

子爵夫人　（天真地）不是我……我在做别的事！

男爵夫人　这说明不了什么。人可以同时做好几件事。

---

① 法语 remplir 本意为"装满""填满"，也有"履行""完成"的意思。

子　爵　那是谁呢？

〔众人沉默，耸肩，疑问的眼光。

仆　人　（高贵地走到舞台中央）是我！

子　爵　可能吗？

男　爵　怎么？一个仆人？

幕　落

子 爵[*]

李玉民 译

人物表

(以出场先后为序)

子爵

骑士

男爵

仆人,　雅哥

侯爵

胖先生

美妇人

消防员

＊ 《子爵》是依据作者的手稿整理出版。在手稿中,作者摘原剧前两场文字,组成了另一部剧作《侄女-妻子》,《子爵》全剧则改为从第三场起。受第三场启发,作者又创作了一部独立、完整的滑稽剧《问候》。——原编者注

第三场

〔子爵、骑士、男爵上。

子　爵　（对骑士）您好吗？

骑　士　好冷。

男　爵　（对骑士）您好吗？

骑　士　好热。

子　爵　（对骑士）您好吗？

骑　士　好临时。

男　爵　（对骑士）您好吗？

骑　士　好彻底。

子　爵　（对骑士）您好吗？

骑　士　好滑稽。

男　爵　（对骑士）您好吗？

骑　士　好忧伤。

子　爵　（对骑士）您好吗？

骑　士　好如清晨。

男　爵　（对骑士）您好吗？

骑　士　好似黄昏。

子　爵　（对骑士）您好吗？

骑　士　好在词源。

男　爵　（对骑士）您好吗？

骑　士　好肥胖。

子　爵　（对骑士）您好吗？

骑　士　好无头脑。

男　爵　（对骑士）您好吗？

骑　士　好不可知。

子　爵　（对骑士）您好吗？

骑　士　好个双重性。

男　爵　（对骑士）您好吗？

骑　士　好在理论，好在实践。

子　爵　（对骑士）您好吗？

骑　士　好在抽象，好在具体，好似中风。

男爵和子爵　（同时对骑士）您好吗？

〔以下对白节奏越来越快。肢体动作也同样有节奏。不过，骑士的回答必须突出而清晰，而男爵和子爵的"您好吗……"一连串问候则不那么清晰，或者越来越模糊，从而构成一种背景音响。本场结尾，几个人物都应站立，几乎在原地手舞足蹈。

男爵和子爵　您好吗？您好吗？您好吗？您好吗？您好吗？您好吗？您好吗！您好吗？……

骑　士　好似患淋巴结炎，好似患关节炎，好似星形状，好似星盘状，好郁闷，好似巴拉莱卡琴，好似猴面包树，好个摇摆，好个雌雄同体，好个错误语法结构，好个肥臀，好个三伏天，好个圣歌指挥，好似躯体骨架，好似肉瘤，好似软骨，好得性病，好似软膏，好似高差计，好费解，好吃小香肠，好得霍乱，好婉转，好似肝硬化，好似蠢猪，好关联，好似文字游戏，好似网膜，好似葫芦科植物，好似烧爆，好似爆燃，好呕吐，好腹泻，好似淀粉酶，好似二分法，好似酒神狄俄尼索斯，好利尿，好似十二面体，好得龙丝虫病，好比神职人员，好无生气，好个臭气熏天，好内渗，好打嗝，好深奥，好似修剪枝条，好幸福，好迷恋，好惊人……

〔以下轮到男爵回答，而子爵和骑士则问候："您好吗？您好吗？您好吗？"……

男　　爵　好似淀粉，好似青草，好卑贱，好超常，好冷漠，好似多花植物，好顽皮，好极了……

〔接着，轮到子爵回答。

子　　爵　好个鬼，好圈套，好无赖，好疯狂，好悲伤，好长疖子，好患老年痴呆症，好看天书，好似鸡模样儿，好敌视法国，好似淋巴结，好似坏疽，好发肠鸣，好发胃痛。

子　　爵　（转身对骑士）您好吗？

〔冷场片刻。表演的节奏稍微放缓。"背景音响"也没有了。

骑　　士　好似腹足纲动物。（对男爵）您好吗？

男　　爵　好说荤段子。（对子爵）您好吗？

子　　爵　好生孩子。（对骑士）您好吗？

骑　　士　好遗传。（对男爵）您好吗？

男　　爵　好抹甘油。（对子爵）您好吗？

子　　爵　好似淋球菌。（对骑士）您好吗？

骑　　士　好似进闺房。（对男爵）您好吗？

男　　爵　好似行脚僧。（对子爵）您好吗？

子　　爵　好和谐。（对骑士）您好吗？

骑　　士　（对男爵）您好吗？

〔节奏重又加快。

男　　爵　（对子爵）您好吗？

子　　爵　（对骑士）您好吗？

骑　　士　（对男爵）您好吗？

男　　爵　（对子爵）您好吗？

子　　爵　（对骑士）您好吗？

骑　　士　（对男爵）您好吗？

男　　爵　（对子爵）您好吗？

子　　爵　（对骑士）您好吗？

骑　　士　（对男爵）您好吗？

男　　爵　（对子爵）您好吗？

子　　爵　（对骑士）您好吗？

骑　　士　（对男爵）您好吗？

〔三人散开，各自用手指指着胸口自问：

（同时地）
- **骑　　士**　您好吗？您好吗？您好吗？您好吗？
- **子　　爵**　您好吗？您好吗？您好吗？您好吗？
- **男　　爵**　您好吗？您好吗？您好吗？您好吗？您好吗？您好吗？您好吗？您好吗？

〔接着，子爵和男爵走到骑士面前，齐声问他：

子爵和男爵　（对骑士）您好吗？您好吗？

骑　　士　好在反传统。

〔仆人突然上。

第四场

〔同前场人物,加上仆人。

仆　人　子爵先生,子爵先生。

子　爵　又是你?一来就打断我们!

男　爵　还没有练习完呢。

骑　士　刚练到字母表上的 i。① 词典整个余下的部分,还有待我们举例说明呢!

仆　人　可是,先生,下次再举例说明吧……他上楼了,他来了。

子　爵　谁来了?

仆　人　侯爵先生啊!当然是他啦!

男　爵　唉!真可惜!

骑　士　大家玩得多开心!

〔侯爵火冒三丈地登场。他的个头儿应很高或极矮。仆人下。

---

① 上一场人物对话中罗列的一连串奇怪字词,原文为按法语字母表顺序,分别以字母 a、b、c、d、e、f、g、h、i 开头的法语副词,这是作者的文字游戏。参见《问候》相关内容,如第 88 页脚注②。

第五场

〔场上人物：子爵、男爵、骑士、侯爵、年轻人[①]。

侯　爵　（恼火）别闹啦！现在不是寻开心的时候。

子　爵　您好，我亲爱的侯爵。

侯　爵　（生硬地）您还在啊！您好。（指着骑士）这个人是谁？他可靠吗？当着他的面可以说话吗？

男　爵　可以，侯爵。他很可靠。您只要提防点就行了。

侯　爵　我会提防的！

年轻人　万分荣幸。非常感谢。谢谢，谢谢。

侯　爵　我不是跟您说话！

子　爵　见到您非常高兴！您好吗？

侯　爵　您别又重新开始啦！我可没有闲工夫。先生们，我来找你们！

男　爵　好哇。

侯　爵　好什么呀？（狠狠地瞪着男爵）我看不出有什么好的！

骑　士　难道说，不巧？……

侯　爵　（对骑士）我跟您说不着！（对子爵，生硬地）我来找你们，先生们，是要通知你们极其重要的事情！而你们呢，还待在这里，好无意识。

[①] 原稿如此，人物表中未列而本场闪现的人物。

〔骑士、子爵和男爵同时说道：

骑　士　好无意识！您好吗？

子　爵　好自动！您好吗？

男　爵　好机械！您好吗？

侯　爵　够啦！好无意识耍嘴皮子，玩这种集体游戏，然而……你们很清楚我要念什么。

男　爵　是的，先生。

侯　爵　那么，你们怎么能无动于衷呢？我原本确信，以你们的聪明才智、诚意和记忆力，你们完全可以做些有益的事情！

子　爵　（对男爵）我怎么对您说的！

侯　爵　先生们，你们怎么能容忍这种状况？先生们，你们放任自流，很可能由于你们的过错，一切都落空了。幸好有我在，我呢，正如你们所见，在自己的岗位上，日夜惕厉，进行有效的战斗。而在这期间，在这期间，你们，身为贵族，名副其实的贵族，你们竟然忽略落到我们族类头上最神圣的职责，完全蔑视荣誉，蔑视真正的信念，转身背向——不是背向无聊，因为无聊不在此处，而是背向——当然是背向历史的恶劣气候；殊不知历史一旦进入传说，再要从传说里出来，就用不着你们了……

男　爵　（受感动，不由自主地）我亲爱的侯爵，也许您有点夸大了。

侯　爵　（气愤地）我，夸大啦！神灵啊，他说我夸大啦！事情是怎么样，就是怎么样，无须咬文嚼字，就可以直面事实，可以正面唾上几口……可是，只有我一个人，一个人！一个人！一个人焦躁不安……

子　爵　我们全心全意同您站在一起。

侯　爵　问题不在这儿！

骑　士　对不起。问题全在这儿。

〔子爵和男爵用不以为然的眼神注视骑士。

侯　爵　（辛酸地）啊哈！是这样。那好吧，先生们，我来向你们证明，全部问题不在这儿！

骑　士　那究竟在哪儿啊？

子爵、男爵　哎，好啦，骑士！

侯　爵　问题究竟在哪儿？问题在哪儿？在这种时候……您还敢来问我……就您？……就您？……就您？……

骑　士　我不问了。

侯　爵　首先，我跟您说不着。

子　爵　（对骑士）当心点儿。您别在意。

侯　爵　（对其他三人）尽管此刻如此庄严，如此严重，我却觉得，先生们，你们在嘲笑我的人格。

男　爵　我们没有嘲笑您，我亲爱的侯爵。

侯　爵　我不是您亲爱的侯爵，我坚持认为，你们是在嘲笑我。

子　爵　不是，大家并没有嘲笑您。

侯　爵　那就是我说谎喽？

骑　士　您没有说谎，侯爵先生！我们讲话没有这个意思！

侯　爵　我跟您说不着，骑士。（对其他人）那就是我说谎喽？

男　爵　不是，侯爵。

子　爵　您怎么能这样认为？

侯　爵　如果我没有说谎，那么你们就是承认，你们在嘲笑我的人格！

男　爵　我们没有嘲笑您。

侯　爵　那就是我说谎了。我，说谎？

子　　爵　您可能弄错了，侯爵。

侯　　爵　我弄错了，我？照您这意思，我就是个白痴了。恶棍！

子　　爵　退一万步讲，即使有人这样说了，又能怎么样呢？

骑　　士　就凭我们这种状态。

侯　　爵　您说得对。过来，让我拥抱您。

〔侯爵拥抱骑士。

子　　爵　我也要。

男　　爵　我也要。

〔拥抱。

侯　　爵　让我们团结一致！……你们都跟着我！……

骑　　士　生死与共！

侯　　爵　再见！

子　　爵　好运！

骑　　士　打起精神！

〔侯爵下。

男　　爵　是个疯子吗？

子　　爵　哪儿的话！他是位画家。

〔侯爵再上。

侯　　爵　文件忘记交给你们了，里面有极其详尽的说明，你们一看就全明白了！

〔侯爵递过去文件。骑士一把抓过去。侯爵下。男爵从骑士手中抢过文件。子爵又把文件从男爵手中抢过去。

第六场

〔子爵、男爵、骑士。

演出放慢速度,本场开始就很慢了。

骑　士　是一篇宣言吗?

男　爵　不如说是一套规则。

子　爵　半是宣言半是规则。

骑士和男爵　念来听听。

子　爵　稍等!(念"规则-宣言")捕捞江河、溪流、水塘中不能食用的水生动物,将不受捕捞规则的限制。因此,确定捕捞规则适用于也称河蚌的贻贝类,适用于水鸟和两栖类哺乳动物。带浮漂的鱼线,在可能钓上鱼来的时间段,必须自始至终用手拉着。不过,允许几乎所有垂钓者放下鱼线,放在伸手够得着的地方,这样会更合情合理些。带浮漂的鱼线的主要特点……

骑　士　太可怕了!

男　爵　好深奥啊!

子　爵　不要打断。(念)带浮漂的鱼线的主要特点,可以根据其安置来判断。浮漂不会被人视为必不可少的设备,因为,只要鱼饵不沉在水底即可。

骑　士　下文呢?

子　爵　就这些。哦,还有追加的规定。

男　爵　啊!

子　爵　(念)任何人违规,不到第五次不可责问;三人一起违规,不到第九次不可责问;四人一起违规,不到第二十五次不可责问。卖旧报纸旧杂志的商贩,必须接受体育训练和娱乐艺术的培训。违反者将受到处罚。受到处罚的人,交纳百分之一的印花税,即可免除惩罚。西班牙区域的各办公室,则按工作人员数目减免。

骑　士　这个,您已经念过了。

子　爵　不是今天。

男　爵　谁签署的?

子　爵　辨认不清了。

男　爵　这文本略过了任何说明。

骑　士　那位侯爵说的就是有道理。

子　爵　咱们私下讲,这篇宣言毫无意义。

男　爵　还是很可怕……

骑　士　但是很美!……

第七场

〔同前场人物,加上胖先生。

胖先生上。

胖先生 您好,子爵先生,您好,男爵先生,您好,骑士先生。我没有打扰你们吧?

子　爵 绝没有。绝没有。绝没有。绝没有。绝没有。绝没有。绝没有。绝没有。绝没有。绝没有。绝没有。绝没有。

骑　士 我们只等您来了。

子　爵 绝没有。

男　爵 绝没有。

胖先生 这么说,子爵先生,正在耍嘴皮子喽?

子　爵 当然了。您好吗?

胖先生 好热……好冷……总之,还好,先生们,谢谢各位!我的上帝,如今这年头,我们也不要抱怨!这世道见多了。你们都跟我同样清楚。毫无疑问,正是该讲这话的时候。有什么办法呢?不管怎样,还是聊胜于无。我总在心里琢磨,这是否值得。但归根结底,生活就是如此。只能照样接受。日子走了,日子来了。如此这般。嗯?无须多虑。我这话有没有道理?

骑　士 您就是智慧的化身。您让我联想到密涅瓦[①]。

[①] Minerva,罗马神话中的智慧女神,对应希腊神话中的雅典娜。

胖先生 我读过古代作家。我们的一切智慧都来源于他们。

子　爵 嘿，真的！看得出来，您读过古代作家！否则，您不会这样讲话。

胖先生 跟命数顶牛，根本无济于事，也可以说注定要倒霉。我们干脆对命数明确说，我们绝不会跟命运的安排过不去。

男　爵 我们当中，谁会持相反意见呢？

胖先生 啊，您说的，就应该揪住您这话。

骑　士 或者掐住喉咙！（微笑，轻咳）您呢，子爵先生？您呢，男爵先生？事情还顺利吧？

子　爵 我恰恰对男爵说过，他若是愿意，我自然相信，而且早就热切希望，以他的聪明才智、诚意和记忆力，他完全可以做些有益的事情……

男　爵 唔，我们具备所有才能。胜任有余。这要看他是否重视。

骑　士 为什么您就不能提供证据呢？

胖先生 如果允许，我可以跟你们谈谈我的看法……

子　爵 您讲吧，直截了当。

胖先生 那我就要告诉你们，提供证据才是一种合情合理的解决办法。因为，先生们，明眼人看得出来，这情况甚至显而易见，你们在这件事情上，并不总是意见一致。这最终把大家都弄得疲惫不堪。你们纯粹都是些孩子，请让我直言不讳，是些自以为是的孩子，但毕竟是孩子！要我说：特别是……

子　爵 最好还是换个话题。说点别的事情，好不好，我会感谢您的。再提起这一切，太让我痛心了。

胖先生 悉听尊便。

男　爵 说起孩子，您那些孩子怎么样？

胖先生 我那些孩子？！……哦，对，我那些孩子！他们很好，先生们，他们很好……多谢了。他们很聪明。

骑　　士　他们都像您。

胖先生　都在成长。我的上帝，时光流逝。有什么办法呢？

子　　爵　您已经有多少孩子啦？

胖先生　三个男孩，三个女孩，还有，每种性别各有两个双性儿。

男　　爵　只有这些？我原以为您有更多呢。

胖先生　当然了，当然了，不过，我没有数全。的确，再算上其他的孩子，还要多出很多。要我也算上其他孩子吗？

子　　爵　哦，当然。您别急。就跟在自己家一样好了。也算上其他孩子。

骑　　士　也算上其他孩子！

男　　爵　也算上其他孩子。

胖先生　这样一来……这样一来……也算上其他孩子……全都算上……总共有三百一十七个……

骑　　士　多少男孩？

胖先生　正好一半。

男　　爵　有多少女孩呢？

胖先生　差不多另一半。

骑　　士　那么双性儿呢？

胖先生　加上每种性别的双性儿，正好是三百三十零半个。

子　　爵　比起其他孩子，双性儿为什么这么少呢？

胖先生　双性儿特别稀罕，因为他们复杂得多。而且特别难养！（他抬眼望天，双手交叉在胸前）不是生下来就完事大吉了。

子　　爵　您养活他们一定很辛苦。

胖先生　千辛万苦。

男　　爵　真够呛。

胖先生 （声音甜美）您说得太对了！尤其是我大大衰弱了，再也没有足够的奶水了。去年，我的假期过得非常愉快，奶水就大量增加，身体状况更好些。也应当说，那时我还年轻一岁呢……

骑　士 您这样子看不出来。

胖先生 哦！您过誉了，先生。

骑　士 我很诚恳。

子　爵 （对胖先生）这么说，您亲自奶您的孩子？

男　爵 多么尽心的母亲！

骑　士 有些荣誉勋位勋章，也的确颁发不当！

胖先生 是的，先生，我决定亲自奶他们。如同巴斯德[①]。如同拿破仑。

男　爵 （旁白）哼！……他是波拿巴分子[②]！

胖先生 ……因为，我丝毫也不想求助于奶牛。

子　爵 这样很好。多有尊严啊。

胖先生 然而，不瞒你们说，我并不同时给孩子喂奶。孩子们也很配合。他们理解这种局面。最大的将奶头让给最小的。有时候则相反。这就大大方便了我这苦差使。

男　爵 独自一人，哺育这么多孩子！

胖先生 唉！……我是独身啊！……身体状况，又不是很好。幸而我的精神状态倒是极佳。

骑　士 您顶得住。

胖先生 当然了，必须如此。然而，自从上次流产之后，我着实感到身板儿不大硬朗了。这是四天当中第六次流产了。而我确信，现在我又怀孕了。

[①] Louis Pasteur（1822—1895），法国化学家、微生物学家。
[②] 即波拿巴主义者，拥护拿破仑·波拿巴（1769—1821）的人，也称拿破仑分子。

子　爵　一个男人碰到这种事儿，总是更加为难。

男　爵　据说，女人对付这种事儿就轻松多了。

胖先生　千真万确！女人承受能力更强。她们也不像我们这样娇里娇气。

骑　士　究其原因，女人生孩子似乎更为自然。

子　爵　唔！天性，赶走了，又要跑回来。

男　爵　这正是我的想法。

骑　士　这种事，实在太累人了！

男　爵　（也对胖先生）您这花费恐怕也很高了。

胖先生　唉，有时候就入不敷出了。

子　爵　有慈善团体可以提供帮助啊，您为什么不去找找慈善团体呢？

胖先生　我试过了，不止一次。组织得太糟糕了。您想想看，除了韦辛格托里克斯①的相片，他们就从来没有给过我什么。韦辛格托里克斯在阿莱西亚，韦辛格托里克斯拜见罗马教皇，韦辛格托里克斯跟在恺撒战车后面受到民众的欢呼……到处都是韦辛格托里克斯……我并不是憎恶韦辛格托里克斯。正相反。你们想象得出来，我终究是凯尔特人……

骑　士　跟所有人一样。

男　爵、子　爵　显而易见。

胖先生　可是，这毕竟太多了，韦辛格托里克斯的相片太多了。我已经没有地方放了。阁楼、所有衣柜、地窖、卧室、厕所、走廊、厨房、餐厅、花园……全都塞满了。还有一批，我就存放在邻居家了；另外装了一车厢，运到乡下，几个朋友

---

① Vercingetorix（约前82—前46），又译维钦托利，高卢阿维尔尼人部落的首领，他起兵反抗罗马人在高卢的统治，起初连战连胜，后来在阿莱西亚陷入恺撒军队的包围，被迫投降，公元前46年在罗马被处决。

家……我的口袋里、鞋里也都装满了……要不要我拿出来给你们看看？

子　爵　不必麻烦了！就凭您说的话，我们也相信！

胖先生　我用这些相片，做出了各种调味汁！……蛋黄酱、白色调味汁、酸辣调味汁、酸醋沙司、奶油白色调味汁、荷兰调味汁①、马德拉调味汁②、黄油芥末、慕斯、黑黄油、番茄酱、莫尔奈酱③、螃蟹调味汁、刺山柑花蕾醋汁……

男　爵　我看刺山柑花蕾不如螃蟹。

骑　士　我倒觉得，刺山柑花蕾比螃蟹好④。

胖先生　一言以蔽之，我用韦辛格托里克斯的相片做菜，炖火锅，拌沙拉……做成香芹烧烤、果酱馅饼……我那些孩子不爱吃了……已经吃够了。尝都不要尝了，看都不要看了……

骑　士　我呢，我永远也不会吃腻。

胖先生　您这样讲！

男　爵　无论什么东西，一泛滥就有害了……况且，这样一种教育方式非常糟糕。这样做必然损害最崇高英雄的名誉，引起人憎恶国家最重要的机构，从而毁掉任何民族情感。传教绝不能过度，混同于传播。

胖先生、子爵、骑士　（起身、鼓掌）精彩！精彩！精彩！（戛然止声，恢复严肃表情，重又坐下）

〔男爵也重又坐下。

子　爵　这种事情，主动权不应该拱手让给私人团体！国家应当负起责任来。

---

① 由蛋黄、黄油、柠檬汁调制而成的调味汁。
② 葡萄牙属马德拉岛，特产马德拉加度葡萄酒，马德拉调味汁是以马德拉酒为主料的调味汁。
③ 在法式经典白酱汁中添加奶酪特制而成的一种奶酪白酱。
④ 法语 crabe（螃蟹）、câpre（刺山柑花蕾）两个单词音形相近，这里有文字游戏意味。

骑　　士　　谁是国家？国家，也许就是我，正如路易十四所讲的，也许是您……也许是我们当中任何人……

男　　爵　　为了让人们热爱伟大人物，就永远也不要谈论他们……甚至不要提起他们的姓名……尤其不能给小孩子当饭吃！……

胖先生　　就像我那些孩子！

子　　爵　　如果不算冒昧的话……（对胖先生）您那些孩子叫什么名字？

胖先生　　为简化起见，所有女孩都叫雅克琳娜。

年轻人　　那么男孩呢？

胖先生　　男孩也一样！……

男　　爵　　那么您怎么辨认呢？

胖先生　　我干吗要辨认呢，先生，毫无必要嘛！

男　　爵　　说到底，还真是这码事。辨认有什么用呢？

骑　　士　　只会把事情搞复杂了。

子　　爵　　这正是他要避免的，您那些双性儿呢？

胖先生　　他们啊，没有名字，全用一个编号。

男　　爵　　哪个编号？

胖先生　　当然是七号了。

子　　爵　　当然了。

骑　　士　　您没有第四性孩子吗？

胖先生　　还没有……将来会生的！……

〔骑士打喷嚏。

胖先生　　（对骑士）您怎么了，有什么想法就装在心里吧。

男　　爵　　他说话不假思索。

骑　　士　　我打喷嚏，没有说话！

子　　爵　　这并不总是意味您在思考。

第八场

〔同前场人物,加上仆人。

仆人上。

子　爵　有什么事儿,雅哥?

仆　人　子爵先生,刚才我对着锁眼往里瞧;听见说起胖先生孩子的名字。关于这方面,我倒要向您透露关系到我的一件事。我并不叫雅哥,子爵先生。

子　爵　那您叫什么呢,雅哥?

男　爵　您不叫雅哥。

仆　人　子爵先生,在1789年革命稍前一点儿,我入府服侍您的祖父伯爵的时候,还非常年轻。那是四月份,下过雨,天气晴朗,树上残留的叶子落光了,我的心充满了希望,再也不离开您家了。我早在您这家诞生之前,就认识您祖母了,早在建造之前就熟悉这些墙壁了。

骑　士　(对男爵)多么芬芳的诗人!

仆　人　您的生身父亲,是在我双脚之间长大的……他是通过我的耳朵第一次听见,通过我的嘴说出他的最初几句话。我经常为他充当父亲和特罗卡德罗宫①。他没有温度计的时候,就

---

① 为1878年巴黎世界博览会而建,隔塞纳河与埃菲尔铁塔相望,后为筹备1937年世界博览会而拆除,代之以建于夏乐山上的夏乐宫,旧建筑的两翼结构得以继承,中间则为宽阔的特罗卡德罗广场。

由我来代替。

子　　爵　　雅哥，您一定夸大其词了吧？

仆　　人　　您很清楚并未夸大，子爵先生。

男　　爵　　（对子爵）赶走，子爵，赶走这种难为情……

胖先生　　学学我的样子。

骑　　士　　咦，这个人醒了。

男　　爵　　（对子爵）赶走，子爵，赶走这种难为情……

〔子爵转向男爵，像狮子般吼叫。

（同时） { 男　　爵　　噢！您叫我好害怕！
　　　　　 骑　　士　　国王谕旨！

胖先生　　噢！（一只手捂住胸口，用力地）噢！你们要把我的奶水吓回去了。

仆　　人　　总之，子爵先生，我荣幸地属于你们家的成员，而您祖父伯爵先生，为了酬报我后来为府上忠心效劳，竟无视我的人格，也不问问我的真名实姓，随便就叫我雅哥。

男　　爵　　先天地这么薄情寡义！

胖先生　　可怜的人。

骑　　士　　我可一笑置之。

胖先生　　没心肝。

仆　　人　　不幸到极点。从那时起直到今天，他的所有嫡系子孙，包括您本人，子爵先生，就只叫我雅哥了。

骑　　士　　那么其他人怎么叫您呢？

仆　　人　　其他人不叫我了。（跳起来）子爵先生，要让人叫我真正的名字，叫我真正的名字！

子　　爵　　那好哇。我来纠正这种不公平的事。

男　　爵、　胖先生、　骑士　　啊！

子　爵　从今往后，我就叫您的真名。您的真名是什么？

仆　人　雅哥。

骑　士　我早就料到了！

仆　人　我来解释：子爵先生的祖父叫我雅哥，并不是因为我名叫雅哥。即使我叫别的名字，他还是照样叫我雅哥。因为，他从来就没问过我叫什么名字……临死的时候倒是问了我一声，但是太迟了，伯爵先生已经完全失聪了。

子　爵　不管怎样，您终归名叫雅哥。

仆　人　是啊，但这仅仅是一种巧合。别人叫我雅哥，不是叫我的真名，而是叫我的假名。

男　爵　总之，您有什么要求呢？

仆　人　什么要求也没有，男爵先生。没有任何要求，子爵先生。你们把我当成什么人啦？

子　爵　那您找到这儿来做什么？

仆　人　我来只是要向您通禀，夫人到啦！夫人到啦！夫人到啦！

子　爵　夫人到啦？

男　爵　夫人到啦！

骑　士　哦，夫人到啦？

胖先生　啊，夫人到啦！

〔夫人上，仆人下。

第九场

〔子爵、男爵、胖先生、骑士、美妇人。

鲜明对比。仆人下场前,所有人惊叹:"哦!"

美妇人走到舞台中央,周围有点空荡荡的。

美妇人　先生们,大家好!

全　体　夫人,向您致意!

美妇人　多有派头的胡子!

男　爵　我们尽可能讨您的欢心,夫人。

子　爵　我们都在等着您呢。不过,您要来访,也许最好及时通知一声。

骑　士　(对子爵)没有必要,她是从卡萨布兰卡来的。

子　爵　哦,是吗?(非常惊讶)咦!咦!……事先我知道。

美妇人　(打量了一会儿这些围了一圈、点头哈腰的崇拜者)真的,你们的胡子漂亮极了!可是,你们为什么留胡子呢?

胖先生　说起来非常简单。

骑　士　您没有想到?

子　爵　我来告诉您吧。大家总谈长胡子的女人,从来不说留胡子的男人。我们想要纠正这种不公平,向全世界证明,男人也有权长胡子。

男　爵　何止有权,也是一种责任。

美妇人　这是一项深思熟虑的计划吗？

子　爵　根本不是。这是我们男人一种本能而自发的反应。

骑　士　这也是一个榜样，可以推广。

男　爵　但愿如此。

美妇人　（若有所思）先生们，我理解……总之，在一定程度上，也许你们有道理……你们组织起来吧，斗争吧，坚持下去，这是你们的权利。留胡子的男人同盟，多美啊！

胖先生　（十分受用，不好意思地）哦哦哦哟！

骑　士　（同样地）过奖了，过奖了，夫人。

美妇人　我可以向你们保证，先生们，我这方面，会尽我所能帮助你们。我赞赏你们！多么高尚的目的！……多么宏伟的理想！……

子　爵　（非常感动）谢谢……我以个人名义，并以我现在和未来伙伴的名义，谢谢您，多谢，万分感谢……对了，夫人，您倒是坐下呀。这是免费的。

胖先生　（手放在心口，走近美妇人，向她送飞吻）……亲爱的夫人！……

男　爵　（对留胡子的先生）您还是消停点儿吧，您真不知道羞耻，您，一个家庭主妇，还来追求夫人！……

骑　士　甚至还要拿什么勋位勋章呢！……

第十场

〔同前场人物,加上仆人和消防员。

后台传来争吵声,消防员的声音:"您倒是让开呀!跟您说就是!轮到我上场啦!"仆人的声音:"我明确告诉您不对!您搞错啦!"消防员的声音:"是您弄错了。"

男　爵　怎么回事?

美妇人　那边吵什么?

骑　士　他们是怎么啦?

消防员的声音　让我上场。

仆　人　不行!您不能上场!

〔搏斗的声响。

胖先生　真胡闹,打断演出!

子　爵　容我片刻工夫。我过去瞧瞧。

子爵、男爵、骑士、胖先生　（同时）噢!

男　爵　随便打断,太过分啦!

子　爵　您是什么人?

消防员　我是消防员。消防队长。

骑　士　您有什么事儿?

消防员　你们这里失火了吗?我正出勤呢!（迅速）您好,史密斯太太!

仆　　人　我警告过您，不要这样讲。

消防员　哎，我非得这样讲。

胖先生　这是怎么回事啊？

子　　爵　您究竟要干什么？

消防员　刚才我对您说了……（惊讶）您怎么回事？您是谁？您在这儿干什么？

男　　爵　您犯什么毛病啦？

消防员　消防员是我的角色。

骑　　士　您疯了吗？

消防员　其他人在哪儿？

子　　爵　什么其他人？

消防员　史密斯太太在哪儿呢？（对美妇人）您不应该是这样一身打扮！你们这里失火了吗？火灾刚出现一点苗头？要不要我给你们讲点趣闻？感冒了？别这样瞧我呀？首先，把门给我打开呀！

子　　爵　（对仆人）您为什么让他上场了？

仆　　人　我阻挡不了。他身强力壮。

子　　爵　怎么，谁想上来就能上来吗？

消防员　回答我。

男　　爵　您让我们清静些！

骑　　士　不要胡闹！……

　　　　　〔骑士、胖先生、男爵、子爵、仆人一起往外推消防员。

仆　　人　出去！出去！

消防员　不要推我，我这是履行消防员的职责。这是我的角色。

男　　爵　在生活中，人人都扮演一个角色。

美妇人　先生们，放开他一会儿。（大家放开消防员）朋友，您是谁啊？

消防员 我不是一直说嘛：我是市消防队长。

美妇人 这同我们有什么关系呢？您解释一下！

消防员 我必须扑灭火灾，但并不是真干！我也不真是消防员……

男　爵 瞧瞧，是个骗子啊。

消防员 不。我是戏剧演员。在这出戏里，我扮演消防员的角色！

子　爵 您搞错了，先生，这里没有您的角色！

骑　士 啊，我明白了！（对消防员）您弄混了，先生。现在，我们在演另一场戏。

消防员 不可能。有人告诉我，轮到我上场了。

仆　人 （对消防员）您搞错了。我跟您说了，可您就是不肯相信。

子　爵 （对消防员）您让人耍弄了，先生。晚上您已经演过了。现在不是您的戏了。对您来说结束了。要等明天再演。

消防员 恰恰有人告诉我，今天就是明天。我必须接着演。

子　爵 您明明看到这是胡子剧。您没有胡子。

消防员 这有什么关系？这位夫人也没有胡子。

胖先生 这不关您的事。她呢，是一个例外。

消防员 你们对我讲的话，无不令我诧异。

美妇人 但确实如此，先生。我向您保证，您尽可以相信我的话。

消防员 （动摇）真的吗？您能肯定吗？

美妇人 我向您保证。

美妇人 没错儿，先生，没错儿。您走吧，让我们演下去。

消防员 我还想演。我想在你们的戏里扮演角色。我很愿意成为你们当中的一员。

男　爵　不可能,先生,不可能,您走吧。

美妇人　如果他特别感兴趣,同时演两出戏,倒是未尝不可!

子　爵　那就全砸了。这种事可不能干。

消防员　稍微拿出点善意来……

子　爵　我说不行,您走吧。

〔仆人、子爵、男爵、胖先生、骑士共同驱逐消防员。

消防员　你们真不和善。

〔消防员下,仆人跟下。

美妇人　(旁白)真可惜,他不能在这场戏里演出!他挺招我喜欢的!

第十一场

〔同前场人物,少了仆人、消防员。

子　　爵　整个这场戏还得重来。

男　　爵　振作一点。开始吧。

胖先生　好。我重来一遍。(手放在心口,走近美妇人,向她送飞吻)……亲爱的夫人!

男　　爵　(对胖先生)您还是消停点儿吧,您真不知羞耻!您,一个家庭主妇,还来追求夫人!

骑　　士　甚至还要拿什么勋位勋章呢!

　　〔后台传来争吵声。消防员的声音:"您倒是让开呀!跟您说就是!轮到我上场啦!"仆人的声音:"我明确告诉您不对!您搞错啦!"消防员的声音:"是您弄错了。"

男　　爵　怎么回事?

美妇人　那边吵什么?

骑　　士　他们是怎么啦?

子　　爵　见鬼!想也没有想到!又重复了这场戏。就像刚才那样,消防员又要回来。正常。

骑　　士　同样的事就要一直重复下去了。那就无休无止了。

　　〔后台传来消防员的声音:"您倒是让开……"紧接着"嘭"的一声。

第十二场

〔同前场人物,加上仆人。

仆　人　（上,手操一根大头棒）不会的。他再也回不来了。我把他干掉了。现在您可以安心了,子爵先生。

美妇人　噢!可怜的人!……我要昏过去了。

子　爵　您没有时间了。

美妇人　可是明天,谁替代他演出呢?

骑　士　他本人。他会借尸还魂。

男　爵　鬼魂消防员。

子　爵　咱们抓紧。继续演出。

〔仆人下。

第十三场

〔同前场人物,没有仆人。

子爵、男爵、骑士、胖先生围着美妇人献殷勤,他们双膝跪下,又起身,再跪下,如此反复。

子　爵　(对美妇人)夫人,您在我的家。所以,您就像在自己家一样吧。既然您在舍下,我就应该明确向您表示,我不胜荣幸,一点点心意就满足了……希望我这样稍微一说,您就能理解,夫人,亲爱的夫人。

美妇人　(困惑)唔……子爵先生!

男　爵　夫人,夫人,在这灿烂的阳光下,最为纯粹的贵族情感在我内心萌芽!心怀邪念者蒙羞。[1] 因此……

骑　士　夫人,我越来越,越来越……一切都将奉献给您,包括头衔。

夫　人　哦!哦哦哦哟!哦哦哦哟!

〔他们双膝跪下。

胖先生则倒在美妇人的膝上,或者试图倒在她的膝上,其他人就上前阻止,推开他。于是,他们相互推搡。

男　爵　(对胖先生)回你老窝去,这里没有你的位置,家庭主妇,女主人!

---

[1] 英国骑士勋章嘉德勋章的铭言。

骑　　士　（对胖先生）走开，妈妈！

胖先生　（站起身，哭泣）是我的过错。我就不该那么喜爱孩子。我本来应该多多为自己着想。

子　　爵　夫人！夫人！您听我说！上天听得见您的心声！您侧耳仔细倾听！

男　　爵　我完全听候您的吩咐。

骑　　士　请听我说。

美妇人　哦哦哦哟！哦哦哦哟！哦哦哦哟！

子　　爵　夫人，爱情是一条船，最宝贵的负担……

美妇人　先生，生活也是一条……

男　　爵　我对您的感情，温柔好似一个婴儿……

骑　　士　我呢，我呢，怎么说呢？我看您就是内心复杂难解的王后，而这颗心，通过我这张跳动的嘴说话，其目的……

子　　爵　炽烈爱情的海洋，夫人，也不如掀起我喟然叹息的风暴那样波涛汹涌……

美妇人　哦哦哟！这真是爱情的奇迹！

男　　爵　唯独诗歌可能，时而超越您所拒绝的……

美妇人　您清醒一下吧，先生。恰恰相反，我很受用……

胖先生　夫人，夫人，我也是……

子　　爵　（对胖先生）快走开，这里没您的份儿。

胖先生　（哭泣）呜呜呜呜！呜呜呜呜！

骑　　士　您是生长在路边的鲜花，正因为如此，就得不到慰藉……

美妇人　您这么认为？我可不这样想。

男　　爵　夫人。（对胖先生）您倒是走开呀！

子　　爵　就是深渊也不会嘲笑……

骑　　士　在这人世间，唯独您能理解！只有我可能领悟涉及命运最珍贵的……

男　　爵　采撷吧，采撷吧！

骑　　士　（对胖先生）滚开！滚开！

〔骑士推胖先生。胖先生起身，回到他的角落哭去了。

子　　爵　夫人……正是带着既美妙又意外的震颤，月亮的清泪……

男　　爵　月亮根本不能跟太阳同日而语：烈日在我的胸中炙烤着我对您的爱！

骑　　士　不错，我还年轻，但是，出身高贵的心灵……

美妇人　我的朋友们！亲爱的朋友们！……

胖先生　（在角落里哭泣）呜呜呜！……嗷嗷！……呜呜呜！……嗷嗷！……

子　　爵　所有趣味都有家园，所有心灵都有海难……

男　　爵　您在思想的黑暗中，可以领略快乐的光明……

美妇人　您很喜爱对比啊！

骑　　士　一颗冰冷的心，无论如何纯洁，也永远不……

胖先生　（哭泣）呜呜呜！嗷嗷！呜呜呜！嗷嗷！！

男　　爵　夫人，佛陀，从前……

子　　爵　您是未被理解的斯芬克司……

骑　　士　说到底，为什么不举托尔斯泰为例，他还年轻的时候……

胖先生　（一直躲在角落里哭泣）呜呜呜！嗷嗷！呜呜呜！嗷嗷嗷嗷！……

男　　爵　正是曙光，有那么一天！……

子　　爵　为什么不是您？

326

骑　　士　为什么不是我？

美妇人　哦哦哦哟！我的朋友们！

胖先生　呜呜呜！嗷嗷嗷嗷！呜呜呜！……嗷嗷嗷！……

男　　爵　采撷吧，采撷吧，您倒是采撷呀！

子　　爵　爱情的栗子永远成熟不了，只因鄙视……

骑　　士　不，不，夫人，不，不，听我说，应当承认……

胖先生　呜呜呜！嗷嗷嗷！……呜呜呜！嗷嗷！

男　　爵　勇敢点儿，夫人。

子　　爵　绝不！……绝不！……我绝不……

美妇人　我的朋友们……先生们……冷静点儿……耐心点儿……一会儿我再听你们讲。你们这些郑重的话语，火热的话语，极深地打动了我这颗女性的心。我确信这一点，坦率地讲。都起来吧！（三人站起身）不过，我却心向那边受压迫的人（指着胖先生），他还在角落里哭泣。

子　　爵　背叛！

男　　爵　事情不该是这样！

骑　　士　实在无耻！

胖先生　（快乐地跺脚）哈哈哈！哈哈哈哈！哈哈哈哈！哈哈哈哈！

美妇人　（走向胖先生，拥抱他）我亲爱的，我崇拜你！……我爱你甚过其他所有居民。

男　　爵　这是一种耻辱……一个家庭主妇……

骑　　士　……还负担一大群各种性别的孩子……根本不是什么榜样……

男　　爵　走上沉沦的道路之前，夫人，您想一想那些孩子吧……

子　　爵　夫人……我没有举报的习惯，不过，举报很有效果，我就时常利用！……夫人，这个男人（指着胖先生）没有把情况全告诉您。他向您隐瞒了一件特别严重的事情。

美妇人 什么事？

胖先生 亲爱的，别听他的！

子　爵 夫人！……他怀孕啦！……

胖先生 没那事儿！……我根本就没结过婚，从来没有孩子，今后也不会有。我敢保证。

〔全场一阵骚动。

子　爵 您为什么说谎？

胖先生 为了领取家庭补助金！

男　爵 我早就猜到了。当时我就觉得，他讲的那套站不住脚。

骑　士 您说得太晚了。

美妇人 （对胖先生）不理他们，亲爱的，别担心。他们说什么，我都不在乎。跟我来！

胖先生 去哪儿？

子　爵 （对胖先生）家庭补助金，您再也休想领取了。这事儿包在我身上。您就等着我的消息吧！

胖先生 但愿是坏消息！

子　爵 （对美妇人）而您呢，夫人，您可得当心……

美妇人 啊！……由爱转恨！……

胖先生 （对子爵）已经无足轻重了，因为，我为我的孩子们找到一位父亲！

骑　士 您说话自相矛盾。刚才您还讲没有孩子！

美妇人 （对骑士）此刻，您说话很有逻辑！您没有病吧？

胖先生 （对骑士）不关您的事。我只要高兴，说话就前后矛盾。这么干我愿意。我有这个自由。

男　爵 （对美妇人）夫人，有您后悔的一天。

美妇人 后悔我也愉快地接受。为了他。

子　爵 您这是痴话。

胖先生 （对美妇人）来吧,我的爱,来吧,来吧,来吧,来吧!……再见,你们这些人。

〔他们这些人哭泣。胖先生笑起来。

美妇人 别为此伤心了,朋友们。要心存期望!

骑士、男爵、子爵 （异口同声）期望什么?

美妇人 我正式向你们承诺,当然也得到我丈夫的首肯（胖先生点头）,我向你们承诺,我一旦成为寡妇,就同你们当中一个人结婚。

胖先生 没错儿,我亲爱的,没错儿。

男　爵 您什么时候才能成为寡妇呢?

美妇人 快得很。

骑　士 那您赶紧吧。

子　爵 您会选择谁呢?

美妇人 最早跟随我丈夫进入坟墓的人,以免他太孤单了……

胖先生 （感动）亲爱的!……

子　爵 （欢快地）那就是我喽。

美妇人 您算说对了。

骑　士 走运的家伙!

男　爵 老滑头。

子　爵 哇哦,新娘万岁!

骑　士 新婚夫妇万岁!

男　爵 新婚夫妇万岁!

〔众人纷纷冲上前,同美妇人和胖先生握手。

骑士、男爵、子爵 新婚夫妇万岁!新婚夫妇万岁!

美妇人　再见。

胖先生　再见。

美妇人　要去蜜月旅行了。

骑　士　一路顺风。

男　爵　祝你们玩得开心。

子　爵　我祝福你们。

骑　士　给我们寄明信片来！

全　体　哇哦！哇哦！哇哦！

〔美妇人和胖先生下。

终　场

〔三人单独留下，子爵扇男爵耳光，男爵扇骑士耳光，骑士扇子爵耳光。继而，三人坐下。

子　爵　（对骑士）您好吗？

骑　士　好冷。

〔回到全剧开场，即子爵、男爵、骑士三人那场戏的开头，接着幕落。

Eugène Ionesco: Théâtre complet, tome 1

La Cantatrice chauve © Éditions Gallimard, Paris, 1954
La Leçon © Éditions Gallimard, Paris, 1954
Les Salutations © Éditions Gallimard, Paris, 1963
Jacques ou la soumission © Éditions Gallimard, Paris, 1954
L'Avenir est dans les œufs ou il faut de tout pour faire un monde © Éditions Gallimard, Paris, 1954
Le Maître © Éditions Gallimard, Paris, 1958
Le Salon de l'automobile © Éditions Gallimard, Paris, 1966
Victimes du devoir © Éditions Gallimard, Paris, 1954
La Jeune Fille à marier © Éditions Gallimard, Paris, 1958
Le Rhume onirique ou la demoiselle de pharmacie © Éditions Gallimard, Paris, 2002
Les connaissez-vous? © Éditions Gallimard, Paris, 2002
Les Grandes Chaleurs © Éditions Gallimard, Paris, 2002
La Nièce-Épouse © Éditions Gallimard, Paris, 1991
Le Vicomte © Éditions Gallimard, Paris, 1991

All rights reserved
All adaptations are forbidden.
Sale is forbidden outside of the People's Republic of China.

图字：09-2006-444 号

图书在版编目(CIP)数据

秃头歌女/(法)欧仁·尤内斯库著；黄晋凯等译
.—上海：上海译文出版社，2023.6
(尤内斯库戏剧全集)
ISBN 978-7-5327-9306-8

Ⅰ.①秃… Ⅱ.①欧… ②黄… Ⅲ.①剧本—作品综合集—法国—现代 Ⅳ.①I565.35

中国国家版本馆 CIP 数据核字(2023)第 071590 号

秃头歌女	[法]欧仁·尤内斯库 著	出版统筹 赵武平
尤内斯库戏剧全集 1	黄晋凯 宫宝荣 桂裕芳 李玉民 译	责任编辑 周 冉
		装帧设计 尚燕平

上海译文出版社有限公司出版、发行
网址：www.yiwen.com.cn
201101 上海市闵行区号景路 159 弄 B 座
杭州宏雅印刷有限公司印刷

开本 890×1240 1/32 印张 10.5 插页 6 字数 133,000
2023 年 8 月第 1 版 2023 年 8 月第 1 次印刷

ISBN 978-7-5327-9306-8/I·5797
定价：82.00 元

本书中文简体字专有出版权归本社独家所有，非经本社同意不得转载、摘编或复制
如有质量问题，请与承印厂质量科联系：T：0571-88855633